悲劇の元凶となる
最強外道
ラスボス女王は
民の為に尽くします。3

悲劇の元凶となる最強外道ラスボス女王は民の為に尽くします。3

天壱

illustration 鈴ノ助

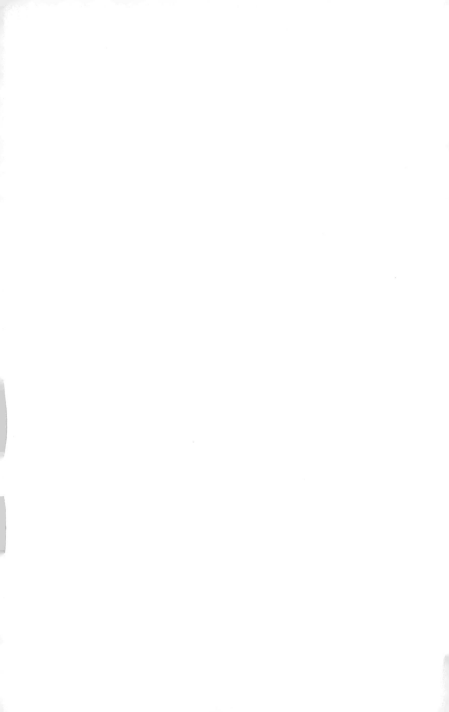

CONTENTS

この作品はフィクションです。
実際の人物・団体・事件などには関係ありません。

悲劇の元凶となる最強外道ラスボス女王は民の為に尽くします。 3

第一章　暴虐王女と婚約者

乙女《おとめ》ゲーム〝君と一筋の光を〟という作品がある。シリーズ化もされ、ファンには「キミヒカ」とも呼ばれた大人気ゲーム。それが、十八年間の人生を地味に生きてきた〝前世の〟私の密《ひそ》かな楽しみだった。

「プライド。調子はいかがですか？　あれば何でも言って下さい」

私の義理の弟、ステイルが優しく顔を覗《のぞ》き込んでくれる。

整えられた髪と同じ漆黒の瞳《ひとみ》と黒縁眼鏡《めがね》を掛けた彼は、この国の第一王子でもある。七歳の頃《ころ》に庶民から王族の養子になって今年で十五歳になる。血は繋《つな》がっていないけれど、私達にとって大事な兄弟だ。〝瞬間移動〟の特殊能力者である彼は、女王の片腕たる摂政となる為《ため》に私の補佐として傍《そば》にいてくれている。距離関係なく、指定した座標の場所か行ったことのある場所であれば瞬間移動できる彼は優秀な特殊能力者だ。どんな人間か把握し、具体的な感覚を持てた相手であれば、直接その人のもとへ瞬間移動することもできる。結構な期間と頻度で会わないといけないけれど、それでも能力者としてはすごいことだ。その上、自分を入れて五人程度なら余裕で瞬間移動できるようになった。更には昔から頭の良かった彼は今や国一番の天才、聡明《そうめい》な第一王子としても呼び声が高い。

「お姉様、明日が楽しみですねっ！」

今度はティアラが私の手を握り、満面の笑みを向けてくれる。この国の第二王女で金色のウェーブがかった髪と瞳を持つ、天使のように可愛《かわい》い子。私の二歳下、ステイルの一歳下の妹だ。

「ええ、少し……緊張するけれどね」

彼女の手を取りながら、苦笑気味に二人へ笑いかける。すかさずステイルが「大丈夫です。俺《おれ》がいますから」と言ってくれて、ティアラも「私もいますっ！」と続いてくれた。それだけで胸の奥に蟠《わだかま》っていた不安が少し緩まった。

プライド・ロイヤル・アイビー。ウェーブがかった真っ赤な髪と鋭く吊《つ》り上がった紫色の目を持つ私は、この国の第一王女だ。

世界で唯一特殊能力者が産まれる国、フリージア王国。女王政のこの国の第一王女である私は、八年前に王位継承者の証《あかし》である予知能力を覚醒《かくせい》させ、今や次期女王でもある第一王位継承者だ。

そんな私を前に、ここ最近のステイルとティアラは揃《そろ》って複雑そうな表情をすることが多い。こうして私の部屋で打ち合わせをしていた間も、唇を絞ったり眉《まゆ》を寄せたりしては顔を強張《こわば》らせていた。

原因もなんとなくはわかっている。だって明日は……

私の、十六歳の誕生祭なのだから。

我が国では女性は十六歳、男性は十七歳から成人として扱われる。だから明日の誕生祭はすごく特別だ。もし、誕生祭で女王としての器が示せなかったり、少しでも問題が起これば悪い噂《うわさ》程度じゃ済まされない。王族の立場すら揺るがす大騒動にだって成り得る。しかも私は、半年以上前から進めてきた同盟共同政策の発案者として、そして我が国での各対象年齢児童への学校制度の総指揮者として来賓の前で正式な公表を自ら行うことになっていた。

「明日は恙《つつが》なく誕生祭を進行できるよう、私も最善を尽くさせて頂きます」

私と最終調整を終えたジルベール宰相が資料を手で纏《まと》めながら笑いかけてくれる。

同盟共同政策は現女王である母上が進めているけれど、我が国の学校制度については私が大部分を任された。ステイル以外の補佐として、上層部の人も何人か付けてくれた。その一人が、彼だ。

「ありがとう、ジルベール宰相」

薄水色の髪と瞳に切れ長な眼差《まなざ》し。長い髪を肩の位置で一纏めに括《くく》り垂らした、我が国の宰相だ。

父上の補佐である彼は、年齢操作の特殊能力者でもある。今は実年齢のままの姿だけれど、昔から全く年齢を感じさせない。

「いえいえ、これも民の為、プライド様の為、王族の為ですから。学校制度については私も発表時には傍におります。それと‼……」

ふと、ジルベール宰相の言葉が途切れる。首を捻《ひね》ると、私の背後にいるステイルへと目をやり、少し複雑そうな表情をした。けれどそれ以上は言わず「いえ、この話はやめておきましょうか」と切ると、そのまま挨拶《あいさつ》だけして部屋から出ていってしまった。

なんだろうと思ってステイルを見ると何やら暗い表情をして、ジルベール宰相が出ていった扉を睨《にら》んでいた。そういえば今日はいつもよりジルベール宰相への噛《か》みつきも少なかったような気がする。

もしかしてステイルの方が体調が悪いのだろうか。ティアラも心配そうに彼を見つめている。

「……ステイル、……大丈夫？」

「！　……すみません、少し考え事をしていました。……大丈夫です」

そう言って微笑《ほほえ》んでくれたけれど、やっぱり元気がない。もしかして、ステイルも明日のことで緊張しているのだろうか。その場合だと私があまりにも頼りないせいだからだろうか。

「それでは俺はそろそろアーサーと手合わせに行ってきます。プライドはどうしますか？」

「私は明日の最終調整があるから。アーサーに明日は宜《よろ》しくと伝えておいて」

私の言葉に少しほっとしたような表情をしたステイルは、そのまま「わかりました」と挨拶だけを返してくれた。ティアラも部屋でドレスの確認をと言って追うように部屋を去っていく。

……やっぱり、二人とも何かおかしいような……

二人が去っていった扉を眺めながら、私は一人首を傾《かし》げる。明日の式典を前に可愛い妹と弟の様子がどうしても気になってしまう。八年前に私の弟妹として現れた二人は、今やすっかり一緒にいることが当然の家族だ。だからこそ余計に些《さ》細《さい》なことでも心配になってしまう。

八年前、私の人生はガラリと変わった。

王の啓示とされる予知能力を覚醒し、第一王位継承者として認められた。秘匿《ひとく》されていたティアラの存在まで知らされ、ステイルが養子になった。これだけでも大きな変化だけれど、それ以上もある。

予知能力が認められたその日、私は前世の記憶を思い出した。前世は地味な十八歳の女の子で、この世界が嵌《は》まっていた乙女ゲームである〝キミヒカ〟の第一作目の世界で、今はゲームスタートの二年前。ティアラは主人公で、ステイルとジルベール宰相は攻略対象者。前世でキミヒカシリーズを網羅した私だけれど、大好きだったのは第三作目だけだったからこの第一作目の記憶はかなり朧《おぼろ》げだ。最初はゲームの大筋以外殆《ほとん》ど思い出せなかった。すぐに思い出せたことは、自分が主人公のティアラの姉であること。そしてゲームでは最低外道のラスボスであるということだけだ。

攻略対象者の心に消えない傷を付けた諸悪の根源で、最後には断罪される女王。その攻略対象者の心の傷を癒《いや》し、共にプライド女王へ立ち向かうのが主人公のティアラだ。

未《いま》だ残りの攻略対象者については思い出せないけれど、今はそれより明日の誕生祭と公式発表だ。第一王女として、王位継承者として、可愛い二人の姉として恥ずかしくない日にしたい。

キンッ‼　……カンッ！　キィイッ‼

「ッオラ！　いつもより気ィ入ってねぇぞステイル‼」

「ッ……わか、……っている‼」

城内にある第一王子の稽古場《けいこば》で、ステイルと手合わせをしているのは一人の騎士だった。

アーサー・ベレスフォード。今年で十八になる彼は、王国騎士団に所属する本隊騎士である。第一王子の彼と毎日のように剣を交わす彼はステイルにとっての親友でもある。長い銀髪を頭の上で一本に括り、蒼色《あおいろ》の瞳を持つ、〝キミヒカ〟の攻略対象者だ。万物の病を癒す特殊能力者でもある。

剣を交わしながら、ステイルはアーサーの言葉に歯を食い縛る。駄目だどうしても雑念がと思いながら剣をいなしたが、素早い瞬発力に圧倒される。いつもなら懐に入って一撃振るうはずの彼が、今はどうしても身体《からだ》が上手《うま》く動かない。そんなステイルの状態を察し、アーサーは更に猛攻で攻めたてた。

「前からッ……言ってンだろォが‼」

ダンッ、と一歩踏み込み、次の瞬間には剣を弾《はじ》いた。そのまま首へ剣を突きつけ、ステイルが降参するよりも先に響く声で怒鳴りつけた。

「言いたいことがあるなら言いやがれッ‼」

ここ最近ずっとその調子じゃねぇか‼　と続けて叫ばれ、ステイルは思わず口を噤《つぐ》む。やはりアーサーには気づかれていたと、一度弾かれた剣を拾いながら仕方なく問いに口を開いた。

「……明日は、姉君の誕生祭だ」

「ああ、知ってる。俺も近衛《このえ》騎士として呼ばれてる」

アーサーの言葉に頷《うなず》きながらステイルは「姉君がお前に明日は宜しくと言っていたよ」と先に伝言を伝えた。今度は軽く剣を振るえば、カンッという音と共にアーサーがそれを同じく刃《やいば》で受け取った。さらに合わせるように軽くステイルへと剣を振り返す。カンッカンッ、とさっきの激しさとは打って変わり不規則な金属音が響き出す。

「姉君は、明日で十六になる」

剣を何度も軽く打ち合わせながらステイルが言う。アーサーもそれに頷きながら更に剣を軽く、殆ど無意識に受け、弾き、さらに振るった。

「そうだな、もうプライド様も立派な女性だ」

「そして、姉君の〝婚約者〟も明日の誕生祭で母上の口から発表される」

アーサーの剣が急速に鈍る。沈黙を返し、軽い打ち合いにも関わらず今度は彼の方がステイルの剣を上手く捌《さば》き切れなくなった。

「姉君は恐らくそのことを忘失している。それほどまでに〝学校制度〟へ真剣に取り組まれている。

……俺やティアラ、ジルベールも、余計に姉君の気を逸《そ》らしたくないから話題にも出さなかった」

「……だが……決まってンだろ、もう。代々王族の女性は十六の誕生祭で女王から婚約者を伝えられる。今の陛下だってそうだ」

カン、カン、と力なく剣が当てられ、最後はお互いどちらともなく剣を引いた。

「……俺も、お前も、ティアラも。わかりきってたことだろ」

そう言ってアーサーは、思い詰めた表情のステイルから小さく目を逸らした。フリージア王国の民である彼にとっても、わかりきっていたことだった。彼女が自分とは違う世界の人間で、本当は毎日のように言葉を交わせるような存在ではなかったことも。

しかし頭では理解しながら、もやもやとした気持ちは渦《うず》巻いた。彼女が更に遠くの存在になってしまうのが辛《つら》いのか、単に寂しいだけなのかそれすらもわからない。

既に騎士団でもその話題で溢《あふ》れ返っていた。プライドが十六歳になる、とうとう婚約者が決まる、と。婚約者は当日まで王女本人にすら知らされない。そしてその人間こそが未来の王配でもある。きっと立派な方が選ばれる、どこの国の王子だろうかと様々な推測も飛び交った。その影響で一番隊隊長であるアランは凄《すさ》まじく項垂《うなだ》れ、副隊長に昇進したエリックは愁《うれ》いを帯び、三番隊隊長であるカラムも珍しく物憂げな横顔をするなどプライドを大いに慕う騎士団への影響は甚大《じんだい》だった。騎士団長であるロデリックと副団長のクラークも騎士達全体の士気低下には頭を悩まされた。アーサーも平気かとクラークに心配されたが、それは「別に国から出ていっちまう訳じゃねぇんだ」と突っぱねた。

次期女王である彼女は他国へ嫁ぐわけではない。むしろ婚約者が城に住むだけで、騎士のアーサーは変わらず彼女の傍にいられる。ただそれでもどうしようもなく、胸は痛んだ。

「そうだ、わかりきっていたことだ。姉君が婚約することは。俺も姉君の為ならばその婚約者の為にも次期摂政として全身全霊《ぜんしんぜんれい》を尽くす覚悟だ」

構えることをやめ、軽く剣を振りながらステイルは続ける。彼もやはり騎士達と同じでプライドが婚約することで心中複雑なのかと、そう思った時だった。

「……ッただし。それは俺がプライドに相応《ふさわ》しいと認めた相手だったらの話だ」

カッ、とステイルが地面に剣を突き立てた。

プライド本人のいないところで彼が彼女を〝姉君〟呼びしないのは初めてだった。ふとアーサーは異様な気配を感じ、見ればステイルから夥《おびただ》しい量の殺気が放たれていることに気がついた。今まで溜《た》め込んでいた分が一気に放出されたような凄まじい覇気に僅《わず》かに身を引いてしまう。地面に突き刺した剣が手の震えに同調して振動し、カタカタと音を鳴らし出す。「おい、ステイル」と声を掛けるが、それに対しての返事はなかった。

「少し手を使ってプライドの……姉君の婚約者を調べた」

怒りで僅かに震えたステイルの言葉に、アーサーは「なっ⁈」と声を漏らす。誕生祭までプライドの婚約者を知るのは女王、王配、摂政のみ。宰相のジルベールすら知ることはできない。しかし、瞬間移動の特殊能力を持つステイルにとっては最上層部の話し合い中にこっそり忍び込むことなどもわけもなかった。当然、発覚すれば厳罰だけでは済まない。

「婚約者は我が国の同盟国、アネモネ王国の第一王子だ。現王子は第三王子までいるが、王位が指名制であるアネモネ王国で、抜き出て優秀な王子と名も高い。第一王子であることを抜いても、次期アネモネ王国の国王と噂された第一王子が姉君の婚約者だ」

ウチの第一王子何やってんだ、俺に言うのはマズいだろ、と様々な言葉がアーサーの頭に浮かんだが、ステイルの覇気に押されてやっと出たのは「なら問題ねぇじゃねぇか」という言葉だけだった。

第一王子で次期国王とも噂される優秀な王子。次期女王であるプライドには申し分ない相手である。

「ああ。年も十七と姉君と近い。更には眉目秀麗《びもくしゅうれい》。俺は実際に会ったことはないが、〝何故《なぜ》か〟その容姿の美しさも有名で、アネモネ王国では知らぬ者はいないほどだ」

〝何故か〟という言葉を強調され、アーサーは嫌な予感を感じ取る。手の中の剣を握りしめながら次の言葉を待つと「ジルベールを使ってアネモネ王国の情報を集めさせた」とまで言い出した。彼がジルベールを頼ったという言葉にアーサーは耳を疑う。しかし、次の彼の言葉にそれすらどうでも良くなった。

「その噂の第一王子は重度の女好き、女誑《たら》しと専《もっぱ》らの噂だった」

カラァン、と。その言葉に思わずアーサーの手から剣が滑り落ちた。

「城下に女が二十人はいるだの、城内にも非公認の側室侍女が五人はいただの、目につけばすぐ女性を口説くような男だから今まで同盟国との会談や式典にも連れてこられなかっただのと……！」

そこまで言うと怒りのままに「ジルベールはあくまで噂の域を出ない情報だとは言ってはいたが」と唸り、ステイルは更に殺気を膨らませた。

「少なくともその第一王子が、頻繁に城下へ視察に降りていたことだけは事実だ」

カタカタカタカタと、ステイルが突き刺した剣が凄まじい震えを起こし出す。

「レオン・アドニス・コロナリア第一王子。アネモネ王国では有名な女誑しが、俺の姉君の婚約者だ……‼」

ピキッ、と。

亀裂の入る音を立てたのが彼の剣か、それとも互いの血管か。

それを知る者はこの場に一人としていなかった。

「十六歳の御誕生日おめでとうございます、プライド様」

「プライド第一王女殿下。素晴らしいお話でした。同盟共同政策、我が国も協力は惜しみません」

「プライド様、〝学校制度〟について是非もっとお話を……」

十六歳の誕生祭。

今までの中でも大規模となった式典は、城の大広間で盛大に行われた。大勢の来賓を迎えた中で、同盟共同政策や学校制度の公表を無事終えることができ、やっと私は一息つけた。ただし、直後には来賓が次々と挨拶に来るから再び気を引き締めないといけなくなる。それでも公表をする前と後では気持ちが全然違う。

「姉君」

声を掛けられ振り向けば、ステイルがグラスを差し出してくれていた。ありがとう、と受け取れば優しい笑みだけを返してくれた。続いてステイルの隣に並ぶティアラが「お姉様すっごく素敵でした！」と私に目を輝かせてくれる。そう言うティアラの方が綿菓子のようで何万倍も素敵で可愛い。それでも褒めてくれたのが嬉しくて、人前にも関わらずついその頭を撫《な》でてしまう。

「それにドレスもやっぱりすごくお似合いです。ねっ、兄様」

はにかみながら言ってくれたティアラの言葉に、ステイルが眼鏡の黒縁に触れながら「あ……あぁ」と小さく同意してくれた。二人ともいつもそうやって褒めてくれるからお世辞でも本当に嬉しい。

十六歳。つまりは女性として扱われる年齢になった私は、今回はちょっといつもより大人《おとな》っぽく、露出もやや高めのドレスだ。もともと目つきが悪くて可愛い系が似合わない私は、大人っぽい系のドレスが多かったけど今回はまた一味違う。〝ぽい〟ではなく、完全に大人の女性向けのドレスだった。髪の色に合わせたワインのような深みが加わった茜《あかね》色のドレスは、胸元も少し開いた作りになっていてすごくセクシーな仕立てだった。……少し胸のボリュームが寂しい気もするけれど。

ゲーム開始時のプライドは女ラスボスお決まりのボンキュッボンだったし、多分これからまたサイズアップしてくれるだろうと願っておく。

そんなことを考えながら自分の胸元を見つめていると、それを見たステイルが「やはり、もう少し露出は少ない方が……」と小さく呟《つぶや》いた。見れば頰《ほお》が赤く染まっている。……姉がこんなボリュームのない残念な姿を晒《さら》しているというのは、やはり弟としては恥ずかしいものなのだろうか。ならせめてもうちょっと寄せるか詰めるかすれば良かったと今更になって後悔する。

「プライド第一王女殿下」

名を呼ばれ、振り返れば騎士団長だった。

背後には副団長、カラム隊長、そして近衛騎士のアーサーが控えている。

「この度は御誕生日おめでとうございます。先ほどお話された学校制度も民の生活を変える素晴らしいものとなるでしょう。……。……本当に貴方《あなた》は、素晴らしい王女になられましたね」

そう言って微笑んでくれるロデリック騎士団長は相変わらず格好良い。銀色の短髪に蒼色の目を持つ騎士団長は笑うと息子であるアーサーによく似ている。「素晴らしい」だなんて。なんだか騎士団長に言われると重みが違う。ありがとうございますと言いながら、思わず少し照れ笑いをしてしまう。

握手をしようと右手を差し出すと、その途端にそっと手を取って甲に口づけをしてくれた。騎士団長が私を女性として認めてくれた証だ。嬉しくて今度は頰まで熱くなる。五年前にドレスの下が見えて照れたら大爆笑された時とは大違いだ。

次は副団長が挨拶をしてくれた。流れるように騎士団長から私の手を受け取り、同じように手の甲に口づけを落としてくれる。金髪のハーフアップに騎士の勲章でもある古傷。花屋のお兄さんのような柔らかい顔付きでにっこりと微笑んでくれる副団長は、昔から加齢を感じない。でも五年前を思い出すとやっぱり恥ずかしくなって、同じように頬に熱が灯《とも》った。

「御誕生日おめでとうございます、プライド様。我々騎士団一同心よりお祝い申し上げます」

そのまま小さな声で「貴方が産まれてきて下さって本当に良かった」と囁《ささや》かれ、顔全体が更に熱くなる。頭の中でボンっと音がして、なんだかすごく恥ずかしいことを言われた気がした。騎士団長が腕で副団長を小突くけど「本心ですよ」と私に向けて笑まれて、本当にこの人は攻略対象者じゃないのかと疑ってしまう。……あれ。攻略対象…………

「プライド第一王女殿下、御誕生日おめでとうございます。カラム・ボルドーと申します」

続けて挨拶してくれるカラム隊長に、はっと意識を取り戻す。赤毛混じりの髪と赤茶色の瞳を持つ騎士だ。この人もよく覚えている。今までも何度か式典とかでお会いしているし、何より……

「ありがとうございます、カラム隊長。よく存じております。それに祝勝会以降はアーサーからも、お噂は予々《かねがね》聞き及んでいます」

式典やジルベール宰相のパーティー、そして殲滅《せんめつ》戦の祝勝会。もう何度か会っているのに、未だに公式の場で名乗ってくれるなんて丁寧な方だなと思いながら私は握手を求めて彼に手を差し出した。

殲滅戦後から、アーサーは騎士の人達の話を時々してくれるようになっていた。中でも一番隊のアラン隊長や副隊長に就任したエリック副隊長、そして特に今目の前にいるカラム隊長の話題は多い。

アーサーの直属の上司ではないけれどそれでも慕っているらしく、私やステイル、ティアラに色々なことを話してくれた。

私の言葉を聞いたカラム隊長は思わずといった様子でバッとアーサーの方に振り向いた。アーサーもまさか自分に飛び火するとは思っていなかったらしく、カラム隊長の視線を受けた途端にビクッと肩を震わせた。手振りで「何も変なことは言っていません！」と訴えているのが私でもわかる。横で騎士団長と副団長が肩を竦《すく》めて笑っていた。ごめんなさいアーサー！

「カラム隊長は、とても優秀で部下や周りの騎士にも気を配って下さるお優しい方だと聞き及んでおります。……私も、その通りだと思います」

せめてアーサーの無実だけでも訴えないと！　と実際アーサーが話してくれていたカラム隊長の話の一部を伝えれば、今度はカラム隊長の顔が急激に火照《ほて》り出した。

しまった、部下に褒められるってよく考えたらものすごく照れ臭い。しかも興味深そうに微笑む騎士団長と副団長の視線やカラム隊長から逃げるように、アーサーも耳まで真っ赤にして顔を背けていた。そうだ一番恥ずかしいのは勝手に明かされたアーサー本人だ。本当にごめんなさいアーサー！

後でちゃんと謝らないと、と思いながらカラム隊長へ視線を戻す。すると、まだ焦点すら合っていない目を向けて「もっ勿体《もったい》ない御言葉です……！」と早口で返されてしまった。部下からの好意がすごく照れるのはよくわかる。私も専属侍女のロッテやマリーに褒められたらすごく照れるもの。

そのままゆっくり手を緩めようとしたら、カラム隊長が「あ……アーサーも……！」と上擦った声で続けてくれた。

「アーサーも、とても立派な騎士です。プライド第一王女殿下の近衛に相応しいと騎士の誰《だれ》もが認めております。アーサーの所属している八番隊の騎士隊長であるハリソンからも評価が高く、何より真面目《じめ》で努力を怠らず、剣や格闘術もさることながら、最近では」

「カッ……カカカラム隊長‼　すみません！　そ、それぐらいでっ‼　本当に自分はっ……‼」

アーサーが塗り潰《つぶ》したように赤い顔で必死にカラム隊長を止める。騎士団長と副団長が今度は二人揃って口を押さえたまま背後を向いて肩を震わせた。可愛い我が子が先輩にも愛されているようで何よりなのだろう。……笑っているのがアーサーにバレたら、本人に後で怒られそうだけれど。

カラム隊長との挨拶が終わり、最後にアーサーとの挨拶をする。既にカラム隊長に褒められた名残《なごり》か、私の姿を真正面から捉《とら》えた時から顔は火照りきっていた。

「プライド様、御誕生日……おめでとうございます」

何故か視線を少し逸らしながら私の手を握ってくれる。小さな声で「きょ、今日のドレス……すごくお綺麗《きれい》です。ッいや、ドレスというかプライド様が、とても」と言ってくれ、少し擽《くすぐ》ったい気持ちになる。

「ありがとうアーサー。これからも宜しくね」

そうお礼を言った途端、突然アーサーが見開いた目で真正面に私を見た。何か変なことでも言ったかしらと思うと、昨日のステイルのように少し複雑そうな表情をした後に「……はい」と答えてくれた。

「……ずっと、お護《まも》り致します」

何故だか少し切なそうに、微笑んで。

ステイルもティアラもアーサーもどうしたのかしらと、心の中で首を捻りながら私はもう一度お礼を返した。彼との挨拶も終わり、騎士達が一度その場から引いていった、その時だった。

私への挨拶に控えていた来賓の中に、一瞬……蒼色の美青年が見えたのは。

「あっ」

思わず声が漏れる。目の前の来賓が「どうかされましたか？」と声を掛けてくれるけれど、それどころじゃなかった。だってあの人は……!!

蒼色の美青年が私の様子に気がつき、目を丸くしてこちらに視線を合わす。それだけで私の心臓が跳ね上がった。

待って?! そしたら残りの一人は！ ……え?! あれ、私確か今日で十六歳……！

あまりの動揺に顔を俯《うつむ》かせ、自分の胸を押さえつける。駄目だ、いま顔を上げるとどうしても彼に目がいってしまう。今まで公表や目の前の来賓との挨拶で精一杯だったけれど、こんな近くにいただなんて!!

「姉君?」と、ステイルが来賓との会話を中断して私の元に駆け付けてくれる。しまった、あまりに動揺して心配を掛けてしまった。

「……大丈夫、少し目眩《めまい》がしただけよ」

とにかく気を取り直すべく笑って見せ、目の前の来賓に失礼致しましたと謝罪をして話を続ける。今日の為にお忙しかったのでしょう、と同盟国の王妃が労《ねぎら》ってくれ、笑みでそれに答えた。横に控えてくれたステイルは明らかに不安そうに表情を曇《くも》らせている。とにかく、今は目の前の来賓に集中しないと。

一人、また一人となんとか挨拶を済ませる。まさか一気に二人も攻略対象者を思い出すことになるとは思わず、唐突過ぎて取り繕うことができなかった。みんな私の挙動不審を訝《いぶか》しんだり怪しんだりはしながらも、笑顔で挨拶をしてくれた。次に、若干顔色の悪い隣国の国王と挨拶を交わす。とにかく、今私が一番気にするべきなのは……!!

「大丈夫ですか？　プライド第一王女殿下」

彼だ。

順番待ちを終えて私の前に現れた青年を、息を飲んで見上げる。……蒼色の、青年。

耳元まであるサラサラとした蒼い髪。空の深さに似たアーサーの瞳とも違う、蒼玉《そうぎょく》みたいに高貴な蒼い髪。翡翠《ひすい》色の瞳に透き通るような白い肌の中性的な美青年。私と年齢が一個差とは思えないスラリとした高身長と、妖艶《ようえん》ともとれる滑らかな笑みを浮かべた彼はレオン・アドニス・コロナリア。

ゲームでのプライド女王……つまりは私の婚約者。そして

キミヒカシリーズ第一作目の攻略対象者。

全《すべ》てを失い、更にはプライドに……私によって心すら壊される人。

「プライド第一王女殿下、宜しければ少し僕と夜風に当たりませんか？」

妖艶にも映る滑らかな笑みでそう促され、私は情報処理が追いつかないまま同意した。……まさか、第一王女ともあろうものが十六歳に決められる婚約者の存在を忘れていただなんて。

彼と共に露台へ出ながら私は頭を抱えたい気持ちを必死に堪《こら》えた。ステイルやティアラ、アーサーが微妙な顔をするのも当然だ。完全に婚約者の存在をすっぽ抜かして仕事仕事と騒いでいたら、この

王女平気かなと不安にもなるし、間違いを指摘するみたいで言いにくくなって言葉を濁したり、言い淀《よど》んで複雑な表情にもなる。本来なら十六歳を迎える私が一番に気にするべきことだったというのに!! 普通、こういう時一般の女性なら「私の婚約者の方はどんな方かしら……？」と夢現《ゆめうつつ》な気分に浸るというのに、私としたらずっと学校制度のことばかりが頭に浮かんで……

「プライド様……？」

レオン王子の声で、意識が戻る。返事と共に顔を上げれば、レオン王子が滑らかな笑みで「やはりまだ気分が優れないようですね」と心配してくれた。私の体調が悪いと思ってわざわざ穏便に来賓から引き離してくれたのだろう。……体調が悪い原因は貴方ですとは、口が裂けても言えない。

「いえ。……お気遣い、ありがとうございます」

彼の優しさ自体には感謝しつつ、なんとか私も笑みで返す。

「挨拶が遅くなり、申し訳ありませんでした。僕の名はレオン・アドニス・コロナリア。貴方の国、フリージア王国とは以前から同盟を結ばせて頂いております、アネモネ王国の第一王子です」

お会いするのは初めてですねと綺麗な顔で笑まれ、なんだか心臓に悪い。

さすが、キミヒカシリーズ第一作目のお色気担当。

もう一人の攻略対象者もゲーム中のそういうイベント数や糖度はかなり多いし高かったけれど、お色気単品勝負ならこのシリーズで彼は最強だった。全年齢対象ゲームなのに、彼とティアラとの恋愛はすごくドキドキする場面が多い。後半戦からはかなり濃密な恋愛イベントだ。なにせ、ゲームの攻略の流れがアレだし……。

「レオン王子殿下、ご丁寧にありがとうございます。第一王女、プライド・ロイヤル・アイビーです。

お目に掛かれて光栄ですわ」

　礼を尽くして返せば、レオン王子は滑らかに笑み、手を差し出してくれた。握手かと思って伸ばせば次の瞬間には手を取られ、そのまま流れるように甲へ口づけをされた。騎士団長や副団長がしてくれたのと同じ、敬愛の挨拶だ。ほぼ初対面から早速受けるとは思わず、不意打ちで顔がボンっと熱くなる。

「プライド様。貴方のようなお美しい方に初めてお会いしました。どうぞこれからも末永く宜しくお願い致します」

　待って待って待って待って！　まだ母上から発表もされてないのに!!

　月明かりに照らされたレオン王子から急激に色気が溢れ出す。そのまま柔らかに笑まれ、完全に固まってしまう。どうしよう、あまりにゲームスタート時とはキャラが違い過ぎて心の準備がっ……！

「……そろそろ戻りましょうか。何か始まるようですよ」

　会場の騒めきに気がつき、レオン王子が振り返る。そして滑らかな笑みを浮かべながら私の手を取り、室内までエスコートしてくれた。……何か、って。いや、完全にわかっているわよね？

「この度我が国の第一王女、プライド・ロイヤル・アイビーの婚約者を御紹介致します」

　母上の合図で玉座の前に立ち、なんとか笑みを作って来賓に応《こた》える。正直、ここから逃げ出したい気持ちでいっぱいだ。

「アネモネ王国、レオン・アドニス・コロナリア第一王子。彼と我が愛《いと》しい娘プライドとの婚約で、更に同盟関係は強固なものとなるでしょう」

盛大な拍手と声援、祝福の言葉と共にレオン王子が再び私の前に現れた。一応知らなかったことになっているので、ぎごちなく驚いた振りはしたけれど、上手くできたか自信はない。レオン王子は堂々と私の前に歩み寄り、「光栄です」と手の甲に再び口づけをしてくれた。二回目だからさっきよりは冷静でいられたけど、やっぱり恥ずかしい。

「我が愛しきプライド第一王女。貴方を心から愛します」

その、滑らかで妖艶な笑みと共に、祝福されながら私の誕生祭は幕を閉じた。
レオン王子は今日から我が国の規律に則《のっと》り、三日間客人として我が城に泊まり、帰国してから更にその一週間後には婚約者として完全に我が城へ住むことになる。今日からの十日間はとても重要だ。
彼にとっても……私にとっても。

とても。

「あッ……あああああっ……来るな来るな来るな来るな……来ないでくれっ……!!」

……男の人が、怯《おび》えている。

綺麗な蒼い髪を顔が見えなくなるほどに伸ばしきった人。

部屋の扉から入ってきた女性に怯えてベッドの端まで後退《あとずさ》り、行き過ぎてそのまま零《こぼ》れ落ちた。それでも構わず皺《しわ》くちゃになった上等なシャツを乱して更に奥へと窓際まで必死に逃げる。恐怖のあまり一度視界に入った女性から目も離せず、ガチガチと歯を震わせていた。

「フフッ……いやだわぁ、レオン。愛しい愛しい婚約者が会いに来てあげたのに。そんな冷たい反応されたら傷ついちゃう」

レオン、様……これは、ゲームの……。ああ、彼のルート前半だ……。そうだ彼はもう、心が……。

含み笑いを高らかに、怯え惑う彼を女性が、女王が、……私が嘲笑《あざわら》う。

「ねぇ？　貴方は私を愛しているのでしょう？」

「!!　あ……ああ愛してる!!　愛してる愛してる愛してる愛してる愛してるッ……だか……だから……!!」

壊れた玩具《おもちゃ》のように必死に繰り返す。塞《ふさ》ぎ込むように頭を両手で抱え、身体を震わすレオン様をプライドがお腹《なか》を抱えて嘲笑う。

「フフッ……ハハッ!!　私も愛してるわぁ？　……でも残念ね。未だ貴方は単なる私の〝婚約者〟……。ねぇ、名ばかりの王配と我が民が皆貴方を白い目で見ているわよ？」

怯える彼の肩に両手を添える。それだけでビクビクッ！　と激しく震え、とうとうレオン様の口から悲鳴が上がった。

「でも良かったじゃない？　王配の仕事はちゃあんと宰相のジルベールが今も頑張ってくれているもの」

貴方なんていなくても。そう、彼の耳元で囁きながら彼女の波打つ深紅《しんく》の髪が彼へと垂れる。微《かす》かにその髪が触れる度、彼の身体が激しく上下して震えた。

「知っているのよ？　貴方。……本当はアネモネ王国の前王にも帰ってくるなと言われているのでしょう？　……可哀想《かわいそう》な人。私がもし婚約破棄なんてしたらどうなってしまうのかしら？　貴方に帰る場所なんてあるの？」

フフフッ……と卑しく笑いながら、ひたすら震えが止まらないレオン様を見つめ続ける。灯《あか》りも灯さず、カーテンを閉め切った部屋の中で女王の恍惚《こうこつ》とした瞳《め》だけが爛々《らんらん》と輝いていた。

絞り出すように「僕は、僕は、僕はっ……」と繰り返す彼は既に正気を失いかけている。そんな姿を愉快そうに嘲笑いながらプライドはふと、まるで今思い出したかのように言葉を放った。

「あぁ、そうそう。……最近、私の妹がここに遊びに来ているらしいじゃない？　侍女の代わりに貴方に食事や服を持ってきているとか」

レオン様が、顔を上げる。プライドへ向けられたその目は恐怖に染まり、髪色に合わすように顔色は蒼白《そうはく》へと変わり、何度も喉《のど》を鳴らす。

「仲良いのねぇ？」

ニタァ……と口端を引き攣《つ》らせた不気味な笑みが広がった。レオン様は彼女が次に告げるであろう言葉を予感し、恐怖のあまり身体を震わした。引っ掻《か》き傷が残るほど、膝《ひざ》を抱きかかえる指に力を込める。過呼吸寸前のように息を細かく切らせ、蒼白の顔から更に血の気が引いていく。

「……また、〝嫉妬《しっと》しちゃう〟わぁ？」

ああああああああああああああああっ!!　と、さっきまでとは比べものにならないほどの激しい悲鳴が部屋中に響き渡った。違う、彼女はそんなのじゃない、嫌だ、人は嫌だ、僕はプライドだけだ、貴方だけだと何度も狂ったように泣きながら繰り返し叫び続ける。

惨めな王子の姿に笑いが堪えられなくなり、プライドはまたお腹を抱えて高らかに笑い始める。アハハハハハハッ！　ハハッ!!　と、淑女らしからぬ笑い声で。

「ハハッ……アーハッハッハ!!　……嗚呼《ああ》ッ……素敵。レオン、貴方のその表情が……私は一番好き」

笑い過ぎて目元に涙が溜《た》まり、それを指で拭《ぬぐ》いながら優しく舐《な》めるように彼の頭を撫でた。未だパニックを起こして悲鳴を上げ続ける彼を、愛《いつく》しむように。

「大丈夫よ？　貴方を手放したりなんかしないわ。だって、貴方は私の可愛い玩具だもの。たとえ〝また〟浮気したって、私は何度でも貴方だけは許して上げる」

嫌だ、嫌だ、嫌だ、嫌だ、と涙を止めどなく流しながら頭を抱え唱え続ける彼に、プライドが満足気な笑みを浮かべて去っていく。

バタン。と、扉が閉められた後も彼はひたすら泣き、唱え続ける。次第にカタカタと激しく全身を震わせ、一人床に塞ぎ込むように嗚咽《おえつ》を漏らし始めた。

――……レオン様。

あんなに怯えて、傷つけられ、……弄《もてあそ》ばれて。唯一の救いであるティアラすら、脅しの材料に使われて。

誰か、早く彼の傍に。

お願い、もうこれ以上追い詰めないで。彼はとても純粋で、優しい人なのに。こんな怯えながら部屋に閉じこもるような……そんな人ではないのに。

誰か、彼の手をとって。誰か、教えてあげて。

プライドなんかじゃ、ない。

彼が、彼が本当に心から愛しているのは──……


「……プライド。調子はどうだい？」

「レオン様。……ええ、お陰様で。レオン様こそいかがですか？」

誕生祭の翌日。レオン王子改めレオン様は朝から私に会いに来てくれた。

本当はなんだか魘《うな》されたのか、寝覚めが悪くて良い調子とはほど遠かったけれども。……目を覚ました時にはベッドのシーツに爪《つめ》を立てて泣いていた。考え事ばかりで頭を悩ませていたから、変な夢でも見たのかもしれない。でも、今朝はステイル、ティアラに加わりレオン様まで来てくれたから、かなり賑《にぎ》やかな朝になって気も紛れた。

ティアラとステイルは、昨晩婚約を発表した後にレオン様と挨拶も済ませていた。ティアラはすごくにこやかに挨拶してくれて、握手をしながら微笑み合う二人はとても絵になった。ステイルも同じくにこやかに挨拶してくれたけれど、……何故か若干黒い気配がした。

レオン様は昨晩私に「僕は近い将来君の伴侶《はんりょ》となるのだから王子は付けずに呼んで欲しい」と言っ

てくれた。私もそれに倣《なら》い、敬称は不要ですと伝えると早速「プライド」と呼んでくれた。家族以外で呼び捨てで呼んでくれる人は初めてだから、こうして呼ばれて正直ちょっと嬉しい。ただ、……

「朝から愛しいプライドに会えたから、とても幸福な気分だよ」

昨晩からこういう言葉をさらりと言ってくれちゃうのが正直すごく恥ずかしい。ステイルは甘い言葉があまり好きじゃないのか、時々殺気を放つし、ティアラも聞くだけで照れてしまうことがある。

昨晩だって私が疲れているだろうからと言って早々に部屋まで送ってくれたのだけれど、最後に「君の夢の中でも会えますように」とか囁かれた上に至近距離から色香を放たれ、寝る直前からまた顔が火照って専属侍女のロッテとマリーにも熱じゃないか心配されてしまった。

レオン・アドニス・コロナリア。

その妖艶な色気を纏《まと》った彼はその美しさもさることながら、王としての気質も手腕も持ち合わせている素晴らしき第一王子だ。そして何故、そんな完璧《かんぺき》王子が自国の王ではなく我が国に婿入りすることになったのかというと。

一言で言えば、追い出されたのだ。

女好き、女誑しという評判が国中で有名になってしまい、王を継ぐことが難しくなってしまった。その結果、噂のまだ届いていないフリージア王国に婿入りすることになった。王族としての高潔さを重んじ、王族であろうとその名を貶《けな》す行為を犯した者は奴隷落ちか国外追放の厳罰に処されるアネモネ王国にとっては、彼のその評判を見過ごすことができなくなってしまった。その結果、悪虐非道女王プライドと婚約関係を結ぶことになる。

しかし、ある事件をきっかけに彼はプライドによって心に酷《ひど》い傷を負わされてしまう。そのせいで元の人格すらも歪《ゆが》み、病み、人と関わることを極度に恐れる……重度の対人恐怖症のような状態にまで陥ってしまう。そして婚姻もせず〝婚約者〟という生殺し状態のまま、プライドに逆らえずに立場も権威も失い、名ばかりの王配となる。そこで彼の心に寄り添い、だんだんと元の彼に戻していくまでがティアラの役割だ。心が病んでしまった彼がティアラを頼り、愛し、……若干依存する姿はなかなかのヤンデレっぷりだった。後半からは「僕は……君を愛せれば……それで良いんだ……」「いやだ、いやだ、いなくならないでくれっ……君まで失ったら、僕はっ……」「愛してる……愛してる……もう、……離さない」など数々の甘い囁き。更にはがっつりティアラを一晩中抱きしめて離さなかったり、いきなり唇を奪ったり、首筋に噛み付いたりとリアルに思い出すと恥ずかしくなる場面満載だった。

そんなヤンデレ王子を優しく受け入れ、共に庭の花や動物を愛《め》でたり、城下へ一緒に逃げ出してから共に料理や買い物をしたりする姿は、完全リハビリと言っても過言じゃないほどの介抱っぷりだった。ちなみに、当然のことながらプライドとレオンにゲーム内で恋愛関係は微塵《みじん》もない。なのに……

「プライド。良かったら二人きりで庭園を案内してもらえないかな。君と共に見る木々や花は……きっと、とても美しくこの胸に残るだろうから」

昼食後もレオン様の猛烈アタックが凄まじい。

よくプライドはこの猛烈アタックを受けておいてあんな残虐なことができたものだと思う。……いや。……だからこそ、だろうか。

ええ、喜んで。と、ステイルとティアラに挨拶をしてから、レオン様を庭園まで案内する。正直ステイルやティアラと一緒にいられないのはすごく寂しい。けれどステイルにはアーサーやジルベール宰相、ティアラにはヴァルやセフェクとケメトがいるし、私もそろそろ弟妹離れしなきゃなとも思う。去り際に二人に手を振ると、レオン様がそっと反対の手を取ってくれた。さすがリアル王子様、さりげない。

庭園で手を繋ぎ、二人で歩く。この国特有の花や木々を見る度、レオン様も興味深そうにしてくれた。ラスボスプライドの優秀な頭を総動員させてどんな植物なのか一つひとつ説明すれば、とても真剣に耳を傾けてくれた。蒼い髪が木々の緑ともよく合う。

歩きながら会話も見事にレオン様からエスコートしてくれて、彼の問いに答える形で話も広がった。「君の好きな色は」「君の好きな食べ物は」「好きな季節は」「好きなものは」「好きな本は」「好きな花は」「君のことなら何でも知りたいと思うよ」と。それはもう、前世の乙女ゲームでもなかなか聞かないような甘い台詞《セリフ》をスラスラと注いでくれる。言われ慣れない台詞ばかりを妖艶な美男子に言われてしまうものだから、最初は何度も顔が熱くなるのを抑えるのに必死になった。

最後に庭を見終わり、どこかで休憩しましょうかと近くの椅子《いす》に二人で腰かける。するとまたさりげなく肩を抱き寄せられ、ぴったりとレオン様にくっついてしまう。男の人の胸板をダイレクトに感じ、心臓が飛び出そうになる。

「もう暫《しばら》く……こうしていいようか」

顔が灼熱《しゃくねつ》に燃えたままレオン様を見上げれば、また妖艶な笑みが向けられる。本当に目のやり場に困る。悪役ラスボスに転生したはずなのに乙女ゲームの主人公に転生したんだっけと本気でわからなくなる。

「誰よりも、何よりも……君を愛してる」

耳元で最後にそう囁かれ、私は思わずぎゅっと目を瞑《つむ》った。顔が火照り、もう何を話せば良いかもわからなくなる。下唇の代わりに奥歯を噛みしめ、そのままレオン様に身を預けて心臓が落ち着くまで眠ったふりをした。

……駄目だ、こんなことで動揺しては。

なのに、どうしても聞き慣れない言葉や触れられ方に心臓の鼓動が鳴り止まない。前世も地味で、転生してからも恋愛対象になんて一度も見られたことのない私に、これはハードルが高過ぎる。

ちゃんと、落ち着かないと。もっと、もっと冷静に。今後の為にも彼を拒まず全てを受け入れないと。私は、彼が自国に帰る前に少しでも信頼を得ないといけないのだから。

胸の中で暗示するように何度もそう唱え続ける。ときめく必要なんてない、緊張する必要も、照れる必要も何もない。彼の口ずさまれる愛は全て偽りだと。……私は、もう知っているのだから。


夕食を終えた後、レオン様から一緒に部屋で星を見ませんかとまたお誘いを頂いた。

受けようと思ったけれど、ステイルが「申し訳ありません、レオン第一王子。今晩はティアラが姉君と過ごしたいと」と先に断ってしまった。ティアラの方を向いたら申し訳なさそうに、それでも確かにうっすらと潤んだ瞳で私を見上げていた。

「では、明日の夜こそ一緒に過ごせるかな。翌朝、帰る前に」

「はい、是非とも」

レオン様がすんなりと引き、感謝も込めて言葉を返せばまた滑らかに笑んでくれる。それから優雅な足取りで自室へと戻っていった。……何故か振り返った直後、ステイルがすごく暗い表情をしていたけれど。もしかして二人きりの邪魔をしたとか思っているのだろうか。更にティアラが私の手を握りながら「ごめんなさい……」と小さな声で謝ってくれる。

「大丈夫よ。今夜はティアラが眠るまで一緒にいるわ」

そう言ってティアラを抱き締めた私は、ステイルと一緒にティアラの部屋へお邪魔することにした。いつもは私の部屋に集まることが多いから、ティアラの部屋に入るのは私もステイルも本当に数年ぶりだった。壁一面には元の壁が見えないほど沢山の本の頁《ページ》が貼《は》り付けてある。図鑑の絵や、好きな物語の頁。……個人的には本が勿体ないし可哀想だからやめて欲しいところだけど、ティアラは昔からこうするのが癖だった。ゲームでも殺風景な離れの塔の壁にこうして本の頁を貼り付けていたし、もしかしたらその設定の影響なのかもしれない。もともと小さい頃は身体が弱くて本ばかり読んでいたこともあり、小説や雑学に留《とど》まらず、様々な知識やジャンルの本を読むのが好きなティアラはなかなかの博識だ。勿論《もちろん》本だけでなく鍵《かぎ》付きの宝箱とか装飾の凝った手鏡とか女子力高い装飾品や置物もちゃんとある。

そしてその女子力高いティアラの部屋に入れば、早速私は二人から質問責めにされてしまった。やはり二人もレオン様が気になるらしく、「どんなお話をしましたか？」「どんな方でしたか？」「レオン王子のことをどう思いますか？」とそれはもう山のように。……もしかして二人とも、単に私の恋バナを聞きたかっただけなのかしら。よく考えればティアラもステイルもお年頃だし、長女の私の恋愛に興味がないわけがないもの。

そんな話を続け、ティアラが寝付いてから私とステイルもそっと彼女の部屋を出る。

部屋を出る直前、ステイルが何か言おうとしてすぐに「なんでもありません」と自ら止めた。何か悩みでもと聞き返してみたけれど、首を横に振られてしまう。お互いに部屋へ戻る前の「おやすみなさい」だけが、なんだかいつもよりもの悲しく耳に残った。

部屋に戻り、ロッテとマリーに挨拶をしてからベッドに入る。なんだか色々整理もつかないままに考え込み過ぎてしまったせいか疲れてしまった。上手く眠れるだろうかと少し不安になりながらベッドに潜り込もうとしたその時。

コンコンッ、とノックの音が飛び込んだ。

音に引かれるまま振り向けば窓の方からだ。おかしい、ここは上階で窓の外は露台もないはずなのに。

コンコンコンッ。

更に音が増える。月明かりに照らされ、カーテンには間違いなく人のシルエットが映っていた。……しかも見覚えのある形だ。私は一呼吸置いてから意を決してゆっくりとカーテンを開いた。窓の向こうにいた予想通りの人物に、次の瞬間には声が上がった。

「……ヴァル?! セフェクにケメトまでっ……！」

何やってるの?! と急いで窓を開けた私は呼吸も忘れ、並ぶ彼らを見返した。

ヴァル、セフェク、ケメト。私の〝配達人〟として、他国を跨《また》ぐ配達を担ってくれている三人だ。焦げ茶色の髪と褐色肌を持つヴァルは、月の逆光でカーテンを開けても一瞬シルエットにしか見えなかった。しかも今は小柄とはいえ八歳になるケメトを肩車して、更には十一歳のセフェクが横に並んでいるから背の高い彼の影が余計に大柄に見えてしまう。

寝癖のように黒髪が跳ねた男の子であるケメトと、そして茶色の綺麗なロングヘアの女の子のセフェクは褐色ではなく私達と同じ白い肌だ。おでこを出したセフェクは目がちょっと吊り上がっているけれど、ヴァルの焦げ茶色の鋭い眼《め》の悪人顔と比べると、充分優しい顔立ちだ。……まぁ、ラスボス顔の私が言える立場ではないけれど。

「いよォ、主《あるじ》。なかなかイイ格好してるじゃねぇか」

ニヤリと笑うヴァルの言葉に私は慌てて胸元を押さえ、自分の格好を確認する。完全なる寝衣姿、しかも殆どこれ一枚。セフェクとケメトが「主、可愛いです！」と言ってくれるけれど、人前に出るような格好じゃなかったと後悔する。露出が高過ぎる寝衣に顔が段々と火照ってくると、ヴァルから「まぁ、まだ凹凸《おうとつ》が寂しいが」と鼻で笑われ、このままはたき倒してやろうかと上目に彼を睨み付けた。

「……どうやって、こんなところに。外は衛兵が厳重に警備しているはずですが」

「俺様ともなれば、城前までは顔だけで通される。第一王女サマへ直接の届け物って言えばなぁ？」

丁度窓から主の影が見えたもんでねと笑う彼に、溜息《ためいき》しか出てこない。だからって何故窓からと言おうとすれば、その前にどうやって窓まで登ってきたのかが気になった。ケメトはヴァルに肩車してもらっている状態だけど、ヴァルとセフェクは窓の縁に足を掛けているだけだ。窓から少し顔を覗かせて確認してみるけれど、縄などで登ってきた形跡もない。

どうやって、と聞こうとすれば、ドヤ顔をしたヴァルが軽く足先で城の壁面を突いてみせた。その途端、さっきまで真っ直《す》ぐ垂直だったはずの壁面に段差ができ、まるで最初から彫り込まれた梯子《はしご》のように凹凸が出来上がった。彼の特殊能力だ。

土壁の特殊能力を持つ彼は、今は素材が土であれば自由に操ることができる。……そうか、城の壁も元を辿《たど》れば土製だ。宮殿までの衛兵は顔パスだったとはいえ、彼の特殊能力はケメトと一緒だと本当に危険だと改めて思う。ステイルもそうだけど、暗殺に使われたらひとたまりもない。今は私と〝隷属の契約〟を交わしているから犯罪全般を犯せないし、主である私の命令にも逆らえないからある意味安全だけど、元は裏稼業の野盗だから余計に。

「どうする？　このまま窓で長話も悪くねぇが、衛兵に見つかって王女サマの部屋に夜這《よば》いなんざ噂が立ったら、折角の婚約もご破綻だ」

「わかっているならさっさと入ってきて下さい！」

もう眠気と腹立ちで苛々《いらいら》し、ヴァルの腕を引っ張り強引に部屋の中へと引き込む。そのまま急いでカーテンを閉める間に、ヴァルから下りたケメトとセフェクが口を開けて私の部屋をぐるぐると見回した。

「……それで、配達はいかがでしたか」

早く受け取って帰ってもらおうと、胸の前で腕を組みながら彼に問う。不機嫌を隠さないままの私の問いにヴァルはニマリと笑うと懐から書状を取り出した。

「ヤブラン王国からの書状だ。ついでに御婚約おめでとさんの手紙もな」

祝いの品もいくらか受け取ったが量が多かったからほとぼりが冷《さ》めたらまた届けに行く、と。そう続けられながら私は褐色の指から書状を受け取った。そこまで緊急を要する内容ではなかったけれど、確かに婚約祝いの方はなるべく早く相手に渡さないと無礼になってしまう。……彼の深夜配達も充分無礼だけど。

「……で？　主。どうだ、婚約者サマはよ」

寛《くつろ》ぐようにその場で座り込んだヴァルは、ニヤ笑いを崩すことなく私の顔を覗き込んだ。まさかステイルとティアラに続き、ヴァルにまで恋バナを所望されるとは思わなかった。

「……とても素敵な方ですよ。アネモネ王国の第一王子ですから。昨晩も今日もとても良くして頂きました」

まぁそれも全部彼の嘘《うそ》なのだけれど。これから起こるであろうゲーム設定を思い出せば、小さく息を吐いてしまう。気を紛らわせるように、暗闇《くらやみ》に細く漏れた月明かりだけを頼りに書状の文字を追う。

「……それにしちゃあ、随分とうんざりしたツラじゃねぇか」

う、と。思わず書状からヴァルの方へ目を向ける。私の表情が変わったのが愉快なのか、彼の悪い笑みが強く変わった。

「嫌なら連れ出してやろうか？」

どこか試すように、彼は笑った。

え？　と聞き返そうとすると、彼はゆっくりと立ち上がり、私のすぐ目の前まで距離を詰めてくる。

「主が命じるなら俺にはできるぜ？　テメェをこのまま城から連れ出すことも、国から逃がすことも、……簡単にな」

掠《かす》めるくらいに軽く、彼の指先に私の髪が撫でられる。「何せ、俺はテメェの奴隷だ」と闇夜の中で語る彼はレオン様とはまた違う妖艶さに満ちていた。

「逃亡生活ってのも悪くねぇ。金さえあれば美味《うま》い飯も食える、更には世界中を自由気ままにだ。この能力を使えば配達人なんざしなくてもガキ三人くらいなら養ってやれる」

髪を撫でた指が、そのままゆっくりと私の頬を伝う。口調の乱暴さとは裏腹にそっと撫《な》でられ、小さく肌が粟立《あわだ》った。彼の瞳が私を灯すようにじっと捉えてきて、私は思わず……

笑みが、零れた。

「ふっ……フフッ……はは っ……！」

まさかヴァルにまでこんなに心配をしてもらっちゃうなんて。どれだけ私は疲れ切った顔をしていたのだろう。ティアラやステイルが心配してくれるのも当然だ。……でも今は、それが凄く嬉しい。私が急に笑いだしたのに驚いたのか、手を引いたヴァルが「なにがおかしい？」と不満そうに口元を歪めた。ううん、ごめんなさいと謝りながら、私は口元を押さえて彼を見上げる。

「……何だか、今なら本当に貴方達との逃亡生活も良いなと思えてしまって」

次の瞬間、ヴァルは目を見開いた。冗談を本気にされたら驚くのも当然だ。

でも、本当に彼の手を取りたくもなった。この世界の悪役女王の私がヴァルと一緒に城から消えて退場すれば、無事にティアラが女王になる。そうすればアーサーやステイル、レオン様か……もう一人の彼と結ばれて平和な国を築いてくれるだろう。私があれこれしようと頑張る必要もない。ラスボスの私さえいなくなれば、障害も何もなく全員がティアラによって幸せなルートに行けるのだから。ラスボ スの私さえいなくなれば、ヴァルもセフェクもケメトも好きだし、私のラスボスチートを活《い》かして四人でこの世界の冒険者とかも楽しいと思う。きっと前世を思い出したばかりの私なら飛びついていた。でも、……いまはもう彼の手は取れない。

私は、この国を愛してしまったから。

私は邪魔者でラスボスで最低な女王だけど、それでもこの国と民が好きだから。叶《かな》うのなら最後まで足掻《あが》いていたい。どこでもない、この国で。……最後まで、王女として。

「ありがとう、ヴァル。……もう少し、頑張ってみるわ」

瞼《まぶた》をなくした目のまま身動《みじろ》ぎ一つしない彼に、今度は私から触れる。背伸びをして、彼の焦げ茶色の髪を撫でる。外の風に沢山晒された後の硬い髪の質感が肌に伝わった。

「だけどもし、本当に私が居場所をなくしたら……きっと本当に頼ってしまうから。その時は受け止めてくれると、嬉しい」

攻略対象者ではない彼だから。きっと彼にしか、頼れない。

彼の髪から手を離そうと静かに下ろす。すると、その手を受け止めるようにして彼の手が私の手に触れた。夜風に当てられてきた褐色の手はひんやりと冷たかった。

「……〝嬉しい〟じゃねぇだろ。〝受け止めろ〟と。……そう命じろ、主」

ゆっくりと私の手を受け止めた彼の手が、そのまま柔らかく包み込んでくる。契約に抵触しないように無理にではなく、徐々に、まるで触れることを私に許されているのを確認するかのようだった。

真剣な眼差しの彼から目が離せず、固まってしまう。

命じろ、と彼は言った。そんなことをしたら隷属の契約に則って絶対にそうしないといけなくなるのに。それを彼がわかっていないはずがない。なら、これは私のお願いを肯定してくれているという意味で良いのだろうか。

もともと今の私を憎む対象だったはずの彼が味方でいてくれることが、今はこんなにも心強い。包んでくれる彼の手を握り返し、鋭い眼差しに笑みで返す。そして感謝を込めて彼へと命じる。

「命じます。……貴方の意思が伴うその時は、私をどうか受け止めて」

全てを終えて私の存在がこの国の害悪となったその時は、そんな余生も悪くない。彼がその時にまだ旅のお供に私を仲間入りしてくれる気が残っていれば。

ヴァルは、私の言葉を黙って受け止めるようにじっと暫く見つめ続けた後、薄く長い息を吐き切りながら手を緩めて離した。

「行くぞ」と、私の部屋見学を楽しんでいたケメトとセフェクに声を掛ける。それに二人も、頷くよりも先にヴァルへと駆け寄った。

私に背中を向け、カーテンの内側から窓枠に足を掛ける彼を「ヴァル」と一度呼び止める。肩だけで小さく私の方を振り向く彼の左手にはケメトとセフェクがしっかりと掴まっていた。

「本当にありがとう。……貴方がいて良かった」

一瞬、彼の瞳が再び驚きに揺らいだ。表情が固まった彼をケメトとセフェクが静かに見上げる。

隷属の契約に堕《お》とした私にこんなことを言われても不快でしかないかもしれない。それでも今は素直にそう思えた。彼が今会いに来てくれなければ、今頃は今日一日のことをぐるぐる考えたまま眠り込んで、明日もちゃんと覚悟すら決まらないまま同じように過ごしてしまったかもしれない。けれど、彼のお陰で今は気持ちの整理がついた。

感謝を込めて笑顔を向けると不意に、……彼の右手が私の頬へと伸ばされた。そのまま触れるかと思った瞬間、寸前で不自然に手が止まる。彼はそれに少し不思議そうに眉を顰《ひそ》めると、今度はその手を上げ、ポンと私の頭を真上から撫でた。さっきの触れるかどうかの撫で方と違い、わしゃわしゃと子どもを慰めるような撫で方だ。

「全ては主の〝欲〟のままに。……そうあの時誓ってやったはずだ。いつでも好き勝手に頼りゃァ良い。もっとテメェのことだけ考えろ」

この俺のように。そう言って笑った彼は、またいつもの悪い顔だった。

「もし、本気で全部投げ捨てて俺達と逃げる気になったその時は」

一度区切り、私の頭から手を離した彼は、こちらを向いたまま窓枠から足を一歩踏み出した。左手でセフェクとケメトの手をしっかり握り直し、最後にニヤリと力強い笑みを私へ向ける。

「この俺が人生懸けて、テメェらの為に生きてやる」

その言葉を最後に、彼らの姿が窓から消えた。

あまりに一瞬過ぎて、驚いて窓の下を覗き込めばヴァル達の足元だけがまるで高速のエレベーターのように城の壁表面を滑り降りていた。城の壁跡が元通りの綺麗な壁になり、闇夜の底に三人が消えていく。見えなくなる寸前まで、彼らは私を見上げてくれていた。

ひと呼吸置いてから、ゆっくりと窓を閉じる。続けてカーテンを閉め、暫くはベッドに戻らずカーテン越しから薄く見える月を眺めた。

……大丈夫。前世の記憶を持った私だからこそ、この国の為に、レオン様にできることがある。

レオン様を幸せにできるのは私だけなのだから。

決意を新たに、目を閉じる。今度はよく眠れそうだと、そう思いながら。

「ステイル。今日は昼食後にレオン王子が城下を案内して欲しいらしくて。アーサーに稽古で会った時に伝えておいてくれるかしら」

「勿論です。プライドの大事な婚約者ですから。当然、俺も補佐として同行します」

昨日よりも心なしか表情が明るくなったプライドが「ありがとう」と優しい笑みを向けてくれる。だが、その後に侍女からレオン王子がプライドを探して部屋の前まで来ているという報告を聞くと、急いで自分の部屋へと戻っていった。

レオン王子がプライドの婚約者として城に訪れ、今日で三日が経《た》つ。今日一日さえ過ぎれば一時的にとはいえ、レオン王子は自国のアネモネ王国へ帰国する。一週間後に今度こそ次期王配としてこの城に移り住む、その準備を済ませて。

昼食後、馬車にプライドとレオン王子、そして俺とアーサーが乗った。ティアラも同行させてやりたかったが、名目上はプライドと婚約者との憩《いこ》いでもある。補佐の俺や近衛騎士のアーサーと違い、ティアラを同行させる訳には行かなかった。俺達を馬車まで見送ってくれたティアラは、今までで一番悲しそうな笑顔で手を振ってくれた。その姿だけでも充分に胸が痛んだ。

「プライド。君といるとただこうして馬車に揺られているだけの時間ですら幸福だと、そう思えるよ」

馬車で移動中も、レオン王子は常に優しくプライドを自身へ抱き寄せ、愛を囁いていた。そしてプライドもまた、昨日より大分穏やかに落ち着いた笑みを浮かべている。その横顔が以前より少し大人びたようにも見え、目の前にいるはずのプライドが遠い存在に思えた。その間、始終アーサーの顔色が曇って見えたのは、俺の気のせいではないだろう。

馬車に乗る手前、プライドからアーサーもレオン王子に紹介をされていたが、殆ど覇気がなかった。一度挨拶の為にレオン王子と目を合わせた後は、ずっと顔を俯かせたままだ。馬車の中でも、時折顔を上げてはプライドとレオン王子を隠れるように覗き見ていたが、その時の眼だけがあいつにしては珍しくどこか鋭く燃えていた。

城下でレオン王子は様々な場所に興味を持った。市場や広場、表通りや民が憩う酒場、丘や外れの森と隅々まで巡っていた。

そして俺やプライドの説明に、何度も興味深そうに耳を傾けた。特に民の暮らしについては積極的に質問を重ね、我が国の在《あ》り方を理解しようとしているようにも見えた。時にはプライドや俺の許しを得て馬車を降り、直接民と触れ合った。てっきり最初は女性に声を掛けるのではと警戒したが、彼は老若男女《ろうにゃくなんにょ》問わず様々な民と手を握り合い、挨拶を交わし、直接彼らの話へ真剣に耳を傾けていた。

「…レオン王子殿下の国の民と我が民はどう違いますか」

レオン王子の意欲に押されるように、俺からも彼に問いかける。レオン王子は滑らかに笑みながら、自国の民の生活を教えてくれた。独自の文化や流行、彼はそれを民の貧富の関係なく熟知していた。優秀だという評判通り、客観的な視点や民の暮らしに分けた視点も含め、この先の見通しから我が国との同盟関係の在り方についても語ってみせた。

「……民を愛されているのですね」

負けを認めるように伝える俺の言葉に、彼は微笑みながら「この国の民も愛しております」と自然にプライドの手を握った。そのまま彼女へ顔を近づけ、至近距離から覗き込むようにして滑らかに笑んだ。プライドもそれに応えるように静かに笑み、「……ありがとうございます」と彼の手を握り返す。

……冷静な目で見れば、この上なくお似合いだ。

民を愛するこの二人が女王と王配となれば、きっと良い国を築いてくれるだろう。帰りの馬車に揺られながら、俺はとうとう最後に本題ともいえる問いを投げかけた。

「レオン王子殿下は、自国でも積極的に城下に降りられているという話を耳にしましたが」

もし、噂通りの疚《やま》しい理由ならば、言い訳の一つや否定の一つはしてくれるはずだと思いながら彼を真っ直ぐと見つめた。……が、全く動じない。

さっきまでの質問と同じく滑らかに笑み、プライドを抱き寄せ、その手を取りながら俺に答える。

「ええ。民の暮らしを知る……その為に直接足を伸ばし、声を聞き、この手で触れ合うことが彼らを導く者として何よりも大事なことだと思っています。紙を通すよりずっと良い」

見事な返答だ。そう、城下に降りること自体は何も悪いことではない。むしろ民に関心がある証拠《しょうこ》だ。彼をこうして知れば知るほど、非の打ちどころがない人間だと思い知らされてしまう。

俺もそれに「素晴らしいお考えです」と笑んでみせれば、また完璧な返答が返ってきた。

「ステイル第一王子殿下も素晴らしいです。若くして聡明な方だとは聞き及んではいましたが、噂以上だ。貴方が摂政となった暁《あかつき》にはきっとプライドも安心でしょう。勿論、僕も」

……だめだ。やはり噂は所詮《しょせん》噂だったらしい。

彼は素晴らしい第一王子だ。民を思い、聡明で、全く驕《おご》り高ぶる様子もない。そして、プライドを愛してくれている。まさに彼女の相手に相応しい。最初はこんな男にプライドを渡すくらいならばアーサーや騎士団の誰かの方が幾分かマシだと、……いっそアーサーが何かの手違いでなり変わってしまえばとまで思ったほどだが、考えを改めなければならない。少なくともジルベールやヴァルよりはずっと相応しい。そしてそれはつまり……

俺はこれから先プライドと彼を祝福し、支える義務があるということだ。

将来女王となる、プライドの幸せの為にも。そう思った途端、今度は胸が焼けるように痛んだが目を閉じて耐えた。そこでアーサーのことが気になり、目を向ける。会話に入りにくいというのもあるのだろうが、通常あいつは王族の人間と気軽に会話できる立場にはない。俺の友であり、プライドやティアラにとっても親しい仲だからこそ今まで会話を重ねていたが、やはり真面目なあいつは王子の手前、会話を慎んでいるのだろう。今も顔を俯かせ、表情が全く見えない。変に声を掛けてプライドやレオン王子の注目を浴びせては悪いと、そのまま俺だけが気づかれないように目を配り続けた。

城までの道のりもアーサーはずっと顔を伏せたままだった。そして城に到着し、馬車が動きを止めた時、ある事に気づく。最初は馬車の揺れで気づかなかったが、剣を握る手と膝に置いたまま握りしめられた手が両方とも酷く小刻みに震えていた。馬車を先に降り、俺やプライド、レオン王子に扉を開いている間もずっと顔を俯かせたままだ。

『アネモネ王国では有名な女誑しが、俺の姉君の婚約者だ……!!』

俺も気が立っていたとはいえ、悪いことをした。

アーサーは俺などとは違い、あの時にはとうに覚悟が決まっていたというのに。俺が不要な悪評を伝えてしまったせいで、きっと馬車の中でも余計な不安や心配に駆られてしまった。今夜にでも部屋へ訪ね、誤解を解かなければ。

……それとも、彼の非の打ちどころのなさに打ちのめされただけなのか。俺と同じように。

プライドも、アーサーの異変には気づいていたようだったが、やはりレオン王子の手前、なにも言えないようだった。彼に肩を抱かれて近衛兵のジャックと共に去っていくプライドと俺達へ挨拶をする時以外、始終アーサーは顔を上げることすらまともにできていなかった。その上、挨拶の際に一度上げた顔は完全に顔面蒼白といってもいい色だった。アーサーに背中を向けた後、プライドとレオン王子の背後に続いた俺がそっと振り返れば、その場から走り去っていく瞬間だった。……本当に、悪いことをした。アーサーへの罪悪感で更に胸が痛む。あいつが俺と同じようにプライドを慕い、その身を案じてくれていることを、他《ほか》の誰よりもこの俺が理解していたというのに。

城に入った途端、ティアラが迎えてくれた。すぐ夕食ですよ、と笑ってくれたがやはり見送ってくれた時と同じく影が差していた。プライドは駆け寄ってくるティアラを両手で受け止めたが、すぐにまたレオン王子と並び、去っていってしまった。仲良く並ぶ二人を邪魔してはならないと気にしたらしく、いつもは一度プライドに抱きしめられたら決して離れないティアラが自ら身を引いた。

プライドがティアラを心配そうに振り返ったが、すぐにレオン王子に肩を抱かれるまま進んでいってしまう。代わりに俺がティアラに寄り添い、肩を抱き寄せればそのまま裾《すそ》を握ってきた。妹の憂いを帯びた瞳に息が苦しくなる。そうしてプライドとレオン王子の後ろ姿を見つめながら、共に歩んだ。

わかっていた。こんな日がいつかは来ることは。

それでもプライドが将来伴侶となる男と手を取り合い、歩いていく姿に胸が締め付けられる。

……俺、だけだろうか。

今まで当然のように歩いていたはずの三つの影が、今は全く変わってしまったことを

〝寂しい〟と。……そう思ってしまうのは。

夕食を終えた後、昨晩約束していたレオン王子は今夜こそ是非にとプライドの手を取った。彼女も笑顔で応え、そしてレオン王子の寝室へと躊躇《ためら》うことなく姿を消していった。

バタン、と静かに閉じられるその扉の音で視界が一瞬揺らぎ、胃と胸が同時に締め付けられた。込み上げる感情を抑えるようにして俺もティアラも自室へ向かう。俺だけでも傍にいようかとティアラに言ったが、彼女は無理をした笑みで「大丈夫」と断り、部屋にこもった。俺も部屋に戻り、眠る支度を終えてから侍女達に扉を閉めさせた。

一人きりの部屋で、深呼吸をする。灯りも消し、真っ暗な世界ですれば少し心が落ち着いた。……だが、この暗がりで今プライドが何をしているのかと考えれば、身を千切られるような激痛が走った。

大丈夫だ、レオン王子は素晴らしい人間だ。今はただプライドに素晴らしい伴侶ができたことを弟として喜ぶべきだ。

もう一度、息を整えて覚悟を決める。そして、瞬間移動をしようとしたその時。

ピィイィイィイイイッ……

口笛が聞こえた。この鳴らし方はアーサーだ。まさか先に呼ばれるとは思わなかった。ただでさえアーサーは王族である俺を合図で呼ぶことに抵抗があるというのに。つまりはそれほど今日のことで思い詰めさせてしまったということだろう。ちゃんと謝らなければ。

特殊能力を使い、視界が切り変わればそこは騎士団にある彼の部屋だった。アーサーは椅子に逆向きに座り、背もたれに両腕を掛け、突っ伏すようにして顔を俯けていた。

「アーサー」

まだ落ち込んでいるのかと、胸を痛めながら彼の名を呼ぶ。アーサーは俺の声に小さく顔を上げる動作をすると「ステイルか」と呟き、顔を見せないまま再び突っ伏してしまった。……言わなければ。

「アーサー、レオン王子は」

「俺は」

噂と違った人間であったことを認め、詫《わ》びようとした途端に俺の声を上塗るようにアーサーがはっきりとした声を放った。言葉を聞こうと俺が先に口を噤む。すると、それを汲《く》んだようにアーサーは再び口を開いた。

「俺は、……プライド様がレオン王子と結婚するのは嫌だ」

微妙に震わせながらの声に、どう言葉を掛ければ良いかわからなくなる。その間も彼は続ける。

「レオン王子がプライド様の伴侶になるくらいならステイル、お前や騎士の先輩……っつーかステイル、お前の方が万倍も良い」

どこか覚えのある台詞に「世辞などやめろ」と返すが、それに対しての返答は来なかった。

「王族の結婚ってのも、わかってる。本人が惚《ほ》れたとかそういうのは重要じゃねぇってことくらい。……政治的な意味が強いってことくらいわかってる。それが、女王となるプライド様の役目だってことくらいは」

ぽつりぽつりと零す、アーサーの言葉にまた俺は掛ける言葉をなくしていく。やはり、アーサーも耐えられないのだ。せめて、今晩プライドがレオン王子の部屋に入ったことだけは言わないでおこう。

そう心に決めた間も、言葉は続いた。

「でも、アイツは駄目だ。あのレオン王子ってヤツは。……アイツじゃプライド様を幸せにできねぇ」

事実を受け止めきれないのか、それともまだ俺の話したレオン王子の噂を信じ込んでいるのか。

……やはり、元凶である俺の口から言わなければ。

「……アーサー、よく聞くんだ。すまない、俺が間違っていた。レオン王子は立派な」

「俺はッ‼」

突然、今度は俺の声を完全に掻き消す怒声が響いた。

「ッ俺はっ……認めねぇ……」

アーサーの肩が酷く震え出した。泣いているのかと、その肩に手を置こうとした瞬間だった。彼の全身から発せられた凄まじい覇気に、俺は思わず手を引っ込め飛び退《の》くように後退る。

「今の、あの野郎との結婚だけはっ…絶対ぇに…！」

パキパキと、アーサーが掴んでいた椅子の背もたれがその指の力だけで破壊されていく。温厚なアーサーから久しく感じなかった殺気を一気に浴びた。俺に向けてではないとわかっていながらも、思わずその尋常じゃない殺気の量によろめいた。

何故アーサーをこんなにも怒りの色に染め上げさせてしまったのか、尋ねようとした瞬間、またしてもアーサーの言葉が遮った。そして彼の言葉に一瞬本当に息が止まる。

「……あんな……怖気《おぞけ》が走るほど薄気味わりぃ笑い方は初めてだ……‼」

ゆっくりと顔を上げたアーサーの蒼い目が、怒りで真っ赤に燃えていた。

〝薄気味悪い笑い〟……人の取り繕いの顔を見通すアーサーがそう語る意味を、俺は瞬時に理解した。

誕生祭でプライド様が蒼い髪の王子と外へ出ていった時。あの人が婚約者なのかな、となんとなく思った。その時は既に遠目だったけど、並ぶ二人はすげぇお似合いだった。

婚約者発表では、父上達と一緒に祝福はしたけど、どうしても直視できなかった。相手の王子の顔も、幸せそうにしているだろうプライド様の顔も。

翌日のステイルとの稽古後、城下に降りられるプライド様がレオン王子に俺を紹介してくれた。

……その時から、違和感はあった。そしてプライド様やステイル、レオン王子と馬車に乗り込んで揺られ、それが違和感以上のものに変わった。

「プライド。君といるとただこうして馬車に揺られているだけの時間ですら幸福だと、そう思えるよ」

レオン王子に抱き寄せられ、甘い言葉を囁かれるプライド様を目の当たりにするのは正直それだけでも胸が妙に痛んだけど、それ以上になかなか直視することができなかった。

怖気が走るほどに貼り付けられた、レオン王子のその笑顔に。

最初は誕生祭という公式の場だからだと思ったから、疑問にも思わなかった。ステイルだって社交の場じゃいつも取り繕った笑顔だし、大体そんなもんだろと。

次が、馬車の前で紹介された時だ。頭を下げた俺にレオン王子が挨拶を返してくれた時、その薄気味悪い笑みが俺に向けられた。でも、それだって王族じゃねぇ俺みたいな下っ端相手じゃしょうがねぇなとそう思った。ただ、馬車の中じゃ別だ。

プライド様の肩を抱く時も、プライド様の手を取る時も、プライド様に甘い言葉を囁く時も、馬車から降りて城下の人と触れ合っていた時も、ステイルへの問答に答える時も、……ずっと、ずっとだ。ステイルの取り繕った笑顔とも、ジルベール宰相の全てを覆い隠すような笑みとも全く別の異質な笑顔。

プライド様を愛していると囁き続けながら、その顔はべったりと塗り固めたような笑顔しかなかった。それだけでもレオン王子への怒りが込み上げた。何故そんな嘘偽りに固めた笑顔で、無意味に何度も何度も何度も心にもない甘ったるい言葉をプライド様へ重ねるのかと。

馬車に揺られる間、ステイルから聞いたレオン王子の噂が耳にこびりついて離れなかった。自国では有名な女誑しだと。目の前の光景にその噂への信憑性《しんぴょうせい》は跳ね上がった。

更には、プライド様だ。

いつも、俺みたいな騎士や来賓、城下で会う人に対しても心からの笑顔を沢山向けてくれるプライド様まで、取り繕った笑顔をずっとレオン王子に向けていた。遠い、別人のようなその横顔に胸が握り潰されるようだった。まるで最初からレオン王子に何も期待していねぇような、そんな笑顔に。

二人仲睦《むつ》まじく並んでいるように見えるはずの姿が、俺の目には全くの別物にしか映らなかった。レオン王子の手前、ステイルもいつもの取り繕った笑顔をしていて、レオン王子も怖気の走る笑顔を貼り付けていて、あのプライド様まで嘘の笑顔を浮かべていて……

貼り付けまみれの笑顔しかない空間に、気分が悪くなった。今までだって、騎士の任務で護衛や式典に招かれてそういう取り繕った笑顔まみれの場所に行ったことは何度もある。ガキの頃から見慣れていたし、目に引っかかるぐらいだった。

でも駄目だ。あの王子の笑みは異質過ぎて、その上よりによってプライド様までもが取り繕って

……気分が悪くなり過ぎて、途中から吐き気を抑えるのに必死だった。せめて口を押さえつけたかっ

たけど、王族の前でそんな不敬をするわけにもいかず、拳を握りしめてひたすら耐えた。

プライド様達を城へ送り届けた後、城前はさすがにまずいと思って急いで移動し一気に吐き出した。

駄目だ、あの二人は。

わかってる。国の政治に俺が口を出すべきじゃないってことぐらい。そんな資格もないってことも。

でも、あの王子と結婚してプライド様がもしずっと、ずっとあの王子にあの笑顔と口先だけの甘い言

葉を掛けられ続けたら？　プライド様がずっと、あの嫌な取り繕った笑顔ばかりを浮かべ続けるよう

になったら？　王子だけじゃねぇ、ステイルやティアラ、民や、……俺にも。

きっと俺は耐えられねぇ。

あの人には幸せになって欲しい。俺がどんなに辛くても痛くても構わねぇ。でも、国や民を一番に

考えてくれるあの人が、その為に一人ずっと笑顔を偽り続けることになるのだけは嫌だ。

あの時、俺をその笑みで救ってくれたあの人の心が死んだら、それこそ俺もどうにかなっちまう。

「…………………」

俺の話に、ステイルは絶句したように言葉を詰まらせたまま、暫くは何も言えねぇようだった。

俺へ向けたままの目だけが、酷く混乱しているように揺らいでいる。話す間にもあの時の不快や怒

りがぶり返し、腸が煮え繰り返った。「つまり」と、ステイルがやっと頭の整理が追いついて口を

開き始めたのはかなり時間が経ってからだった。

「姉君も、レオン王子も、殆ど始終偽りの笑みしか浮かべていなかったと……？」

「そうだ。少なくとも俺の目にはそうとしか映らなかった」

俺の単なる気のせいだったらどんだけ良いか。吐き捨てるようにそう零した途端、ステイルが小さな声で「プライドが……」と呟いた。大分まだ混乱してやがる。そのままぐしゃり、と片手で自分の頭を掻き乱す。

「何故、だ……？　レオン王子はまだしも、何故姉君までそんなことをしなければならない？　国の代表として速《すみ》やかに婚姻を成立させる為……？　いや、そもそも何故……。昨夜聞いた段階ではレオン王子を悪くは言っていなかった。例の噂も全く知らないようだったし、少なくとも俺の目にはレオン王子は姉君へ好意を向けているように振る舞っていた。そんな相手に何故、姉君が心にもない笑みしか向けられないんだ……？」

「わかんねぇ。プライド様もレオン王子の本性に気づいているのか、婚姻自体がもともと乗り気じゃねぇのか、……レオン王子に、弱味でも握られているのか」

最後の言葉を言った途端、握りしめた背もたれが悲鳴を上げると同時にステイルがギリッと歯を食い縛る音が聞こえた。あの人の本当の笑顔をあの王子が意図的に奪ったんなら絶対に許さねぇ。

「……もし、何か理由があったとしても姉君は国の為なら耐える人だ。たとえレオン王子との婚姻に気が進まない理由があったとしても、婚約解消をしようとは思わないだろう。それに……未だレオン王子の人格全てが否定された訳でもない」

ああ、と言いながらも胃は焼けるように痛んで、また手に力を込めたらとうとう背もたれが音を立てて半分取れた。

わかってる、恋愛とかそういう気がなくても大事なのは王配となるに相応しい器の方だ。プライド様がちゃんと惚れた人と幸せになって欲しいと、そう願っちまうのは俺の独《ひと》り善《よ》がりな我儘《わがまま》でしかねぇ。ただ、それでもやっぱり俺の頭にはあの二人の貼り付けた笑顔がこびりついて離れなかった。

ふと、妙な寒気がしてステイルに目だけを向ける。目が血走るほど見開かれ、指先が眼鏡の黒縁に当てられたまま全身からはドス黒い覇気を放っていた。

「……明日、レオン王子が帰国した後に俺から母上に進言する。……姉君の婚約者に相応しいとした、その理由も」

その言葉に若干の不安はあったけど、それでもやっと胸の煮え滾《たぎ》りが少し収まる。なんとかそのまま落ち着こうと長く息を吐く。

「……そうだな。俺もこのままじゃあとてもプライド様を祝福する気にはなれねぇ」

「ああ、むしろお前がその剣を振るいそうな勢いだ」

ステイルの言葉に「ンだと?!」と返すが、既に俺の声が聞こえていないらしくぶつぶつと「いっそ本当にわかりやすく女性に手を出してくれれば尻尾《しっぽ》を掴めたものを」ととんでもねぇことを呟いていた。ふざけんな、プライド様以外の女に手ぇ出す男なんかその場でぶった斬《ぎ》ってやる。

「……あとは、明日の朝の帰国までレオン王子がプライド様に変なことをしなきゃ良いんだが」

レオン王子のいないところでプライド様の本心さえちゃんと聞ければ、俺やステイルも力になれるかもしれねぇ。万が一にも王子に弱味を握られたり、王子の望み通りにしなきゃならねぇ理由があるなら、その時は。

壊れた背もたれの代わりに、無意識に腰に差したままの剣を強く握り締める。

「ステイル。呼び出してこう言うのもなんだけどよ、明日の朝までちゃんとプライド様を──……」

見ていてくれ。そう言おうとした瞬間、言葉が止まった。

明らかにステイルの顔色がおかしい。額に汗を滴らせ、押さえた眼鏡の奥の瞳が激しく揺れている。しかも完全に俺から目を逸らした。ただでさえ無表情なことが多いコイツがこんなにわかりやすく動揺しているのを見るのは初めてだ。

「おい、どうしたステイ」

「なんでもないっ」

俺が言い終わるより先にステイルが言葉を切った。いや、どう見ても大丈夫じゃねぇだろ。急に変わったステイルの態度でさっきまでの煮えたぎった熱が引いていく。

「そろそろ俺は戻る明日またいつもの時間に稽古場でだ絶対遅れるな」

一瞬、何を言っているのか聞き取れないくらいの早口で一息にそう言うと、止める言葉も聞かずにステイルは瞬間移動で消えちまった。……なんか、すっげー嫌な予感がするんだが。

一瞬、夜だったせいもあってとんでもないことを想像しちまう。速攻で自分の頬を叩《たた》いて変な妄想を打ち消した。いや、ねぇだろさすがに。まだ出会って三日しか経ってねぇってのに。今日のレオン王子の甘い言葉に影響されたか。頬が熱くなり、頭を掻いて誤魔化す。……けど、ステイルに話して良かった。俺一人じゃマジで早まってたかもしんねぇ。

あと一日、あと一日だけだ。そうすりゃァちゃんとプライド様の話も聞ける。ちゃんと力にもなれる。プライド様や、ステイル、ティアラのあんな顔も見ないで済む。

頭ではわかってる。もし仮にあのレオン王子が最低な人間だとしても、同盟の証としてはプライド様の婚約は必要なものだ。こうして少し冷えた頭で考えれば、単に取り繕った笑顔まみれだっただけで婚約解消なんて絶対無理だ。本人同士の意思じゃなく、これは国同士の意思。

でもそれでも、やっぱり願っちまう。プライド様を慕う、ちっぽけな単なる一国民として。


あの人には、どうしても幸せになって欲しいと。


「何故、プライドの婚約者にレオン第一王子を。とのことでしたね、ステイル」

翌朝。国へと帰るレオン王子を見送った後、その足で俺は女王である母上へ謁見をと足を運んだ。

やはりプライドは何かを隠している。レオン王子を見送る時にも「昨夜の約束、……どうか守って下さいね」と囁き、そして王居へ戻ってからはヤブラン王国からの荷を届けに来たヴァルにもコソコソと何かを頼んでいた。そしてそのどちらも、……俺とティアラには教えてくれなかった。

だからこそ今、母上に問う。何故レオン王子を婚約者に選んだのか、その真偽を確かめる。

「アネモネ王国は我が国にとって古き関係でもある同盟国。貴方も知っての通り、近隣諸国の中でも特に我が国に近しい位置にある隣国でもあります」

今までも何度かこうして言葉を交わしたことはあるが、やはり女王。いつ話しても隙《すき》の一つもない威厳を全身から放っている。未だにその口が開くだけで時折萎縮《いしゅく》する。……アネモネ王国のことは、俺も知っている。毎年、騎士団新兵合同演習も行っており、我が国にとって馴染《なじ》みの深い国だ。

「そして私達は数年に渡り、複数の近隣諸国と同盟関係を築いてきました。去年から取り組まれた同盟共同政策がその証ともいえます。だからこそ、我が国は以前より親交の深かったアネモネ王国と確かで恒久的な繋がりと、共に繁栄していくことの誓いを互いに確認し合う必要がありました」

つまり、我が国との同盟国が増えたからこそ、古くから親交のあったアネモネ王国との関係が希薄とならない確固たる証が必要だった。それが、今回のプライドとレオン王子との婚約だったということだ。確かにそれは頷ける。たとえ多くの同盟を結んだとしても、以前から親交のあった国を蔑《ないがし》ろにすればその国だけでなく、他の同盟国との信用にも影響をする。両国の王女と王子との婚姻が成立すれば、これ以上ない友好と信頼の証といえるだろう。

「そして、アネモネ王国にはレオン第一王子の他にも第二、第三王子がおりましたが……私とアルバート、そしてヴェストが直接言葉を交わし、相応しいと考えたのはレオン王子のみ。そしてまた、アネモネ王国の国王もそれを望んでいました」

母上の言葉に俺は息を飲む。レオン王子が一番相応しいと……？　何故だ。女誑しという悪評もあり、更には国王からも直接王位継承の座を事実上剥奪《はくだつ》された王子が、何故。

「私とヴェストからも再三に渡り、確認は取りました。本当に第一王子を我が国の人間にしても良いのかと。ですが、国王はそれを望むと。ですから、私は彼を我が国に迎え入れることにしました」

余計意味がわからない。何故、そこまで母上はレオン王子を高く評価するのか。唯一悪評のある彼だぞ。確かに王としての才はあるだろう。だが、だがそれでも……!!

「……ステイル。貴方も第一王子として、プライドの補佐、ティアラの義兄としてよくやってくれていますね」

不意に、話題の方向が俺に振られる。想定しなかった投げかけに思わず肩へ力がこもる。

「特に一年前からは摂政としての職務についても理解を深めたい、と。確か貴方はそう私に望んでいましたね」

母上の言葉に応え、頷く。確かに俺は一年前からそれを望んでいた。もともと摂政の仕事内容や在り方については幼い頃から教師に教わっていたが、直接携わったことは一度もなかった。だからこそ、時間がある時だけでも現摂政のヴェスト叔父《おじ》様の傍で勉強させて欲しいと一年前に母上へ望んだ。だが、母上はその時には「時期になれば」としか答えてくれず、それは叶わなかった。

「今が時期です」

母上が優雅に微笑みながらそう言った。その口元が柔らかく引き上がる中、俺は一人息を飲む。

「プライドの婚約。次期女王に向けて更にあの子は公務に携わることが増えるでしょう。あの子のみで判断し、直接私やアルバート、そしてヴェストと交わすことも。……レオン王子と共に」

母上の最後の言葉に、心臓が絞られるように痛む。それに気づくことなく、母上はまた続ける。

「そして、貴方も同じです。これからはヴェストに付くことが増えるでしょう。プライドはレオン王子と、そして貴方はヴェストと行動を共にします。共にそれぞれ公務を重ね、プライドがレオン王子と婚姻を結び、女王となった暁には貴方はプライドの補佐……いえ、摂政としてこの国をプライド、そしてレオン王子と共に支えることとなるでしょう」

一週間後からヴェスト付きとなることを許します。と微笑む母上に、俺は今度こそ言葉を失った。ヴェスト叔父様に付く。願ってもない言葉だ。俺は望んでいた、摂政となる為にヴェスト叔父様の傍で勉強したいと。プライドの為、そしてこの国の為に。だが、母上から頂いた言葉は同時にこれまでのプライドとの生活の断絶をも意味していた。

もう、傍にはいられない。

何故ならもう、プライドには俺の代わりがいる。傍にいるべき婚約者が。……いや、むしろ今まで俺がレオン王子の代わりだったと言うべきか。

次、プライドの傍にいられる時は彼女がレオン王子と正真正銘《しょうしんしょうめい》の夫婦となった時。一週間後、レオン王子が婚約者として我が国へ戻った時、俺はもう今までのようにプライドとはいられない。摂政となるべく、ヴェスト叔父様と行動を共にしなければならない。

……何を動揺する必要がある？　俺が望んだことじゃないか。

気がつけば返事をするよりも先に胸を押さえつけていた。そうだ、俺は望んでいた。ヴェスト叔父様の元で学びたいと。しかし突然こんな入れ替わるように終わるなど。昨日まで俺がいた場所に、レオン王子が立つことになるなど。まだ、あの男を信頼しきれた訳ではないというのに。

「私も、そして歴代の摂政も皆そうしてきている」と話すヴェスト叔父様の言葉すら、殆ど頭に入ってては来なかった。やっと頭が回り、絞り出した言葉は「ありがとうございます」の一言だけだった。今日ほど表情が出にくいことに感謝した日はないだろう。

「貴方は歴代でも特別優秀な子です。きっと、ヴェストすら凌《しの》ぐ素晴らしい摂政となるでしょう。今後も期待していますよ、我が愛しい息子」

優しく笑む母上に、なんとか取り繕って笑みを返す。そのまま「他に聞きたいことは」と聞かれ、俺がはいと返せば退室を許された。礼儀通りに退室し、意識も朧なまま足を進める。

わかっていた。ヴェスト叔父様の傍で勉強したいと母上に進言した時から、そうすればプライドと共にいる時間も殆どなくなると。だが、それでも良いと思った。それが未来のプライドの為に、国民の為になるならと。プライドとの関係が断絶する訳ではない、同じ城内で生活し、食事だって今まで通り共にできるだろう。休息時間にだって会うことは普通にできる。

ただ、プライドの隣には必ずレオン王子がいる。

今日までの三日間のように、ずっと奴がプライドの傍にいるだろう。食事の時も愛を囁き、肩を抱いて歩き、共に肩を寄せ合い休息の時間を取るだろう。もう……彼女の隣に俺は必要ない。

「……あ」

思わず声が漏れ出た。涙腺《るいせん》が刺激され、もう涙がそこまで来ている。あと瞬き一つすれば一気に溢れ出すだろう。

駄目だ、アーサーと約束したんだ。まだ、泣かないと。

歯を食い縛り、自身の首を引っ掻いて必死に堪える。大丈夫、大丈夫だ。全てはプライドの、そして国民の為。その為にこの身を捧《ささ》げると俺自身が決めたんじゃないか。大丈夫だ、プライドの傍に俺がいれなくても彼女にはアーサーやティアラがいる。俺だって、長い目で見れば変わらずプライドの傍にい続けることができるのは変わらない。大丈夫だ、立派な摂政となる為に、俺は――……

「あっ！　兄様!!　母上とのお話しは終わったの？」

ティアラの明るい声がし、顔を上げるといつの間にか庭園まで来ていた。瞬間移動を使った覚えもないし、本当に無意識に歩いてきていたようだ。

俺の顔を見て、ティアラの表情が変わる。俺の無表情な顔から完全に感情を理解してくれるのは今もティアラとプライド、そしてアーサーだけだ。「どうしたの?!」と目を見開くティアラに、心配を掛けまいと眼鏡の黒縁を押さえる。短く息を吸い上げてから、少し疲れただけだと言葉を返した。そのまま気を取り直し、改めてティアラを見てやっと俺は目の前の状況に気づき、驚く。

「姉君……、眠っているのか……?」

庭園の木陰で、プライドは眠っていた。

木陰に座るティアラの腰に抱きつき、そのまま妹の膝を枕《まくら》にして崩れたように眠っている。いつもはプライドにティアラが寄りかかるばかりだというのに、完全に立場が逆転している。

「昨夜もあまり眠れなかったんですって」

無邪気に笑うティアラの言葉に、意味を深読みした俺はまた胃が焼けるように痛んだ。昨夜はやはりレオン王子の寝室にいたのだろうか……。ティアラが首を捻り、「どうしたの?」と心配そうな表情を俺に向ける。俺がもう一度、疲れているだけだと伝えると、ティアラはまだ心配そうな表情のままプライドの横の芝生《しばふ》を手で叩いた。

「兄様も寝てあげて」

悪戯《いたずら》っぽく笑うティアラの言葉に、思わず顔が熱くなる。何故、わざわざプライドの隣を指定する必要があるのか。大体寝て〝あげて〟とはどういう意味だ。

俺の表情に生気が戻ったからか、ティアラが楽しそうに笑いながらプライドの髪を優しく撫でた。

「……私ね、この三日間すごく寂しかった。お姉様をレオン王子に取られちゃった気がして。だから、お姉様がさっき庭園に誘って下さってすごく嬉しかったの」

柔らかい笑みでティアラが微笑む。何度も何度も、波立つ深紅の髪を撫でる。ティアラのその笑みに釣られるように俺も少し心が落ち着いた。誘われるままに眠るプライドの横へ腰かける。丁度ティアラの膝を枕にしているプライドの顔がこちらを向いていた。力の抜けた、俺がよく知るプライドの表情に、胸のつかえが少し軽くなる。

「それでね、お姉様がここまで誘って、思い切り私を抱きしめてくれたの。きっと、私が寂しがっていたことに気づいて慰めて下さったのだと思ったのだけれど。……でもね、そしたらお姉様が」

「すている……？」

ティアラの言葉が途中で切れる。ずっと目が離せなかったプライドが薄くぼんやりと目を開けた。俺の顔を見て、名を呼んだ。まだ寝惚《ねぼ》けているのか、目がとろけたように虚ろで視点が定まっていない。突然目を覚ましたことに驚く俺を見て、寝惚けた表情のままこちらへと腕を伸ばしてきた。

「え……?!、……！　待っ……プ……プライド……?!」

戸惑う俺の声も聞こえないように、プライドの両腕が腰へゆっくりと回され、思わず身を強張らせる。そんな俺を抱きしめるようにしてプライドは俺の膝へ顔を埋めた。さっきのティアラの体勢と殆ど同じだ。一気に頭の先まで熱が上がる俺と寝惚けるプライドを、ティアラが楽しそうに眺めている。何故、寝惚けているからとはいえ、こんな。今まで三人で昼寝をしたことは何度もあったが、こんな風に寝惚けたプライドは見たことがない。

心臓がバクバクと内側から身体を叩き、耐え切れずプライドを起こそうとその華奢《きゃしゃ》な身体を揺らす。だが全く彼女は目を覚まさない。むしろ呻《うめ》いて更に抱きしめる腕に力を込めるから心臓が破れそうになる。緊張で震えた声でプライド、と名を呼び、声を掛けてみる。するとまた寝惚けたように呻きながら「すている……」と呟くプライドに思わず肩が震えた。そして更に続けられた言葉に俺は今度こ

そ思考が停止した。

「……さびしかったぁ……」


まるで、甘えるような……泣きそうな声だった。

驚きが全ての感情を上回り、思考と同時に身体の動きも止まってしまう。その間もプライドは俺の膝に顔を埋め、横を向いたと思えば次第に寝息を立て始めた。

「私にも……そう言ってくれたの」

ティアラは眠るプライドへ照れたように眼差しを向け、嬉しそうに微笑んだ。

……寂しかった、と。そう思っていたのは、俺だけだと思っていた。

ティアラの言葉でやっと意識を取り戻した俺は、改めて膝の上で眠るプライドへと目を向ける。美しい彼女の顔がこんなに近くで、安心しきった表情で眠っている。ティアラのように、この手でプライドの髪を撫でてみる。柔らかく、長い深紅の髪が俺の指の間をすり抜けた。同時に甘い香りが鼻先を掠める。……何度撫でても、飽きそうにない。

やみつきになる前に手を止め、そのまま恐る恐る今度は両手で抱え、覆い被《かぶ》さるようにして彼女の頭を抱きしめる。脈打つ心臓がプライドの額に触れ、長い深紅の髪が口や鼻につく。そうして眠る彼女に、俺は静かに言葉を返した。

「……俺もです」

……大丈夫、ずっといる。たとえ離れても俺の心は貴方の傍に。たとえ貴方の隣に俺がいなくても、たとえ貴方があの男を愛したとしても。

俺の身も心も、全ては貴方のものなのだから。


隊ごとに演習を終えた騎士達が行き交う中、休息時間になった俺はそのまま演習場内を歩いた。取れないとわかりながらも目の下のクマを拳で擦《こす》る。昨夜、プライド様とレオン王子のことを考え続けて、気がつけば朝になっていた。もう昼だし一回寝るかとも考えたけど、それよりステイルの稽古場に向かわねぇとと思い直す。今朝レオン王子も帰国したらしいし、もしかしたらもうステイルが女王に進言してくれたかもしれない。

そんな淡い期待をしながら、俺はふらふらと身体を引きずるように門へと向かう。するとちょうど前方から蹄《ひづめ》の音が聞こえてきた。馬車が来たと思って一度端に避《よ》ける。こんな時間に馬車で騎士団のところに来るなんて誰だ？　今日は誰かが来るなんて報告は聞いていねぇのに。

「アーサー！」

欠伸《あくび》を噛み殺したのと同時に、馬車から聞き慣れた声が飛び出してくる。振り向けば近衛兵のジャックさんに扉を開けられ、プライド様がステイルに手を取られながら馬車を降り、俺へと手を振っていた。後に続くようにティアラも馬車から降りてくる。

「ぷっ……プライド様?!」

寝惚けて夢でも見てんのかとも思ったけど、本人だ。嬉しそうに笑顔で俺の方に駆け寄ってくれるのは正真正銘のプライド様だ。見慣れていたはずの心からの笑顔にそれだけでほっとする。

「良かったわ、行き違いにならなくて。昨日体調が悪そうだったからずっと心配だったの」

……俺を、心配してくれていた。

それだけですげぇ恥ずかしくて嬉しくて、言葉に悩んで口を結んじまう。その間にもプライド様は俺の顔を覗き込んでは目を丸くする。「すごいクマじゃない‼」と声を上げ、ティアラも並ぶように覗き込んできた。

「いや、ちょっといろいろ考え事してて……」

誤魔化すように一歩引くけど、二人とも心配そうに俺を見るばかりだ。ふと、女王への進言はどうなったのかと思ってステイルへ目を向ける。けど、重々しく首を横に振られただけだった。……どうやら芳《かんば》しくなかったらしい。そう思うと余計にまた頭や胃が重くなってぐったり力が抜ける。思わずプライド様の前だってのに俯いちまうと、

「アーサー、大丈夫？」

……すっげぇ近くに、プライド様の顔が来た。

俺の目の下を凝視するように顔を近づけ、頬を挟むように両手を添わせる。あまりに突然で「どわっ⁉」と声を上げながら飛び退いちまう。するとプライド様が「ごめんなさい！　驚いたわよね⁉」と少し慌てたように声を上げて謝ってくれた。

何やってんだ俺‼　折角プライド様が心配してくれたってのに‼

「あ……いや！　すみません‼　ちょっとぼーっとして……」

慌てて詫びると、プライド様が更に心配そうな顔をして「今日は稽古よりゆっくり休んだ方が良い

わ」と言ってくれる。最悪だ、すげぇ格好悪りぃ。

飛び退いたままプライド様を見る。本当にいつも通りだ。表情全部いつものプライド様だ。昨日のあの横顔が悪夢だったとすら思えるほどだった。

「昨日は何も声を掛けられなくてごめんなさい。体調が悪かったのに、無理してくれたのでしょう？」

プライド様が心配そうに顔を歪めて、俺の方に歩み寄ってくれる。やばい、頭が回らねぇ。折角レオン王子が帰ったんだから色々聞かねぇといけねぇのに。なんであんな表情してたのかとか、何か王子に弱味を握られたり、理由があるんじゃねぇのかとか。

「ぷっ、プライド様、あの、お聞きしたいことがっ……」

纏まらないままに声だけ上げる。プライド様がそれに首を捻り、どうしたのと聞き返してくれる。

今度こそ言おうと息を吸うけど、直前で止まった。よく考えたら俺はそんなことを言える立場なんかじゃない。むしろ、プライド様が本当はレオン王子に惚れていたら俺の発言はプライド様にもレオン王子にも無礼でしかない。言った途端に軽蔑《けいべつ》の目で見られても仕方がねぇほどの。

言葉を失った俺に、プライド様やティアラがまた心配そうに顔を覗かせる。やっぱり寝たほうが良いんじゃとか騎士団の人を呼びますかとか言って、そこをステイルが何とか止めてくれてる。だめだ、何か、何か言わねぇと……

「し……」

やっと舌が回った。そうだ、俺が一番プライド様に聞きてぇのは――……

「……し……幸せ、……ですか……？」

緊張と思い切ったせいで顔が熱い。……でも、ずっとそのことばっかが頭から離れなかった。

プライド様は、いきなりの質問に少し驚いたように目を丸くした。その背後でステイルもティアラも、無言で俺とプライド様を見比べる。すげぇ緊張して目を逸らしたかったけど、それよりプライド様が一瞬でも躊躇ったり言い淀んだりするのを見逃《みのが》したくなかったから口の中を噛んで堪えた。

プライド様は俺の言葉を飲み込んだ後小さく首を傾げて、笑んだ。

「幸せよ。だってアーサー達がいてくれるのだもの」

心からの、笑みだった。眩《まぶ》し過ぎて一瞬目が眩《くら》んだ。その笑顔を見ただけでほっとして、一気に力が抜けてくる。背後のティアラやステイルも、安心したように笑みを浮かべていた。

良かった、プライド様が幸せならそれで良い。

胸の中の蟠りも全部吐き切るように長く息を吐く。目を閉じ、自分の呼吸に集中する。レオン王子とのあれが何なのかは未だわからねぇけど、それでも今のプライド様が幸せならそれ以上はいらない。

俺の名を心配そうにまた呼んでくれるプライド様に、緊張が解けて言葉が勝手に漏れる。

「良かった……じゃあ、無理してるとかじゃなかったんすね……」

「え……」

あ。

まずい!!　うっかり本音が出た。無礼なことを言ってしまったと詫びる為に目を開ける。「すみません、今のは失言」……でしたと。そう言おうとした時だった。

プライド様の笑顔が、固まっていた。

まるで、図星を突かれたかのように。俺の視線に気づくと「そんな訳ないじゃない」と言って、……また笑顔を取り繕った。

なんで。

一気に、さっきまでの安堵《あんど》が嘘のように胃の中が重く沈んだ。あまりに重過ぎて、それに引きずられるように脱力してその場にしゃがみ込む。

「あ……アーサー?! 大丈夫?! ごめんなさい、心配掛けちゃって。大丈夫、私は大丈夫だから！ ちょっと色々あるだけで、そんな心配するような」

俺を心配して、察してくれて、しゃがみ込んだ肩に優しく触れてくれる。それすらも今は辛くて、無意識にプライド様へ自分から手を伸ばす。今にも俺の顔を見る為に同じようにしゃがんでくれようとするプライド様を引き止めるように。その細い手に自分の指を二本引っかけて、掴む。


「心配……させて下さいよ……」


目も合わせられず、しゃがんだまま俯いて言う。もう、頭の中がぐちゃぐちゃぐちゃで言葉が上手く選べない。プライド様も俺の発言に驚いたように言葉も動きも一緒に止まった。

「なんで、……なんで馬車の中であんな顔してたんすか……なんで無理なんかしてんすか……レオン王子に弱味でも握られてるんすか……国の為っすか……。……俺も、ステイルも、ティアラも皆すげぇプライド様が心配で、遠くて、…………遠くて」

やべぇ……全部言っちまった。

自分の声が変に弱々しくて、泣くのだけは嫌だと息を止めて堪える。まだ、泣いて良い時じゃない。

プライド様が「ごめんなさい」と言いながら、掴んだ俺の手に触れてくる。最悪だ、心配してると言いながら結局プライド様に俺が心配を掛けている。

「ありがとう、アーサー、ステイル、ティアラ。心配してくれて嬉しい。でも、本当に大丈夫だから」

ああ……やっぱそうだ。

この人はどんなに辛くても、絶対ギリギリまでは自分一人で抱えようとする。まるで、自分がそうなることが当然みてぇに。まるで、自分は元々一人で戦う存在なんだと決まっているみてぇに。

……この人の、笑顔を守りたい。

プライド様自身が幸せだったら、相手がどんな男でも俺は祝福できる。この人の幸せこそが、俺にとっても幸せだから。

だけどもし、本当に俺の心配通りプライド様が何かしらの理由でレオン王子に心を開けなくて、国の為に無理して婚約を受け入れているんだとしたら最悪だ。一番俺が望んでいないプライド様の婚姻だ。……それでももし、プライド様が自分の意思でその道を選ぶというのなら、俺は。

「傍に、……いますから。ずっと、……ずっと」

言葉が、溢れる。真っ直ぐに顔を上げ、驚いた表情のプライド様を見上げる。どうかこの言葉だけでもこの人に届いて欲しいと祈りながら。

心からの笑みを返してくれたプライド様がゆっくりと頷く。ありがとう、とそう俺に返す。

この人の傍にいよう。

何度だってそう誓う。相手の男がプライド様にとって良い相手なら、ずっと傍にいて二人の幸せを守り続ける。相手の男がそうでないのなら、……その男から、そしてその男の代わりに俺がプライド様を守り続けよう。……変わらない、何も。

ずっと前に俺の全部はプライド様に捧げたのだから。

第二章　暴虐王女と隠しごと

「母上、私は予知致しました。私は行かなければならないのです！　多くの民の為《ため》にっ……我らが同盟国、アネモネ王国へ‼」

――その日、玉座の間に第一王女の凛《りん》とした声が響き渡った。

「極秘訪問……ですか？」

三人の先輩騎士と共に作戦会議室に呼ばれたアーサーは、疑問のあまり騎士団長であるロデリックの言葉をそのまま聞き返した。

「そうだ。女王陛下から直々に任を頂いた。プライド第一王女の希望で、我が国の王族であることを隠し、婚約者であるレオン第一王子の自国でもあるアネモネ王国を訪問したいとのことだ。プライド様が近衛《このえ》騎士のアーサーを含め、ここにいる四人を指名された」

腕を組み、威圧を放つ騎士団長の横に今度は副団長のクラークが並ぶ。「ちなみに、その訪問の日時が些《いささ》か変わっているんだが」と繋《つな》げながら書類に改めて目を通す。

「出発は今日から五日後の正午過ぎ。そしてアネモネ王国で一晩宿を取り、翌朝にレオン第一王子の元を訪問、そしてプライド第一王女の婚約者として我が国の城に移り住むレオン第一王子と共に帰国、という予定だ」

副団長の言葉に、アーサーを含めて呼ばれた騎士達全員が疑問を目で語った。王族の極秘訪問、というのは珍しいがない話ではない。だが、今回の極秘訪問は意図も意味も全くの不可解だった。

「まぁ、お前達の疑問も当然だろう。私もロデリックも正直飲み込みきれてはいない」

騎士達の疑問を察し、クラークは苦笑いをする。

「敢《あ》えて詩的に深読みするならば、共に暮らすことを待ち切れない第一王女が婚約者を驚かせたくて朝一番に自ら迎えに……、という程度だが」

そこまで言って騎士達の表情を見ると、誰《だれ》もが揃《そろ》って表情が暗い。騎士団全員にとって憧《あこが》れの存在であるプライドへ何やら思うことがあるのはクラークもロデリックも察してはいる。そして同時に、彼ら二人はプライド第一王女という存在をそれなりには理解もしていた。

「だが、相手はあのプライド様だ」

騎士団長の重々しい言葉に、その場にいた騎士達全員が引き締まる。若干その言葉に苦々しさを含んで聞こえたのは騎士達の気のせいではない。

「プライド第一王女の御考えが、本意が、……たとえ何であろうとも。共に行かれるステイル第一王子と共に必ず御守りしろ。それが我々騎士団の使命だ」

威厳のあるその言葉に、騎士達全員が同時に声を上げた。


「……っつーことがあってよ」

「ああ、俺《おれ》も知っている。昨日、突然姉君が母上の元へ行くとのことだったから、俺もティアラも部屋前まで同行した」

ステイルの稽古《けいこ》場。アーサーとステイルは互いに剣を交わしながら話していた。落ち着いた会話に反して打ち合いは激しく、互いに剣を放ち、避《よ》け、更に反撃を繰り返す。

「俺とティアラは会話自体を聞くことはできなかったが、暫《しばら》く待った後、姉君が母上からアネモネ王国へ極秘訪問する許可を得たと。そして護衛の騎士とは別に俺にも付いてきて欲しいと」

当然すぐに承知した、と言いながらステイルはアーサーの足元を掬《すく》うべく足を横に振るう。だが、瞬時に跳ねて避けられた。

「なんでそんなことを、ってのは聞かなかったのか？」

「聞いた。が、『まだ決まった訳じゃないから』とはぐらかされてしまった。……最近の姉君は隠し事が多い」

今度はアーサーが剣を一度捨て、ステイルの腕を取って放《ほう》り投げた。が、瞬間移動で逆に背後を取られてしまう。

「クラークが、普通に考えたらプライド様がレオン王子に早く会いたくて迎えに行くと考えられるが、……ってよ」

「ああ、俺も普通に考えればそう思う。だが」

振り向きざまに回し蹴《げ》り、退《ひ》いた隙《すき》に剣を拾う。そのまま高く跳ねて上から攻撃を繰り出した。

「ねぇよな、絶対」

「ああ、千歩譲って姉君がレオン王子の虜《とりこ》になっていたとしても、そのような王族の品位を落とす真似《まね》をするとは思えない」

両手でステイルが剣を構える。アーサーの攻撃を正面から受ける、と見せかけ直前でいなした。

キイイイッ！　と剣の擦《こす》れる音と共にアーサーの懐へと飛び込む。

「恐らく、姉君のお考えがあるのだろう」

「ああ、クラークと父上も同じ意見だった」

片手でステイルの剣を受け止め、ギリギリと剣同士が甲高い悲鳴で鬩《せめ》ぎ合う。

「どう思う？」

「わからねぇ。でも、もう決まった。俺が、……ッ俺達がすることはただ一つ‼」

アーサーがステイルの剣を力尽くで弾《はじ》く。金属音と共にステイルは跳ねて後退し、距離を空けた。

「……プライド様と、共に在《あ》ることだ。……それ以外はねぇ」

真っ直《す》ぐと迷いのない眼差《まなざ》しを向けるアーサーにステイルも頷《うなず》いた。

「ああ、頼んだぞアーサー。……俺の分まで」

「……ハァ？」

ステイルの意味深な言葉にアーサーは声を漏らす。何故《なぜ》、俺に全部任すんだと眉《まゆ》を寄せる。だがステイルは話を逸《そ》らすように「そろそろこの話はやめるぞ。ティアラと姉君が着く頃《ころ》だ」と言って剣を一度鞘《さや》に収めた。

「おい、ステイル。〝俺の分まで〟ってのは一体……」

どういう意味だ。とそう問い質《ただ》そうとした瞬間「アーサー！　兄様っ！」とティアラの声で掻き消されてしまう。振り向けばティアラとプライドが手を繋いで稽古場に入ってきたところだった。

「アーサー、体調は平気？」

「あ、平気です！　すみません、ご心配お掛けして……」

開口一番《かいこういちばん》にプライドに心配され、恐縮して頭を下げる。昨日覚悟を決めたお陰で夜はしっかり眠れた。ただ、すっきりした頭で昨日の自分の発言を思い出すと今度は顔が熱くなる。

「騎士団長からはその、……任務の話とかは……？」

「聞きました！　当日は宜《よろ》しくお願いします」

アーサーの言葉にほっとし、プライドはにっこりと笑う。ありがとう、と礼を伝えればアーサーの顔も釣られるように綻《ほころ》んだ。

「当日は、その……何もなかったら……何も、なく済むと思うから。迷惑を沢山掛けると思うけど、……宜しくお願いします」

何か含むようにして笑うプライドの表情を見て、アーサーははっきりとした口調で答えた。今のプライドには取り繕いの色も消えている。苦笑のようなその表情はアーサーの目にはどこか吹っ切れたようにも見えた。ステイルもプライドの言葉に静かに頷いた、その時だった。

「……お姉様、訪問では一体何をしに行かれるのですか？」

ふと、ティアラがプライドの顔を覗《のぞ》き込むように声を掛けた。「昨日も兄様にも私にも何も教えてくれませんでした」とプライドの表情を窺《うかが》う。それにプライドは笑顔で返し、ティアラの頭を撫《な》でた。

「大丈夫よ。今回は危ないことは何もないから」

そう、いつものように優しく答えればティアラは、

「危ないこと以外はあるということですか？」

……突然の、特攻。淡々としたティアラの言葉にプライドは自分の目が見開かれるのがわかった。

「い、いいえ？　本当に何もなかったら、あとはただ訪問してレオン王子と一緒に帰国するだけだか」

「〝何も〟って何ですか？？　お姉様は何をそんなに心配しておられるのですか？　今まで私達に隠してきたこととも何か関係があるのですか？？」

追求するようなティアラの言葉に、プライドは思わず言葉が詰まった。今までティアラにこんな風に食い下がられたことなどなかった。

「お姉様。……兄様もアーサーも、お姉様のことをとてもとても心配しています。お姉様が何か抱えておられると、私達三人が理解しています。きっと騎士団の方も、皆思っています。母上が訪問を許可して下さったということは、きっと母上や父上はご存知なのですよね？　……私達には、何も言えませんか？」

プライドにとっては予想だにしない展開だった。今までティアラは常にプライドの言葉には頷き、隠し事も許していた。それをまさかよりによってティアラに責められるとは思いもしなかった。

真っ直ぐに自分を見つめる目は、プライドには本当に純粋な疑問を投げかけているようにも、そしてどこか怒っているようにも見えた。怒ったティアラなど、ゲームですら殆《ほとん》ど見たことがない。

ティアラの突然の追求に、アーサーやステイルも開いた口が塞《ふさ》がらなかった。彼らにとっても予想外の伏兵だった。その間もティアラの猛攻は続く。

「お姉様。私は未《いま》だ弱くてお力にはなれません。今回の訪問にもご一緒は叶《かな》いません。でも、……お姉様の心に寄り添うことはできます。お姉様が私や兄様、アーサーのことを信用できないなら仕方がありません。でも、……私はそうでないと思えます」

ずっと、見てきましたから。とそう続けるティアラの目が優しく笑む。それを受け、思わず下唇を噛《か》んでしまうプライドの手をティアラは優しく包んだ。

「一人で抱え込まないで下さい。……私達はお姉様の言葉ならば信じます。たとえ〝もしも〟の話でも信じます。そして、そうならなかったからといって、私達の誰もお姉様を責めたりはしません」

優しく響くティアラの言葉に思わずプライドは泣きそうになる。特にここ最近はずっと色々頭を回して堪《こら》えていたから余計にだった。あと少しで耐え切れなくなるほど、涙腺《るいせん》にも響いた。

「どうか、もし私達を信じて下さるのなら……ほんの少しで良いのでお姉様の御心を教えて下さい」

吸い込まれるような瞳《め》だ。さすがこの世界の主人公だとプライドは思う。まるで自分の深層まで理解してくれているようなその声と言葉に、ぎゅっと胸が締め付けられた。駄目だ、この瞳には抗《あらが》えないとティアラの手を握りしめ、見つめ返す。そして恐る恐るアーサーとステイルへも目を向ければ、揃って真剣な表情がそこにあった。拳《こぶし》を握り、じっとプライドから目を逸らさない。「話して欲しい」と、そう訴えかける眼差しにプライドも口を開いた。

「……本当に、不確定のことで。何もないかもしれないし、……ただ三人の不安を煽《あお》るだけかもしれないの」

構いません、と二人の声が揃う。ティアラはその手を握り返しながら「ね？」と笑った。本当に優しい笑みにプライドの強張《こわば》った胸も解《ほぐ》れていく。そして最後の不安をあと一度だけ、三人に望んだ。

「……あと、もし、……もしものことがあっても、……全部がわかるまでは、レオン様を責めないで」

ティアラはすぐに、そしてステイルとアーサーは一度躊躇《ためら》ってから重々しく頷いた。その躊躇いに少し不安は残ったが、今度こそプライドは腹を括《くく》る。ぐ、と口の中を飲み込み、三人を見回した。

「……私の目的は、アネモネ王国にいるレオン様を……彼を助けることです」

彼女の言葉に三人は目を丸くさせる。アーサーは言葉を発しないように唇を絞り、ステイルは息を飲み、ティアラは胸元を両手で押さえた。そこへプライドは畳みかけるように言葉を続ける。

「彼は既に追い詰められています。……だから、私は彼を幸せにしたい」

プライドは知っている。このままではレオンが全《すべ》てを奪われてしまうということを。地位も、名誉も、愛する全てを。

「母上から必要な許可を全て頂きました。私が〝予知〟した通りならば、その日に事件が起こるでしょう」

予知、の言葉に彼らは身構えた。ゲームの設定を予知と言い換えたプライドは、〝あの夜〟のことを語ると決める。婚約者であるレオンに部屋へと招かれ、約束を交わした夜のことを。

失わせはしない、前世のゲームのように壊させはしないと、その決意に炎を宿す。

「彼の為に、民の為に。……どうか、私の我儘《わがまま》を許して下さい」

自身が忌み嫌う最低女王プライドとは異なる、王の器を持つ彼を救う為に。


レオン様が帰国される前夜。

私は彼の部屋に招かれた。星を見よう、共に君と過ごしたいと。……柔らかな言葉と共に。

「どうぞ。……今夜も星が綺麗《きれい》だよ」

部屋に通され扉が閉まる。ガチャン、と金具が鳴り、振り向かなくても鍵《かぎ》がしめられたのだと理解した。

「ずっと、こうして二人きりになれる時間が待ち遠しかった」

振り返れば、レオン様が滑らかな笑みを私に向けてくれていた。ええ、私もです。そう笑んで答えると、レオン様は既に侍女に用意させたのであろうポットを手に取った。「コーヒーは大丈夫かな」と確認を取ってくれ、お礼を返す。足音を吸い込んでくれる絨毯《じゅうたん》が柔らかく、王族の来賓用の部屋に相応《ふさわ》しく調度品も多く飾られていた。部屋の内装を眺めながらふと窓の外を見上げれば、カーテンの隙間《すきま》からうっすらと小さな点が瞬いていた。

カチャカチャ……と、陶器の音が私の背後に近づいた。

「熱いから気をつけて」

優しく、カップを皿ごと私に差し出してくれる。お礼を言って受け取ると、窓のすぐ傍《そば》にあるソファーへと勧められた。カップの中身を零《こぼ》さないように注意しながら、ゆっくりと柔らかい革製のソファーに腰を沈める。そして、部屋の灯《あか》りが消された。

「こっちの方が、綺麗に見えるから」

振り返った途端、優しいレオン様の声が闇夜《やみよ》に響いた。足音が絨毯に吸い込まれながら、段々と月明かりに照らされて、近づいてくるレオン様の姿がはっきりと浮かび上がった。滑らかな笑みと整った顔が月明かりで怪しく光る。あまりに綺麗な姿で、目で捉《とら》えた途端、反射的に身体《からだ》が強張った。そんな私を気遣うようにレオン様がゆっくり、ゆっくりと時間を掛けて歩み寄り、隣に腰を下ろした。肩と肩が密着し、温かい体温を感じる。

「プライド。……月夜に照らされる君は何より美しい」

妖艶《ようえん》に笑んだレオン様が私の髪に触れる。まるで一つひとつ段階を踏んでいくように、少しずつ私に触れてくる。髪を掬って口づけされた途端、顔が熱くなった。暗闇の中で本当に良かったと思う。私なんかよりレオン様の方が何百倍も妖艶で綺麗だ。それこそ、鳥肌が立つほどの美しさだった。

私がカップをテーブルに置くと、今度は白く長い指が私の肩に触れた。指先から指の腹、指から手へとじわりじわり味わうように触れ、最後は腕全体で私を抱き寄せた。逞《たくま》しい胸板に両腕で引き寄せられ、反射的に息が止まる。馬車の中や庭園の時とはまた違う、男の人の色香を感じさせるような強い抱擁だった。

「このまま……一つになれてしまえば良いと思うよ」

密着したまま、私の耳に直接彼が囁《ささや》いた。低い声と吐息に今度こそ肌が粟立《あわだ》つ。私もゆっくりと彼の背中から肩に、首へと両手を回す。そのまま体重を私の方にかけられれば、一箇所に重さが集中したことでギシッ……とソファーが小さく悲鳴を上げた。そして私も、密着したレオン様の耳元へと囁きかける。

「レオン様……貴方《あなた》が私を求めて下さるのならば、それも構いません。私達は婚約者なのですから」

私の言葉を聞き、レオン様が一拍置いて私の髪を掻き上げた。そのまま自分の方へ向けるように私の頬《ほお》に手を添え、彼の妖艶な瞳がその唇と共に私の顔へと近づき……

「ですが、それは貴方の心からの望みではありません。私達の間には不要のものです」

……止まった。その唇が寸前で止まり、ゆっくりとまた離されていく。怪しく光っていた翡翠《ひすい》色の瞳《ひとみ》が、私の前で開かれた。「なにを……？」と小さく紡ぎ、瞳が細やかに揺らぎ出した。私の肩を抱き寄せていた手の力が緩み、密着させていた胸板がゆっくりと離れていく。

ソファーに腰かけたまま、上半身だけ起き上がらせるように距離を取り、覗き込むようにして私を捉えた。動揺しているのか、唇を小さく震わせるけど言葉が出ないようだった。彼をこれ以上動揺させないようにゆっくりと私は言葉を重ねた。

「大丈夫です、レオン様。この三日間……貴方には何の不備もありません。婚約者として優しく私に寄り添い、王配となるべく我が国を知ろうとして下さりました。とても素敵な婚約者だと思います」

刺激をしないように、彼から目を逸らさないようにと注意しながら言葉を続ける。

「ちゃんと、〝演じられて〟いました。私自身の目からも確かに。我が母上も、父上も、城の者誰もが認める完璧《かんぺき》な立ち振る舞いでした」

言葉を間違ったたか、彼が今度こそ上体を仰け反らせた。後ろ手にソファーの背もたれを掴《つか》み、私から更に距離を取る。「何故」と、小さく掠《かす》れるような声で数度紡がれた。

「大丈夫です。表向きでは貴方は私を愛し、そして満足させて下さっていました。……紳士として、王子として」

「……ならば、何故っ……君は……」

レオン様の声が震えた。表情こそ変わらないけれど、その声色は信じられないと言いたげだった。当然だ、彼は今までそれに気づかれたことなど一度もなかったのだから。

「レオン様。私達は単なる同盟の証《あかし》としての婚約関係。何より、私と貴方との間に表向き以上の愛はいりません。……きっと、その意味が遠くない未来にわかります。だから……」

怯《おび》え、表情を取り繕う彼に今度は私から触れる。蒼《あお》く細い髪を指に掛けると、さらりと心地よい感触が皮膚を掠《かす》めた。

「私の前では演じなくても良いのです。無理をして、心に嘘《うそ》をついて愛そうとしなくても大丈夫です。私はちゃんと知っております」

蒼い髪を彼の耳に掛け、近づいて翡翠色の瞳を更に覗き込む。指先を震わせ、まるで不具合を起こしたかのように表情と、そして彼自身の動きまで止まった。彼にとって、私の今の言葉は自分の言動を奪うのに充分な意味がある。

今度は私が身を起こし、ソファーに崩れ寄りかかる彼へ覆い被《かぶ》さるように近づいた。

「レオン様。私は貴方に伝えるべきことがあります。どうか、約束をして下さい。その代わり、私も今夜のことは胸に仕舞いましょう。明日からまた、変わらず仲睦《むつ》まじい間柄となりましょう」

まるでレオン様を脅すような口調になってしまうことを反省しながら、それでも私は語りかける。これを伝えるのが、私の今夜の目的だったのだから。

私が続きを言う前に、レオン様が震える唇で何かを発しようと動かした。先ほどまでの妖艶さが嘘のように、その表情はカチリと固定されたままだ。

「……君は……、……何者なんだ……？」

このゲームの世界を前世で知る転生者。本来ならばそれが正しい答えだ。でも、それは言えない。この世界の誰もそれを理解できるはずなんてないのだから。

私は一度目を閉じ、彼の問いに答えるべくゆっくりと息を吸い上げる。彼への答えは決まっていた。

「私はフリージア王国の第一王女、プライド・ロイヤル・アイビー。第一王位継承者であり、予知の力を持つ特殊能力者」

貴方の真実も予知で知りました。そう伝えると、レオン様は服を乱しながらソファーから身体を起こそうと小さく動く。けれど、覆い被さった私を退《ど》かすことも叶わずまた身をその場に沈めた。……まるで、不具合を起こしたロボットのようだと思えた。フリーズした頭に身体だけが防衛本能を働かせている。無表情の彼の両頬に、これ以上動揺しないようにと優しく手を添わす。大丈夫、そう囁きながら、至近距離で上から端正な顔を覗き込む。

「……そしてこの世界で唯一、貴方の本当の望みを知る者です」

彼が、息を飲む。まるで呼吸を忘れたかのように身動《みじろ》ぎ一つせず、そのまま私の目を食い入るようにして見つめてきた。

「レオン様。……貴方は帰国して一週間、決して城下に降りてはなりません。決して、です」

私の言葉に、初めて瞳以外の彼の表情が揺らいだ。……わかっている。彼にとって私の言葉がどれほどの意味なのか。…………それでも。

「決して、視察ですら城下に降りてはなりません。最後の日は、特に。貴方はそこで全てを失います。酒に溺《おぼ》れさせられ、酒場で翌朝には多くの民と王からの信頼すらも失います」

ゲームのレオンの過去回想場面。彼はプライドとの婚約後、帰国して再びフリージアに戻る前夜、とある理由で城下に降りてしまう。そして翌朝には酒場で酔い潰《つぶ》れているところを衛兵に発見される。そのせいでフリージアへの来国も遅れてしまい、それはプライドの不興を買うだけに留《とど》まらなかった。目の前で自身に関わった酒場の男女全員をプライドにより嬲り殺されることになる。

勿論《もちろん》、たとえ彼がフリージアに来るのが遅れたとしても、私はそんなことするつもりはない。ただ、この事件はそれだけでは済まないのだ。彼の悲劇のきっかけだけではない、本当に全てを奪われてしまう。この事件のせいで、彼は国王から事実上の国外追放を言い渡されてしまうのだから。

私の言葉を聞いた彼は暫く動かなかった。表情だけでなく、その瞳も虚《うつ》ろで何かを考えているようだった。

「どうか、守って下さい。今は言えませんが、全ては貴方の本当の望みの為……貴方の幸福の為なのです」

最後に、言い聞かせるように私は彼の両手を強く握りしめた。

「……僕の、……幸福……？」

表情が動かない彼が小さく小首を傾《かし》げる。まるで人形と会話しているような感覚に、改めて彼のゲームの設定を思い出す。

「そうです。……続きは、次お会いした時にお話し致しましょう」

身体をゆっくりと起こし、彼から離れる。

手をつく時にソファーがまたギシ……と小さく悲鳴を上げた。乱れた衣服や髪を整え、改めて窓の外を眺める。灯りがない分、星の瞬きがさっきよりもはっきりと見て取れた。

「……今宵《こよい》の星はとても綺麗でした。……では、また明日。おやすみなさい」

長居し過ぎては、変な誤解を招いてしまう。私はレオン様に挨拶《あいさつ》を済ませると、ソファーに身を沈めたまま動かなくなってしまった彼をそのままに部屋から退室した。

どうか彼が、私の忠告を受け入れてくれるようにと願って。

第三章　暴虐王女と訪問

アネモネ王国。

隣国であるフリージア王国と比べ、国土は四分の一以下の比較的小さな小国である。ただしその半分が海に面している為《ため》、港が充実しており貿易が盛んに行われている。海の向こうの様々な国との貿易から、フリージア王国を含めて近隣諸国が手に入らないような珍しい輸入品も膨大に仕入れており、多くの国に重宝されている活気のある貿易国だ。

近年までは他国に敬遠されがちだったフリージア王国にとっては貴重な輸入元でもある。実際、フリージア王国の国外品の輸入を八割以上アネモネ王国に頼っていた時期もある。今は六割前後だが、それでも半分以上頼っていることに変わりはない。フリージア王国と違い、奴隷制度も敷かれている。ただし、それほど奴隷の扱いを推奨されてはおらず、国内での奴隷の売買自体は禁じられている。所有が許可されているのは国外から買ってきた奴隷に関してのみである。また、他国と比べればそれなりに奴隷の人権も確保された国だ。

一度国内に足を踏み入れれば、すぐに多くの商人が行き交う賑《にぎ》やかな街並みが目の前に広がる。夕暮れ時にも拘わらず、屋台も小店も閉める気配すらない。安さや貴重品、仕入れたばかりの品をこれ見よがしに掲げ、商人が声を張り上げている。国外から入ってきた人間であれば、まさに格好の標的だった。足を踏み入れた途端にこれはいかがかと声を掛けられまくることになる。

「先に宿屋を探しているので」

馬車を扱う二人組の内、栗《くり》色の髪と瞳《ひとみ》を持つ男が柔らかな表情で商品を断った。もう片方の男は気楽そうに手綱を取りながら、目線だけはしっかりと周囲を警戒するように見回している。

「アンタら見ない顔だが、どこぞの商人かい？」

「はい、この街に大事な商談がありまして。馬車を駐《と》められる宿屋が良いのですが、心当たりはありますか？」

丁寧に尋ねる男に商人は「一個買ってくれりゃあ教えるさ」と果物《くだもの》を一つ差し出した。代金を手渡し、果物を受け取った男が続きを促せば、商人は金に糸目をつけないならと一番近い豪奢《ごうしゃ》な宿屋の道筋を教え、最後に彼らへ手を振った。

「アランさん、いりますか？」

「お、良いのか？」

助かる、と言いながら手綱を持っていた方の男が買ったばかりの果物を受け取り、皮ごと齧《かじ》り付く。

茶色がかった金色の短髪とオレンジ色の瞳を持つ男だ。

「初めて見る果物って、自分はなんだか気後《きおく》れしてしまって」

「食ってみりゃあ美味《うま》いかわかるだろ？」

うん、美味い。そう言いながら果物を飲み込むアランは隣に座る栗色の髪をしたエリックに手綱を渡し、もう一口さらに齧り付いた。

「馬車の中、アーサーは慣れているでしょうがカラム隊……カラムさんは大丈夫ですかね。〝ジャンヌお嬢様〟とご一緒で」

「いや～駄目だろ。もう今頃《いまごろ》ガチガチに固まってるって」

想像をしたのか、ぶはっと笑いながら最後の一口を放《ほう》り込んだアランはそのまま小さく馬車の方へと振り返った。


「……ええと……大丈夫？　アーサー、カラム」

　宿に到着した私達は、早速エリック副隊長が手続きを済ませてくれた部屋に落ち着いた。貿易交渉に来た上流商人向けの高級志向な宿屋だったお陰で部屋も広い。一部屋、というよりも前世の高級マンションのように一区画の部屋全《すべ》てが私達の借りた範囲らしい。これなら全員別々の部屋でも足りそうだ。商人や旅人が行き交うことが多いせいか、宿屋は我が国よりも充実しているかもしれない。

　上流商人に扮《ふん》したカラム隊長と私とステイル。そして付き人に扮したアーサー、エリック副隊長、アラン隊長も荷物を降ろしてから一息ついた。私の専属侍女のマリーとステイルの専属侍女が荷物をそれぞれ分け始める。扉の鍵《かぎ》をしめてから早速私はアーサーとカラム隊長に声を掛けたのだけれど。

「いえ、問題ありません。お嬢様こそ長旅でお疲れではありませんか？」

「大丈夫です！　……御心配掛けて、すみません」

　カラム隊長、アーサーが姿勢を正して答えてくれる。馬車の中とは違って二人ともいつもの調子であることに安心する。彼らの背後でアラン隊長とエリック副隊長はこっちを見て笑っていた。

　馬車の中で二人とも護衛の仕事はきっちりこなしてくれていたけれど、ずっとガチガチだった。カラム隊長でもさすがに王族二人の極秘護衛任務には緊張したらしく、完全に口を結んだまま無言だった。アーサーも慕っている隊長の手前、いつもみたいに私やステイルと話す気になれなかったのか、ずっと無言で、ステイルもステイルで何かを考え込むようにずっとカーテンの細い隙間《すきま》から外を眺め続けていた。全員が無言過ぎて、専属侍女の二人もとても緊張した様子だった。隣国だし王都同士も近いからお忍び用の馬車で数時間揺られて着いたけれど、沈黙のせいで時間が余計に長く感じられた。

今回、極秘訪問において目立たないように私とステイルの身の回りを世話してくれる為の専属侍女は一人ずつ。そして護衛に近衛《このえ》騎士のアーサーと別に隊長格……つまりは副隊長からそれ以上の騎士三名をつけるように母上から義務付けられ、私自ら騎士を指名することを許可してもらった。

私が指名した騎士はアラン隊長、カラム隊長、エリック副隊長。三人共、一年ほど前の殲滅《せんめつ》戦から私が個人的に信頼できると思った騎士達だ。

アーサーからも特に名前をよく聞く三人だったし、頼るならこの人達だと思った。「ジルベール宰相に折角組手を教えてもらったのにアラン隊長には敵《かな》わなかった」とか「カラム隊長は今回も指示が的確で、父上やクラークにも一目置かれていて」とか「エリックさんが副隊長に就任したけど、あの人は本当にどの技術も上位で」とか。本当にアーサーはこの三人に関しては話題が尽きない。話を聞く限りだと、三人とも他《ほか》の隊なのにかなり可愛《かわい》がられている様子も窺《うかが》えた。

自身の八番隊の隊長や副隊長についてはどうなのかと以前聞いてみたら、アーサーの隊は騎士団の中でも殺伐としたかなり実力至上主義の隊らしく、一言「怖ぇっす」と返事が返ってきた。何故《なぜ》その隊をアーサー自ら志願したのかは今のところ本人の口からは「絶対やりたいことがあったんで」以外明かしてもらえていない。

出発する直前、今回の護衛について宜《よろ》しくと挨拶《あいさつ》をした際には三人共アーサー以上に緊張した様子だった。でも、「今回の極秘訪問は隊長、副隊長格の中から私が信頼できると思った貴方《あなた》方三人を指名させて頂きました。どうか、宜しくお願いします」と伝えたらすごくはっきりとした声で返事をしてくれた。アラン隊長とカラム隊長は緊張で少し顔を赤くさせ、エリック副隊長は目を少し潤ませていた。王族からの極秘任務とはいえ、表向きは単なる私の一泊旅行なのが少し申し訳ない。

「では、ジャンヌ様、フィリップ様。我々は一度外に」

「いえ、そのままで構いません」

部屋で着替えをするであろう私達の為、一度離れようとしてくれたカラム隊長達を引き止める。

「着替えはもう暫《しばら》く後……何事もなく終えた後に行います。それよりもカラム、アラン、エリック。……貴方達にも話しておきたいことがあります」

私達の着替えの為に荷物を検《あらた》めようとしてくれた専属侍女の二人には別室へ移動してもらうことにする。私の言葉に騎士三人は少し驚いた表情をした後、強い眼差《まなざ》しで頷《うなず》いてくれた。……私は、この五日間で新たに覚悟を決めていた。

五日前。ティアラに諭《さと》されるまま私はステイルとアーサーにレオン様との夜の出来事を告白した。聞いた直後は顔を真っ赤にして「……つまりは、……昨夜はその……何もなく話だけをしてすぐ部屋に帰られたと……？」と何故かぐったりした様子の二人だったけれど、最後にはレオン様を助けたいという私の願いに頷いてくれた。今回のこともステイル、ティアラ、アーサーの三人と相談して決めたことだ。レオン様に話した〝予知〟を騎士達にも伝えようと。アーサーも、この三人ならきっと力になってくれるはずだと言ってくれ、ステイルとティアラもアーサーが言うなら大丈夫だと同意した。

私が説明しようとしたら、ステイルが「ここは俺《おれ》が」と彼らへ順を追って私達の本来の目的を説明してくれた。アーサーも先輩騎士と並んで状況把握を改めて聞く。ざっくり言えば私が予知で、レオン王子が今夜城下に降りて泥酔したところを衛兵に見つかって大変なことになるのを知った。という旨で話してくれたのだけれど、……何故か騎士三人からものすごく殺気のようなものが感じられて怖かった。横で既に話を知っていたアーサーも先輩騎士の様子に肩をビクッと上下させていたし、気のせいではないと思う。騎士としての礼儀を重んじるエリートのカラム隊長はまだしも、わりと自由奔《じゆうほん》放《ぽう》なアラン隊長や温厚そうなエリック副隊長まで殺気を放つとは思わなかった。

「それは……婚約者以前に一国の王子として恥ずべき行為では……？」

「自分も、その……プライド様の婚約者とはいえ有耶無耶《うやむや》にして良いものではないかと」

「ステイル様、ちなみにその王子の保護は力尽くでもよろしいでしょうか」

口を開けばカラム隊長、エリック副隊長、アラン隊長三人ともレオン様にドン引きだった。確かに今のステイルの話だけを聞くとそうだけど。しかもステイルまでもがアラン隊長からの問いに頷いているから余計に穏やかではない。色々語弊があるし訂正したかったけれど、事件が起こる前に言ったら大問題になる内容も含まれているからまだ言えない。取り敢《あ》えず「いえ、それには色々理由があって……」という明らかに庇《かば》う為の言い訳感満載の言葉しか出てこなかった。

「もし王子のその所業を防ぐのならば、いっそのこと私とエリックでその酒場を今から張りますが」

カラム隊長が軽く手を上げて進言してくれる。両脇《わき》にいるアラン隊長とエリック副隊長も頷き、拳《こぶし》を握った。確かに騎士二人がいれば、王子一人を保護することはできるだろう。ステイルにも事前にそれは提案された。しかし問題がある。「それが……」と私は眉間《みけん》に皺《しわ》を少し寄せながら言葉を返す。

「予知では酒場までは特定できなくて……。だから、レオン様がいなくなったことが騒ぎになってからでないと」

私の答えに、騎士三人は返事をしてから難しそうに考え込んだ。

ゲームの回想シーンでも「酒場」としか語られていなかったし、時間も「夜中」としかなかった。ただ、すぐに街中でレオン王子が城から消えたと捜索の為に騒ぎになる場面はあったし、衛兵に見つかるのは翌朝。ある程度は後手に回っても恐らくは大丈夫……なはずだ。

もともと騒ぎになってから酒場に絞ってレオン様を探しに行くつもりではあったし、ここまでは仕方がない。ただ、衛兵に見つかるのは翌朝だけど、それまでに身分を隠すレオン様の正体が民にバレたら大変なことになる。一応手は打ってあるけれど……と私が考え込むと、その間に騎士達はそれぞれ動き始めた。取り敢えず夜になるまではこの場にと護衛の形態を固め、侍女達に宿から食事を用意させるように命じてくれる。……そう、問題は夜だ。何も騒ぎが起きなければそれで良い。その時は母上の許可を元に、アネモネ王国の国王へ謁見を望むだけなのだから。

エリック副隊長に守られた窓の外を、彼の肩越しに眺めて夜を待つ。

薄暗くなった空に、鈍く光る月が出始めていた。

レオン・アドニス・コロナリア。

この国の第一王子。多くの民に望まれ、生を得た……誇り高き名だ。

アネモネ王国第一王子。それが僕の産まれた頃からの役割だった。そして後に産まれてくる一つ下の弟と、二つ下の弟。彼らの手本となるのも、この国の人々全てを守るのも、僕の使命だった。

「レオン。第一王子として、弟達の見本として、望まれる王になるべく努《つと》めよ」

幼い頃から国王である父上からは会う度にそう言われてきた。物心つく頃までは乳母《うば》に育てられ、その後は専属の教師達から全てを学んできた。時折お会いする父上、そして母上にも常に礼儀を尽くして関わってきた。勉学も常に上へと先へと学び続け、適年齢からは護身格闘術や剣も磨き続けてきた。

学び、学び、食事をとり、学び、学び、食事を……。それが、僕の生活の全てだ。

社交界にも幼い頃から加わり、多くの貴族や他国の王族とも言葉を交わした。僕の容姿は女性には特に褒められた。麗しい、まるで芸術品のようだ、一目見て恋に落ちましたと。お陰で親しくしてくれることも多く、何も取り柄がない僕でも円滑に関わりを持つことができた。それに何より、会話も弾めば勉学や教師から教われないことも多く知ることができ、有意義な時間でもあった。……ただ、「好きなこと」「趣味」と。それを聞かれるといつも言葉に詰まった。

王となるべく学び続けるのが、僕の全てだから。学び、理解し、身につける。それ以外のものがわからなかった。そして、その度に考える。

〝望まれる王〟とは何か。

ただ学びを深め、知識や技能を身につければそれで良いのか。だが、それなら王族でなくとも……僕でなくとも誰《だれ》にでもできることだ。ただ一流の教師に教われればそれで良い。あとは覚えれば良いだけなのだから。……何も、特別なことじゃない。

十の年を超えた時、父上に尋ねた。すると、それは自身で見つけ出すものだと答えられた。僕がそれに惑えば、父上は初めて自ら僕を城下に連れ出してくれた。

王族専用の馬車に乗り、人通りの多い貿易船の傍《そば》まで連れていってくれた。馬車の中からも外の賑わいがよく聞こえ、降りれば途端に声の渦《うず》の中へ放り込まれたようだった。国王陛下、と唸《うな》る声の渦が僕も降りればその色合いも変わっていった。

レオン第一王子殿下、レオン様、第一王子殿下と。

僕の名を呼び、眩《まばゆ》い視線を向けてきた。今まで、一度も直接会ったことのない他人がだ。まるで古くから僕を知っているかのように名を呼び、視線を向ければ甲高い声が上がり、父上のように手を上げて応《こた》えれば誰もが声を高らかに上げて喜んだ。

「彼らにいつまでも望まれ続ける王。……それこそが答えだ」

父上の独《ひと》り言のようなその言葉は、今も胸に焼き付いている。

社交界では味わったことのない、感情の渦に僕は耳を澄ませた。人の声が耳を震わし、熱の込められた視線が僕へと向けられ、胸が熱くなった。僕自身が味わったことのない感情がそこには溢《あふ》れていた。まるで、彼らの感情がそのまま僕自身の感情をも揺れ動かしているかのようだった。

僕自身が何も感じずに十年間過ごしてきたというのに、彼らの視線と声に触れるだけで……僕自身が感情を持てたような気になれた。彼らの興奮が僕の手を震わせ、彼らの声が僕の胸を高鳴らせた。

教師から学んだ知識と同じだ。その情報を与えられるだけでそれが僕の中に静かに流し込まれて血となり肉となる。彼らに望まれれば望まれるほど、僕の乾き固まった心が潤った。今までただ、言われた通りに学び、こなすだけだった行為に初めて色がついた。生まれて初めて欲求というものを知った。今まで知らなかったその感情は酷《ひど》く激しく、一度自覚してしまった瞬間に僕の中にこびりついて離れなくなった。

望まれたい、と。

心が、初めて産声《うぶごえ》を上げた。今まで義務のように当然としてやってきたことを、僕自身の意思でやりたいと。

それから僕は以前にも増して王となるべく研鑽《けんさん》を重ねていった。父上にも認められ、年を重ねるごとに公務にも少しずつ携わらせてもらえるようになった。あの時の感情の揺れ動きを忘れられず、暇さえあれば頻繁に城下へ降りる許可も貰《もら》った。民のもとで、その声に、感情に触れる度にまるで僕の心も同じように揺れ動くように感じられたから。目の前で光を宿した目を向けてくれる彼らのように、僕もこの目に光を宿せたと……人間らしくなれた気がしたから。

城下の様々な場所を訪れ、話を聞く。時にはそれを父上に進言することで国の政治に、そして民の暮らしに役立てることもできた。

視線を向ければ彼らの顔が紅潮し、僕の胸を高鳴らせた。手を取り、握り合えば己の利益と関係なく求め合う人との関わりを持てた気がした。言葉を交わし合えば、まるで友や知人を得たような気持ちになれた。顔を何度も合わせ、互いの変化に気づければまるで家族を持てたような……そんな気持ちになれた。本当の家族とは一度も感じられたことのない人の温《ぬく》もりというものだ。

学び、国に活《い》かし、人に触れ、民の生活に活かす。民の温度に、視線に、感情に触れる度に僕の中の欲求は膨らんでいった。

愛されたい。望まれたい。欲しがられたい。他の誰でもなく、この僕を。

「それは危険な思想です、兄君」

十四になった時。偶然、父上の公務に同行していた第二王子であるエルヴィンとの会話だった。

「兄君は最近調子はいかがですか」と尋ねられ、この欲求の形を知りたいと思った僕の言葉への返事だ。

「それは〝承認欲求〟〝自己愛〟〝独占欲〟というものでしょう。あまり周囲に話してはなりません。優秀な兄君の評判を地に落とすことになります」

弟にそう咎《とが》められた時の衝撃は忘れない。今まで弟達の見本となるべく努めていた僕がまさか逆に窘《たしな》められることになるとは、と。

己が感情を僕は恥じ、しっかりと蓋《ふた》をした。王となる為にも、そのような穢《けが》らわしい感情を捨てねばならないと一時的に城下に降りることも控えた。その分、城内で働く人々や侍女達と言葉を重ね合い、触れ合い、時には城下の話を聞くことで胸のざわめきを抑えた。

けどやはり身体《からだ》が、心が求めた。城下に降りたい、と。

彼らに触れ、その感情に触れ、そして知りたいと。己が内側の感情が、揺らぎたい色をつけたいと暴れるようだった。

再び城下に頻繁に降りるようになったのは半年後のことだった。お元気でしたか、お会いできて嬉《うれ》しいです、と。そう言われることで心が埋められた。

わかっている。これは王としては失格な行為なのだと。それでも僕自身にはどうにもならなかった。

「兄君、ならば社交界の方々とも親密に交流をしてみてはいかがでしょうか」

十五になったばかりの時だった。この胸騒ぎに頭を悩ませていたのを偶然第三王子であるホーマーに見られてしまい、打ち明けた時だった。

「兄君はとても格好良くて見目も麗しく、特に女性の方々から評判を集めております。きっと打ち解けようとしたら皆受け入れてくれるはずです！　そうすれば城下の民と関わらずともその心は埋められるのではないでしょうか」

また、弟に救われてしまう己の不甲斐《ふがい》なさを感じながらも僕はその助言に頷いた。ただ友や家族との交流がないからと心に溝を感じているのなら、それさえ埋められればきっとこの欲求も危険な思想も収まるはずだと。

社交界で、今まで第一王子として一線を置いてきた年の近い令嬢達とも関わるようになった。語らい、頬《ほお》を紅潮させ、目を輝かせてくれる彼女達は皆とても可愛らしく、僕のことをもっと知りたいと言ってくれた。その優しさには何度も心を満たされたが、……やはり民の前に出た時のように震わされはしなかった。

更には、令嬢達とは別け隔てなく語り合ってきたつもりだったが、何故だかそれぞれから二人きりの時間を求められた。他の令嬢とは語らって欲しくはない、私一人のものになってくれれば良いのにと。そう囁《ささや》いてくれた時、やっと僕は彼女達との認識の違いに気がついた。第一王子として、安易に交際相手や婚約者など決められない。それを上流階級の彼女達も理解し、友人として関わってくれていると思っていたけれど、……違った。彼女達が期待しているのは愛、欲、地位だ。その瞳の色の意味を理解した時に恐怖が湧《わ》いた。

〝承認欲求〟〝自己愛〟〝独占欲〟

僕はここまで恐ろしい感情を、守るべき民に向けてしまっていたのかと。王の器となるべく研鑽を続けてきた僕が、気がつけばここまで王として欠落していたなんて。

彼女達には一人ひとりに誤解させてしまったことを謝り、そして彼女達の求めるものは何も与えることはできないことを伝えた。第一王子という立場の為か、むやみに騒ぎ立てたり怒り狂う令嬢はおらず、酷く悲しませてはしまったが穏便に話は済んだ。ただし。……その頃からだった。

上流階級、中流階級を中心に国中で少しずつ僕の悪評が広まり出したのは。

〝女好き〟〝女誑《たら》し〟と。

噂《うわさ》は、瞬く間に広まった。城下に降りても時折顔見知りの民から噂が流れてきたと知らされることもあった。父上や母上、兄弟達に弁明した通り否定はしたが、それでも噂は収まらなかった。……二年経《た》った、今ですらも。

十七歳になった僕は、本来ならば社交界に頻繁に出て当然の齢《よわい》だった。だが、多くの令嬢達に誤解を招き、更には噂が上流階級中心に広まってしまってから、父上にも社交界に出ることは噂が収まるまで控えるようにと命じられた。弟達には僕のせいで肩身の狭い思いをさせてしまったけれど、二人とも「気にしないで下さい」「兄君の高潔さは僕らがわかっております」と言ってくれた。王族としても兄としても欠陥だらけのこの僕に唯一許されたのは、城下に降りて民と触れ合うことだった。そうして地道に誤解を解くことが今は最善だという判断だった。これには正直救われた。城下の人々と関わり、触れ合うことだけが僕の心を満たす時間だった。……それが、どれほど穢れてしまった欲求だとしても。

己が心を殺し、もともと欠落していた感情を更に薄め、せめて彼らにこの欲求を必要以上に押し付けないことだけが唯一の手段だ。そうしていく内に父上から呼び出された僕はとうとう……決断を言い渡された。

フリージア王国第一王女との婚約。事実上の、王位継承権剥奪《はくだつ》だった。

フリージア王国の第一王女は、齢十六になる前から第一王位継承者として確立しており、立派な次期女王としても名高かった。つまり、僕はフリージア王国の王配となる。

「二年経った今もこの国では噂が広まるばかりだ。そのような渦中《かちゅう》の人間を国王にする訳にはいかない。……だが、お前は王としての素質も能力もある。噂さえ届かない隣国であれば……。フリージア王国は我が国にとって重要な同盟国だ。そこで王配としてどうか我が国との架け橋になってくれ」

父上のその言葉は、……今までで一番優しい言葉だった。

お前は王としての力はある。それは誰よりも私がわかっている。だからこそ、この国では叶《かな》わずともフリージア王国で王配としてその素質を存分に発揮してくれと。

感情を殺し、ひたすら父上の言葉に頷いた。僕の噂で心労をかけたせいか、父上は昔よりも痩《や》せ細り、顔色も良くない日が続いていた。そんな中でも王としての僕の力を信じ、そして大事な同盟国との関係を託してくれた父上には感謝をした。僕のような人間が、そうしてアネモネ王国の民の為になれるのならばとそう思った。

光栄な話だ。諸国の中でも圧倒的な大国であるフリージア王国。そこの王配となれるのならば、……僕のような人間がそれを担えるのならば、分不相応なほどだ。民に穢らわしい欲求を求めてしまうこの僕が、そんな大国の民の未来を任されるのだから。

それに、婚約者なら以前の令嬢達へのような心配もない。今度はどれほどの勘違いをさせても、問題はない。僕の妻となる人なのだから。むしろ今までの令嬢達が望んでくれたような言葉を、行為を、そして愛を囁けば良い。……望まれる通りに動き、振る舞う。僕が今までやってきたことだ。

そうすれば、全てがうまく回る。

我が国からは穢らわしい噂の大元が消える。僕はただ、フリージア王国で今まで学んできたことを活かし続ければ、それが互いの国の為になるのだから。

その後フリージア王国の女王や王配、摂政とも言葉を交わし、第一王女との婚約は確かなものとなった。父上も母上も弟達も皆が、この結果に満足してくれた。

幸福なことだ。王としても兄としても人間としても欠落したこの僕が……アネモネ王国、フリージア王国双方の力になれるのだから。

我が身はフリージア王国とアネモネ王国の為に。何度も心にそう言い聞かせ、僕はとうとうフリージア王国へ父上と共に訪れた。プライド第一王女、十六歳の誕生祭へ。

……美しい女性だった。僕の言葉にも笑顔で答えてくれ、その気品に満ちた姿が月光に照らされた。最初に目が合った時から彼女は眩く目に映った。多くの人に愛され、慕われ、そして彼女自身が心を傾けていた。僕が焦がれたものを持っている女性だ。

〝愛せるかもしれない〟……そんな期待が胸を過《よぎ》った。僕が焦がれた全てをその手にしている彼女ならば愛せるかもしれない。そうすれば、今も空き続けるこの心の溝も埋まるかもしれないと。甘い言葉を囁き、手を取り、浪漫《ろまん》のある演出を。そして微笑《ほほえ》み、愛を口ずさめばきっと今までのように愛される。……そして、僕も彼女を愛せれば全てが解決する。今までの令嬢達が望んでくれた全てを、彼女に捧《ささ》げよう。いつかこの心が本当に彼女への愛で満たされることを願って。そして何より彼女の、女王の、王配の、父上の、母上の、弟達の望んでくれたように振る舞う。我が国の為。フリージア王国の為に。

「それは貴方の心からの望みではありません。私達の間には不要のものです」

予知能力者。

彼女は、全てを知っていた。僕が取り繕っていたことも、心にもない言葉を囁いていたことも、演じていたことも、表向きの愛だったことも……全て。つまり僕は三日間、彼女に無礼を働いていたことになる。目に見えた世辞ほど無礼で卑しいものなどない。これは、大変なことだった。

フリージア王国は我が国にとって、重大な同盟国。

広大な海と、そしてフリージア王国に挟まれた我が国が反感を買えば大惨事になる。逃げ場は海のみ。フリージア王国は広大な土地と、特殊能力者という圧倒的な力を持ち、他国からも恐れられている。……小国である我がアネモネ王国が貿易で栄えることができたのだって、フリージア王国の存在が他国との壁になり、支配や圧制を阻んでくれたお陰だ。フリージア王国との同盟が反故《ほご》にされれば、敵はフリージア王国だけではない。近隣諸国全てからの支配や圧制に怯《おび》えて暮らすことになる。広大な港と貿易力を持ちながら、国同士の規模で争う術《すべ》を殆《ほとん》ど持たない我が国は良い標的だ。

　更には五年前、新兵合同演習で我が国は大きな借りを作ってしまっている。野盗に奇襲を受けて捕らえられていた我が国の騎士隊がフリージア王国に救出された。もともとはフリージア王国の新兵隊を迎えに行く為の我が隊が逆に手を煩《わずら》わせてしまった。更にはフリージア王国騎士団が奇襲と崖《がけ》崩落に巻き込まれた際も救援は間に合わなかった。後日、救出された我が騎士隊が距離として近いフリージア王国ではなく我が国へ帰国を決めたのも、これ以上同盟国に借りを作ることを恐れてのことだった。だからプライドは、僕の卑しさも国の事情も全てを知った上で僕のそれに付き合ってくれていた。国の為に、双方の同盟の為に。

　翌朝、別れの日に彼女はまるで何事もなかったかのように振る舞いながら、最後にもう一度僕に念を押した。

　約束を守るように、と。

　帰国した僕は、早速城に戻り三日前に先に帰国されていた父上に挨拶と報告を済ませた。そして、残りの一週間は城下に視察で降りるのを控えることを伝えた。万が一にも両者の関係へ亀裂を招く可能性は排除しておかなければならない。プライドがわざわざ僕と二人でいる時を選んで告げた言葉だ。父上には「婚約者がいる手前、誤解を招く可能性のある行動は控えたい」と伝え、それに父上も頷かれた。けれど、その時の父上は少し何やら歯切れが悪く、僕に何かを言い淀《よど》んでいるかのようだった。更には「今晩、二人で食事を」と父上自ら誘ってくれた。まだ、何か僕への不安が残るのかと淀みを感じたまま僕はその言葉に頷いた。そして、夕食で。

「レオン。……お前とプライド第一王女との婚約、白紙に戻す可能性が出てきた」

父上の言葉に、僕は答えを失った。手に持っていたナイフとフォークが小さく音を立てた。どういうことか。僕は王としてだけではなく、婚約者としても不足しているということなのか。「三日間、努めてくれたお前には悪いが」とやはり歯切れの悪い父上に追求したくても言葉が出なかった。父上が望んでくれるのならば、理由はどうあれ僕はそのように振る舞うべきなのだから。

「……一週間後、お前がフリージア王国に移り住む為の荷と共にフリージア王国へ詫《わ》びの品を積む。そこで、いま一度フリージアの女王、王配と話をするつもりだ」

勿論《もちろん》、白紙に戻らなかった場合はそのままお前には婚約者として城に移り住んでもらうがと。……そう言った父上は、初めて僕に頭を下げた。

訳がわからない。やっと動いた舌で、理由を尋ねた。僕に何の落ち度があったのか。この三日間の間に何が起こったのか。だけど父上はまだ話せないと首を振り、再び僕に頭を下げた。「お前の人生を振り回してしまい、本当にすまない」と。

違う、僕は何も悪いことなどされていない。常に落ち度があったのは僕の方だ。常に父上は国の為に考え、動き、そしてこんな僕までも気に掛けてくれた。大事な同盟国との関係を僕に託してくれた。なのに、僕は両者どちらの王としても不足だというのか。王としても、人としても、婚約者としても欠落した僕は、……何者だと、言うのだろう。

それから五日間……父上は秘密裏にフリージア王国への献上品や詫びの品、そして同時に僕がフリージア王国へ移り住む為の準備も念のため城の人間を使い進ませた。我が国にとっても貴重な宝物や遠い異国の貴重品、更には我が国の一部の港の貿易権すら用意させていた。僕の何に不備があったのか……城の中で忙《せわ》しなく動き回る城の者達を見る度に罪悪感で胸が痛んだ。

父上の意向を知っているのであろう母上は勿論のこと、弟達も僕のことを心配してくれた。「大丈夫、ちゃんと理由があってのことです。貴方が気に病むことではありません」「兄君、そんなに暗い顔では城の者も心配します。また気晴らしに城下へ視察に行かれてはいかがでしょうか」「兄君、一度外の空気を吸いに行きましょうか」と。城下に降りず引きこもる僕を何度も心配してくれた。

僕自身、本当は城下に降りたかった。だが駄目だ。父上や多くの民に迷惑を掛けている中、僕だけが欲求に負ける訳にはいかない。何より、これから更に彼女へ、フリージア王国へ無礼を犯す僕が、プライドとの約束までをも破る訳にはいかなかった。部屋に閉じこもり、鍵をしめてひたすら時が経つのを待った。狂うことを抑えるように王としての勉学に打ち込むことでしか、心を鎮めることができなかった。……そうして気がつけば、運命の日は明日にまで迫っていた。

あと、一日だ。明日の朝になれば、僕は父上と共にフリージア王国へ行く。父上とフリージア王国女王との話し合いが成立すれば、婚約は白紙にされ、僕はアネモネ王国の名に泥を塗った第一王子としてこの国に引き返す。成立しなければ、僕はフリージア王国に無礼を犯しながらもそのままプライド第一王女の婚約者として残り、……滅多にこの国の地を踏むこともなくなるだろう。

これの、どこが僕の幸福というのか。

頭を抱え、机にそのまま突っ伏す。いっそ感情が欠落するのならば恐怖心が最初に死んでいて欲しかった。プライドは何を知っている？　父上のお考えとは何だ？　僕は何を犯してしまったというんだ？

わからない、わからない、わからない。

頭がおかしくなりそうだった。このような人間が第一王子であることすら恥だと思えるほどに、己が無力感に胸が押し潰《つぶ》されそうになった。

トントン……

「……兄君？　……もうお休みになられていますか……？」

ノックの音で顔を上げる。エルヴィンの声だ。気がつけば窓の外は暗くなっていた。最近は本当に一日が過ぎることが早い。食事もろくにとれず、部屋に引きこもることが増えたせいだろうか。時間の感覚までもが死んでいく。

「今夜も夕食にすらいらっしゃらず、城の者も皆心配しております。……これが兄君との最後の別れなのかと、悲しんでおります」

今度はホーマーの声だ。弟のエルヴィンとホーマー。僕が守るべき彼らに僕は心配を掛けてばかりだ。その上、城の者達にも辛《つら》い思いをさせてしまった。僕はどこまで愚かな王子なのだろうか。

扉の鍵を開け、弟達を招き入れる。護衛すらつけずに二人だけで会いに来てくれたらしい。エルヴィンもホーマーも何やら荷を両手に抱えている。最後に入ってきたホーマーが扉を施錠し、僕の方へと向き直った。

「……兄君。これを」

ホーマーが布に包まれた物を僕へ差し出した。受け取り、中身を見て驚いた。……衣服と帽子だ。それも、僕が普段着るような装いではない。まるで、城下の人々のような……

「これでどうぞ、城下に降りて下さい。その衣服に身を包み、民と紛れればきっと誰も兄君とは気づきません。後は僕とホーマーにお任せ下さい」

見つからずに城下まで降りられるように既に衛兵への手引きは済ませていると、エルヴィンがホーマーと共に優しい笑みを向けてくれた。

「兄君は我が国の為、そして婚約者の為に表立って城下に降りることを控えていると聞いております。これならば誰にも気づかれずに城下へ降りることができます」

エルヴィンの言葉に、ホーマーが深く頷く。

「僕達は、兄君の幸福を何より望んでいます」

そしてホーマーの言葉に次はエルヴィンが頷く。つまり、最後の夜だけでも僕が城下に降りられるように兄弟二人で手筈《てはず》を整えてくれたということだ。二人の優しさに心から感謝をする。僕の為にここまでしてくれるなんて。今まで、兄らしいことなど何もできなかったこの僕に。

〝幸福〟〝望む〟……ホーマーの言葉に、心が静かに揺れ動く。

そうだ、今の僕のやりたいことは城下に降りて民に触れ合うこと。そして僕の在《あ》るべき姿とは、周囲の望まれる通りに振る舞い続けることだ。そして弟達はそれを望んでくれている。僕は、小刻みに震える手で受け取った衣服を掴《つか》む指に力を込め――……


ホーマーへと、突き返した。


「……すまない。ホーマー、エルヴィン。……やはりそれはできない」

そんなことをして、万が一にも民に気づかれてしまったら父上に更なる迷惑が掛かってしまう。それに……

『貴方は帰国して一週間、決して城下に降りてはなりません。決して、です』

仮にも今はまだ、婚約者である彼女の望みだ。僕はそれを守る義務がある。何より彼女のあの時の忠告が今も頭から離れない。僕が全てを失う、と。父上や民の信頼すら失ってしまう。……そんなことは耐えられない。欠陥だらけのこの心が今度こそ粉々に砕け散ってしまう。

「何故ですか兄君?! 最後の機会なのですよ? たった一晩です。民もきっと兄君に会いたいと願っています」

「エルヴィン兄様の言う通りです! 誰にも気づかれず戻ってくれば良いだけの話です。ちゃんと僕達も協力します。兄君は、民に会いたくはないのですか?!」

弟達の言葉が酷く胸に刺さる。会いたいさ、と何度も喉《のど》の手前まで言葉が溢れかかる。けど、できない。まだ、僕はこの国の第一王子だ。たとえどんな噂があろうと、どう否定されようと、僕自身が規則を破って良い理由にはならない。それこそたとえ誰に気づかれずとも、父上や母上、城の者やプライドを裏切る行為になることは僕の胸に一生残るのだから。

第一王子として、婚約者として、王族として周囲にいくら後ろ指をさされようとも、本当の僕自身は潔白でいたい。人として欠落した僕だからこそ、せめてそれ以上の欠陥は己自身に許したくはない。

それでも弟達は必死に僕を説得しようとしてくれる。けど、僕はそれを拒む。すると次第に彼らも互いに顔を合わせ、理解したように頷いてくれた。

「……兄君がそこまで仰《おっしゃ》るのならば、僕達は兄君のその意思を尊重します」

そう言って、今度はエルヴィンが手に抱えていた包みを握り直し、一歩僕の前へと進み出た。

「兄君に何もできない己が無力が憎いです。僕も、ホーマーも、最後まで兄君に何もして差し上げることができなかったのですから」

「エルヴィン、そんなことはない。僕の方こそ兄としてお前達には何もできなかったというのに」

悲しそうに顔を俯《うつむ》かせる弟達の肩に僕は手を置いた。僕の言葉に二人は首を振り、微笑む。そのままエルヴィンはゆっくりと手の包みを僕へと差し出した。

「民だけではありません、兄君。僕とホーマーにとっても今夜が兄君とゆっくり過ごせる数少ない時となるでしょう。もし、兄弟として僕らとの別れを惜しんで下さるのならば……僕とホーマーの最後の我儘《わがまま》を聞いて下さりませんか……？」

差し出された包みを解き、中身を確認する。ワインだ。父上が婚約を白紙に戻そうとしていることは母上と僕、そして摂政しか知らない。弟達から僕の婚約を祝っての贈り物だと言われ、僕は感謝と共に笑みを返した。グラスならば部屋にある。弟達が今からどうしたいか、その言葉を汲《く》んで今度は僕も頷いた。

民との別れを惜しむことは叶わなかったが、せめて僕のような人間を想ってくれた彼らとの別れだけでも惜しもう。そうして僕は、

……酒場に、いた。

「……………………………」

……何故、僕が……ここに……？　上手く回らない頭で、疑問だけが頭に過ぎる。駄目だ、ぼやけた頭で思考すらままならない。

歪《ゆが》んだ視界のまま意識を取り戻した僕は、今までテーブルに突っ伏していたのだと気づく。目の前

では多くの民が楽しそうに酒を交わして騒いでいた。女性達が頬を染め、僕の顔を覗《のぞ》き込むようにして見つめている。様々な酒の匂《にお》いが鼻につき、その香りだけでも今の僕は微睡《まどろ》んだ。

「ねぇ……？　お兄さん、置いていかれちゃった⁇　なら私達と飲みましょう？」

「ふふっ……来た時からその調子だけど、一体ここに来るまでにどれほどイイコトをしてきたのかしら」

「ガハハハハハッ！　放《ほ》っとけ放っとけ‼　連れてきた連中もそこの兄ちゃんに付き合わされただけだとよ！　知る奴《やつ》が滅多にいねぇ隠れ酒場で飲みたいって駄々こねたらしいぜ⁈　連れてきたら後は飲ますだけ飲ましてもううんざりだって置いていっちまった！」

「なぁに、好きなだけ楽しませてやりゃあ良い！　今夜はこの酒場の連中全員に奢《おご》りってこんなに大金を置いていってくれたんだ！」

「お陰でここにいる俺達だけで飲み放題だ！　もう取り分減らねぇように店閉めちまえ！」

「こら馬鹿《ばか》！　俺の店だ俺の店っ‼　……ったく、仕方がねぇなぁ？　今夜だけ特別だぞ！」

「いよっしゃ‼　今夜は皆で朝まで飲み尽くすぞぉおおおおおッ！」

おぉっ‼　と大勢の民の声が空気を揺らした。

……ああ……民だ。僕が、望んだ民の声が、笑顔が、こんな近くに。そうだ、彼らに僕は……


会いたかった。

やっと会えたのだと、危険な欲求だとわかっていながら気がつけば涙が伝った。

良かった、最後に会えた。国を去る前に、僕は――……

……僕、は……？　何だろう、大事なことを忘れている気がする。微睡んで頭が働かない。視界が涙と酒でぼやけて明暗しか情報が入ってこない。テーブルにつけたままの顔を持ち上げようとテーブルにつく腕に力を込めたけれど、上手く入らず小刻みに腕が震えるだけだった。ぐったりとテーブルに項垂《うなだ》れたまま身体の自由が全く利かない。民の騒ぐ声が耳鳴りのように頭に響き、思考までをも飲み込んでいく。笑い声、騒ぎ声、全て民の声だ。父上が言っていた、望まれる王になれと。彼らに、父上に望まれる王に、僕は、なる、為に……

『城下に降りてはなりません』

……？　何だろう、何か頭に誰かの言葉が。いつか誰かに言われた言葉だ。

『最後の日は、特に』

最後の日……？　……それは、何だ……？　そうだ何故僕は今まで城下に降りるのをやめ……あれ……？　……何故、僕はここに……

思考が支離滅裂《しりめつれつ》になって纏《まと》まらない。その間もまるで頭が警報を鳴らすように誰かの言葉を繰り返し続ける。

『貴方はそこで全てを失います』

全て……？　スベテ……すべて……全て……スベテ……僕がこれ以上失うものって……何だ？　既に王族、王、王子、婚約者、そして人としても欠落しきっている僕が。

女性達が苦しそううねと、動けない僕から上着を脱がしてくれる。火照《ほて》りきった身体が上着を脱いだ分だけ少し冷えて落ち着く。呼吸がさっきより楽になる。礼を言いたかったが、舌が全く回らなかった。ゔ、あ……と呻《うめ》くしかできず、女性が可愛いと僕の頭を帽子越しに撫《な》でた。

『酒に溺《おぼ》れさせられ酒場で翌朝には』

酒場……？　……ああここだ。酒に……、……そうか僕は酔っているのか……。今まで酒に酔ったことなんて一度もなかったのに。

女性が今度は僕のシャツの胸元のボタンを開けた。二、三個外される感覚で更に呼吸が楽になる。風通しが良くなり涼しくなったことで、また心地良くなってきた。テーブルに突っ伏したまま、再び僕は目を閉じる。きっと、これは夢だ。僕にとって心地の良い、都合が良いだけの――……

『多くの民と王からの信頼すらも失います』


ぞわり、と。


突然、火照っていたはずの身体に寒気が走った。

失う?!　信頼を……!?　嫌だ、それだけは。父上の、民の、信頼を失うことだけは……!!

今の状況も直前の記憶も朧《おぼろ》げなまま、ひたすらその恐怖だけが打ち勝った。恐怖が思考を冷やし、脈打つ心臓が頭に血を送って目を覚まさせる。

なのに、身体が、口が動かない。

目が覚めたというのに視界が未《いま》だにぼやけ、半開きの目を動かすことすらままならなかった。ぐったりと身体をテーブルに預け、女性達にされるがまま服を脱がせてもらったままだ。僕からは全く動けない。顔の向きを少し変えるだけで精一杯だった。まるで自分の身体ではないようだ。

……ああ……破ってしまった。

思考がまともに働き始め、酒のせいでか動けない身体で後悔だけが全身を支配した。

あれほど、プライドが忠告してくれたのに。

彼女の予言通りだった。僕は酒に溺れ、酒場にいる。ならば、きっとこの後のことも彼女の言葉通りなのだろう。僕は、全てを失う。父上からの信頼も、民からの信頼も、全て。

いっそ、このまま死んでしまいたい。

王族の恥を晒《さら》し、フリージアとの関係すらまともに繋《つな》げず、……きっとプライドのことも傷つける。あれほど、殆ど見ず知らずの僕を気にかけてくれたというのに。

僕一人が、全てを台無しにしてしまう。そのせいで、我が国すらも立場を悪くしてしまう。民が、民の暮らしが、折角貿易も上手く回っているのに、同盟共同政策も進み、民の暮らしがもっと豊かになるはずだったのに、このままでは和平が、貿易交渉が、流通が、……戦争が。

目の前に映る民の笑顔に、今度は胸が締め付けられた。僕は、この人達の笑顔すら奪ってしまうというのか。

「ねぇ、帽子も一度外してあげましょうよ」

女性の声がまた耳を掠《かす》める。暑そうだし、何よりちゃんと顔を見てみたいわ、と。

駄目だ、頻繁に城下に降りている僕は民に顔を知られてしまっている。帽子を取られたらきっと正体にも気づかれる。

失う、と。彼女の言葉が何度も何度も頭の中に繰り返される。女性の指が僕の帽子を摘まむ。少し浮かされ髪が先に帽子から溢れた。綺麗《きれい》な髪、と女性が褒めてくれる。そのままゆっくり、ゆっくりと帽子が外されていく。

嫌だ嫌だ嫌だ嫌だ嫌だ嫌だ嫌だ嫌だ嫌だ嫌だ嫌だ嫌だ嫌だ嫌だ嫌だ！　誰か、誰かっ……

なんとか抗《あらが》う為に手足に力を込めるが、小刻みに震えるだけでやはり動かない。駄目だ、顔を、この顔を見られる訳にはっ……

瞬間。視界が、真っ暗に染まった。

僕の視界が……いや、酒場中が暗闇に包まれた。その途端、僕の帽子を外そうとしていた女性の悲鳴と、酒場の人々の響《どよ》めきとが混ざり合う。「なんだなんだどうなってんだ?!」「おい！　灯《あか》りは……!?」「確かこの辺に……」「なんだこれは?!　ランプが何かに囲まれて火がつけられねぇ!?」「こっちもだ！　見えねぇが……なんだこりゃあ?!　いつの間にこんなの被《かぶ》せやがった?!」と、民の響めきと戸惑いの声が店中に広がっていく。僕の周りの女性達も不安そうに声を漏らしている。その時だった。

「ッいよっと。……なかなか良い酒だったぜぇ？　ご馳走《ちそう》さん」

暗闇の中、真っ直《す》ぐに僕の元へと歩み寄る足音。そして突然の聞き覚えがない男の声と共に僕の体が浮かんだ。恐らく担がれたのだろう、無抵抗な僕の身体をそのまま男は運んでいく。暗闇の中、僕の周りにいた女性とぶつかり、その度に「誰?!」「キャア!?」と悲鳴が上がった。目を開けたままでも何も見えない空間で、僕を担ぐ男だけが真っ直ぐとどこかへ進んでいる。キィ……と扉が開く音が聞こえ、「先に出ろ」と誰かに命じた後、男も外へ出た。

外の風に、髪が流される。パタンと扉が閉まる音と同時に、僕を担ぐ男から笑い声が漏れ聞こえた。

「ヒャハハハッ……まさかまた人攫《さら》いの真似《まね》事なんざすることになるとはなァ」

楽しいねぇ？　と笑う男に、僕はもう何もわからなくなり意識がまた遠退《とおの》いた。……やはり僕は、何か悪い夢でも見ているのだろうかと。そう……思いながら。


「！　……いよォ、主《あるじ》。遅かったじゃねぇか」

ステイルの瞬間移動で視界が切り変わってすぐ、私達へと聞き慣れた声が掛けられた。

宿でレオン様行方《ゆくえ》不明の騒ぎを聞いた私は護衛の騎士三人と共に、早速ステイルの特殊能力で〝彼〟の元へと訪れた。視界が変われば、そこは外だ。人通りが全くないことから裏通りの一角かなと思う。一本道のどちらを見ても、人が歩いてくるどころか横切る姿すら見えなかった。声のする方へと振り向き、私は彼へと言葉を掛ける。

「ヴァル、わざわざ七日間御苦労でしたね。……それで、いかがでしたか？」

彼はニヤニヤと笑いながら壁に寄りかかり、ケメトを膝《ひざ》に乗せたまま寛《くつろ》ぐように座り込んでいた。セフェクが私の元へと駆け寄り、ケメトがぺこりとその場で頭を下げてくれる。

……一週間前。私はヴァルにレオン様の監視を頼んでいた。

アネモネ王国の城の近くに張り込み、レオン様がもし城から出てくるようなことがあれば尾行し、見張って欲しい。そして、もし正体を隠してでも降りてきたその時は、彼を見張りつつ、民にその正体がバレないように守って欲しい。見張りの任の間は彼への最低限の無礼も許しますと言って、この一週間ずっと監視を頼んでいた。宿でステイル達に説明した時はステイルのみならず、「王族直属の配達人を見張りに、ですか……？」と騎士達も驚いていた。……その配達人が五年前の騎士団奇襲事件で捕まえた罪人だと知ったらもっと驚いていたけれども。

「頼まれた荷物ならこの中にいる。……ハッ、なかなかの色男じゃねぇか」

そう言ってヴァルは自身がもたれかかっている壁を軽い調子で叩《たた》き、ニヤリと笑った。見れば、彼がもたれかかっている壁だけ他と比べて妙に分厚い。

「⁈　既にもう保護してくれていたのですか？」

一体、どのタイミングで⁈　と声を上げると、ヴァルは私の反応が愉快そうに口端を吊《つ》り上げた。

「酒場で潰れて群がってくる女共に脱がされ帽子まで剥《は》ぎ取られそうだったんでなァ？　その前にちょいと灯りを奪って攫ってきてやったぜ」

そこは〝保護〟と言って欲しい。ヴァルの膝の上でケメトが「すごいんですよ！」と、彼が荷袋の砂で一気に酒場中の灯りを覆い隠して真っ暗にしたことや、自分達の手を引きながらレオン様を担いで店から脱出したことを話してくれた。さすが、前々職のお陰でかなり夜目が利くらしい。セフェクが「動物みたい」と容赦なかったけれど、ヴァルは舌打ちだけして何も言わなかった。

三人にお礼を言いながら、私は改めてレオン様がいるであろう壁を見る。本当に分厚いだけでパッと見は他と同じただの壁だ。ただの土壁ならまだしも、他と見分けがつかないほどのこの精巧さはケメトの能力増幅あってのものだろう。これなら確かに衛兵や人が通っても見つかる心配もない。……本当に彼が前科の現役時代にケメトと出会ってなくて良かったとつくづく思う。

私が特殊能力を解くように命じると、ヴァルは壁に寄りかかっていた身体を軽く起こしてから面白そうに指を鳴らした。パチン、という音と共に彼の特殊能力である土壁が崩れ、ただの土へと戻っていく。土の崩れた先でレオン様は地べたにそのまま横向きにして寝かされていた。目を閉じ、土が崩れたせいで綺麗な顔が泥に汚されていた。

「攫った時は起きていたんだがな、ここまで運び終えた後にまた寝ちまった」

ヴァルの言葉を背中で聞きながら、私はレオン様の口元に触れる。息を吐く感覚がし、額に触れれば火照りきっていた。眠っているにしても大分ぐったりとした様子だ。ステイルに声を掛けると、すぐにレオン様を宿部屋まで瞬間移動してくれた。後は私達も戻るだけだ。

「ヴァル、貴方達も共に来なさい。……もっと私に詳しく話を聞かせて下さい」

私の言葉にヴァルが欠伸《あくび》混じりに返事をし、セフェクとケメトも同時に答えた。さっきからずっと無言のアーサー達の方へ振り返ると、……また俄《にわ》かに殺気を放っていた。ヴァルの態度が腹立たしいのか、それともやはり遺恨が残るのかと思ったけれど、彼らの視線はヴァルではなく、ステイルに瞬間移動されたレオン様の消えた場所に向けられていた。ふと気づけばステイルからも若干の怖い気配を感じる。もしかしてレオン様が飲んだくれていたことを怒ってくれているのだろうか。確かにそれ自体は私も後でしっかりと言うべきだとは思う。けれど取り敢えず今はレオン様の酔いを覚まさせてから考えた方が良さそうだ。ステイルの特殊能力で私達は再び、宿屋へと戻った。


「ジャンヌ様っ!!」

視界が切り変わってすぐ、宿に控えてくれていたカラム隊長の声が聞こえた。見れば、ちょうどカラム隊長がレオン様を抱きかかえて、手近なソファーに寝かせたところだった。侍女のマリーが急いでコップに水を注ぎ、カラム隊長に手渡している。

「我が婚約者の容体はどうですか」

一応飲み過ぎて酔っているだけだし大丈夫だろうと思ったけれど、カラム隊長の反応を見るとそれだけではなさそうだった。

「それが……どうにも少し様子がおかしく……。恐らく、これは……」

何か言い淀むように、カラム隊長が顔を曇《くも》らせてレオン様の気道を確保する。まさか飲み過ぎの急性アルコール中毒とかだろうか。私が見た時もかなりぐったりしていたし、そうだとしたら本当に命の危険の恐れがある。病を癒《いや》す特殊能力者のアーサーにも酔いはどうにもならないし、いやでも急性アルコール中毒とかなら話は別かもしれない！　とにかくアーサーに一度触れてもらうべく、私が口を開こうとした時だった。

「アァ？　その坊ちゃんに水なんざ飲ませても無駄に決まってんだろ、既に薬が大分回ってる」

私達に続いてステイルに瞬間移動されたヴァルが、だるそうにセフェクとケメトと一緒に前へ出た。カラム隊長がその言葉に顔を上げ、眉間に皺を寄せる。……薬？

「薬、とはどういうことですかヴァル」

「どうも何も……酒だけであんなになる訳ねぇだろ」

そこのヤツも気づいているんじゃねぇのか？　とヴァルは私の問いに目線だけでカラム隊長を示した。エリック副隊長もカラム隊長に並ぶようにレオン様を覗き込み、一瞬で顔色を変えた。「……確かに、これは……」とカラム隊長と同じように言い淀み、栗色の目を白黒させた。アーサーとアラン隊長は未だ飲み込みきれないのか、カラム隊長とエリック副隊長へ視線を注ぐ。騎士達がはっきり言わないことに苛《いら》ついたのか、ヴァルがはっきりと私達に口を開いた。

「酒場に運ばれた後にも酒は無理矢理飲まされちゃあいたが、ありゃどう見ても薬だ」

睡眠薬と痺《しび》れ薬を配合した薬。断続的に意識を奪い続けながら、身体の自由も奪うとヴァルが簡単に説明をしてくれる。そのまま「かなり値がするから滅多に使わねぇが」と親指と人差し指で輪っかを作って示した。

「無味無臭の品だから、人身売買で商品として狙《ねら》った奴に一服盛る時とかは特に使えたな」

ニタニタと口端を引き上げた嫌な笑みを私達に向けたところで、セフェクに「ケメトの教育に悪いでしょ!!」と思い切り足を踏まれる。直後には「いってぇ?!」と足を押さえ、思い切りセフェクを睨《にら》み返していた。

「パウ……、……特上の特殊能力者を捕らえる時とかにも使うのか」

ステイルが何かを思い出すようにヴァルに尋ねると「それ以外じゃ捕まえられねぇ奴はな！」と足を踏まれた痛みと怒りをぶつけるように怒鳴って返された。

「ですが、劇薬です。一国の王子に何故このようなっ……！」

信じられないといった様子のエリック副隊長に、カラム隊長も無言で頷いた。

「大袈裟《おおげさ》なんだよ騎士サマは。どうせあと数時間もすりゃあ勝手に痺れ薬の効力は抜けんだろ。一晩寝かせりゃ明日には何も残っちゃいねぇさ」

後遺症なんざせいぜい前後の記憶が吹っ飛ぶぐらいだと、めんどくさそうに頭を掻《か》きながらヴァルは部屋を見回す。そのままセフェクとケメトにそこで休んでいろと手近な別のソファーを指さした。

「だが、これは大事件だ。相手が王子と知らなかったとはいえ、酒場の誰がこの薬をっ……」

「いや、城からその坊ちゃんが出てくる頃には既に薬が回ってた」

レオン様を安静にするようにソファーからベッドに寝かせ、侍女に任すカラム隊長にヴァルが上塗るように言い放つ。今度は棚にある酒瓶を手に、私へ確認を取るように見せつけてきた。飲んでも良いから説明をと促す私にニヤリと笑い、素手で栓《せん》を抜く。

「城でずっと張ってたが……その坊ちゃんが男二人に両肩担がれて出てきた時には歩くことすらできちゃいなかった。後をつけてみりゃあ隠れ酒場に放り込まれた上に無理矢理酒注《つ》がれ金ばら撒《ま》かれの置きっ放しだ。俺達もすぐ客に紛れて酒場で見ていたが、坊ちゃんはテメェから動くどころか話す素振りも見せなかった。……大方、薬盛られてそのまま引きずり出されてきたんだろ」

お陰で酒場じゃ美味い酒が飲めたと笑うヴァルは、更に酒を飲もうとそこで瓶に口をつけた。

「つまり、城の中で薬を盛られたってことか？」

「それって……余計大ごとじゃないすか？」

アラン隊長とアーサーが顔を見合わせる。ステイルが二人の言葉に頷き、「事実なら大ごとですら済まない」と呟《つぶや》いた。

「つまりは誘拐だ。しかも劇薬を盛り、連れ出すなど外部犯ならば当然……内部犯でも重罪程度では済まない」

ステイルの言う通りだ。しかも飲まされたのはこの国の第一王子。更に言ってしまえば……。

犯人は彼の弟。第二王子エルヴィンと第三王子ホーマー。

ゲームの中で、彼らは心が壊れてしまったレオンへ頻繁に会いに来ている。そしてレオンルートに入ったティアラは弟達とレオンの部屋の前で偶然出会い、二年前の真実を少しだけ聞いていた。

彼らは父親である国王に認められ、誰よりも王の器を持つ兄に嫉妬《しっと》をしていた。それ故にレオンの悪評を広め続けた。女好きも女誑しも彼らが広めた事実無根《じじつむこん》の大嘘《おおうそ》だった。それでも変わらず高潔さを保ち、民や父親から支持を集める兄へその嫉妬《しっと》と憎しみが増し、更に彼らによる悪評は広まった。……とうとう国王が見逃《みのが》せなくなるほどに。終《しま》いにはとある理由で、国で最後の夜を過ごすレオンを嵌《は》め、陥れた。

ゲームでティアラが追求した際、第二王子のエルヴィンは「少し、酒を飲ませただけだ。そのまま奴隷を使って酒場に置いて……」と言葉を濁していたけれど……!!

何が酒を飲ましただけ、だ!!

怒りのあまり、その場で思い切り床を踏みつける。ダンッ!! という強い音に部屋にいた全員が私の方を振り向いた。

確かに、確かにおかしいとは思った!! ゲーム中普通にレオンがワインを飲んでいる場面もあったし!! それ以降お酒に弱い設定なんて全くなかった!! 私の誕生祭でも余裕で飲んでいた!!

薬を盛られていたならば納得もいく。どんな酒豪だろうと薬は別だ。その時のことを語るレオンの「弟達とワインを飲んで……気がつけば城下の酒場で衛兵に保護されていたんだ」という言葉も辻褄《つじつま》が合う。大体、弟相手だからってそんなガバ飲みするようなキャラでもなかった。更に、弟達はレオンと婚約祝いのワインを飲み、その後に酔った兄を介抱してから部屋を出た。その後レオンが一人で酔いに任せて城下に出てしまったと語り、それをレオンも信じ続けていた。ティアラが真相を弟達から聞き、それを彼に語るまでは!!

実の兄に薬を盛って嵌めたなどゲームでは語られなかった。しかも、酔いに任せた本人の意思を含んでいたような語りだったけれど、ヴァルの話を聞けば強制的に連れ出されていた。婚約者である私が忠告さえすればレオン様も城下に降りることを思い留《とど》まってくれるのではと思ったけれど、実際はそういう問題ですらなかった。その上、ゲームで私が知っているだけでもあの弟達はっ……!!

ゲームの設定を思い出し、怒りで手が震える。ステイルが「姉君?」と心配そうに私を覗き込み、アーサーがそっと私の傍まで歩み寄ってきてくれた。カラム隊長やアラン隊長、エリック副隊長も私の様子を窺うように視線をこちらに向けてくれている。皆が私を心配してくれることに少し温かくなりながら、それでも内側の怒りが収まらない。彼らに正面を向け、もう一度足を踏み鳴らす。視界の隅で素知らぬ顔で酒を飲んでいたヴァルが「おーおー、お怒りだねぇ主」と愉快そうに笑みを向けてきた。一人ひとりに視線を合わせ、私は最後に口を開く。

「レオン様を罠《わな》に陥れたのは、エルヴィン第二王子、ホーマー第三王子です」

私の発言に全員が言葉をなくす。目配せもできないまま、口を開けて私を凝視した。

「私は彼らを許しません」

自分で思った以上に低く、静かな声が響き渡った。私の怒りが伝わったのか、緊張した様子でステイルや騎士達の姿勢が正される。

「明日の朝。レオン様が目を覚まされたら、私の口から彼にも話します」

――……記憶は、朧げだ。

「おはようございます、騎士の皆様。一晩続けて不眠の護衛、ありがとうございます」

――ワインを手に微笑んだ弟達。

「あ。そういえば、カラムさん。昨夜遅くに何か広間の方で物音がしましたけど……」

「ああ、衛兵だ。今朝も来たが、昨晩からとうとう泊まり客の部屋前まで訪ねてきたな。レオン第一王子の捜索はまだ続いているらしい」

「それを言うならアーサー、エリック。お前達の方からも夜中に話し声が聞こえたけど、護衛中に何を話していたんだ？」

――気がつけば口へ無理矢理注がれた酒。

「ああ……あの」

「！　姉君も会話に加わっておられたのですか」

――酒場と、民の笑顔。

「……なんでもないの。ちょっとアーサーが私を元気付けてくれただけ」

――郷愁と、込み上げた恐怖と絶望。

「アーサー、この任務が終わったら四人で飲むか」

「それは楽しそうですね。僕も是非ご一緒したいです」

――暗転と男の、声。

「……っ、…………？　……ここは……？」

第一王子レオンは、朝日の中で目を覚ました。

昨晩の騒動から朝を迎え、寝込んだ彼が目を覚ますまで待ち続けたプライド達は、その小さな呻き声に口を閉ざし、視線を注ぐ。振り返れば、先ほどまで閉ざされていた瞼《まぶた》が開かれ、天井を眺めたまま思考が追いつかないように茫然《ぼうぜん》とする王子の姿があった。

「お目覚めになられましたか？」

最初に、傍にいたカラムが声を掛けた。「君は……？」と、焦点の合わない目をぼんやりとレオンは向けた。薬の後遺症で前後の記憶が掠《かす》れた彼は自分の状況がわからない。

「私はカラムと申します。昨日のことは覚えておられますか……？　昨晩の記憶は」

ゆっくりとレオンが焦らないように尋ねるカラムの問いに、彼は暫く考え込むように口を閉ざした。そして掠れた記憶を辿《たど》るように、一番近しい記憶を口にする。

「昨晩は……弟達と、ワインを……。…………？」

そこまで言うと急激に頭が痛んだレオンは顔を歪めた。やはり前後の記憶が飛んでしまっているのだとプライド達も理解する。彼の言葉にやはり犯人は弟達だと確信し、プライドが目配せすれば誰もが理解したように表情を険しくさせていた。

「落ち着いて聞いて下さい、レオン第一王子殿下。貴方は昨晩、酒場で倒れているところを保護されました」

一言ひとこと言い聞かせるように言うカラムの声を頼りにレオンは少しずつ記憶を手繰《たぐ》り出す。

徐々に開かれる瞼と共に思考が〝そこ〟へと辿り着けば、レオンは限界まで目を見開いた。

「ッ……出発が……!!　しまった！　今は何時だ?!　僕は、行かないとっ……!!」

訳もわからず混乱する頭で理解できたことは、自身がプライドとの約束を破ってしまったということと、大事な出国の予定だった。布を翻《ひるがえ》し、急いで起き上がろうとした途端に血が回る。くらりとフラつき、またベッドへ力なく倒れ込んだ。

「御無理はなさらないで下さい……!!　いま、貴方を国の衛兵が探しております。大丈夫です、我々が責任を持って貴方を城まで送り届けます」

倒れ込むレオンを支え、言い聞かせるようにカラムは言葉を重ねる。やっと意識がはっきりとしたレオンは「君は……?!　僕は何故、酒場などに……?!」と動転しながら、彼の肩にしがみついた。

「助けてくれて心から感謝する。そしてすまないが、僕は今すぐ行かないと、帰らないといけないんだ……プライドが、僕は婚約者のもとへ行かないとっ……」

「その必要はありません、レオン様」

必死な形相で地を這《は》ってでも進もうとする彼に、初めてプライドは声を掛ける。そのまま歩み寄れば、レオンの顔から血の気がみるみるうちに引いていった。酷く目を見開き、微《かす》かに震える唇から
「プライド……？」と声を漏らした。

「何故、この国に……?!　ここは、アネモネ王国では……?!」

「ええ、それで間違いありません。あの夜の忠告後に心配になり、影ながら様子を見に来させて頂きました。……無礼な真似、どうかお許し下さい」

驚くレオンに、ゆっくりとプライドは礼をした。

彼はそこで改めて部屋を見回した。この場にいるのはカラムとプライドだけではない。アラン、エリック、レオンも顔を知るアーサー、そして婚約者の弟であるステイル。彼らの存在に瞼をなくしたレオンは「君は……！　それに、ステイル様までっ……!!」と声を漏らし、息を飲んだ。騎士のカラム、アラン、エリックこそ初対面だが、この並びを見れば想像に難くない。考えを巡らし黙り込む彼にステイルは「彼らは我が国の騎士達です。僕と姉君の護衛で同行してもらいました」と伝えれば、もう俯いたまま目も合わせられなくなる。

あろうことか婚約者の前で醜態を晒し、約束まで破ってしまった。アネモネ王国にとって大事な婚約が自分のせいで白紙に戻りかけているというのに、と。呼吸も忘れるほどの恐怖に駆られ、第一王子としての恥をも捨てる。ベッドから下り、どうか穏便にと平伏し願うべく床へ両手を付けた。

「いけません、レオン様。……王族が無実の罪でそのように頭を下げるなどあってはならないことです」

平伏のまま頭を下げようとする彼をプライドは手で制した。しかし、レオンは意味がわからない。無実の罪、という言葉に本気でプライドが何を言っているのかわからなかった。

自分は約束を破り、事実上は酒場で大勢の女性と共にいた。自分に意思がなくとも、本人の知らないところで他の女性と関わるなど裏切り行為でしかない。無実と呼ばれた言葉にレオンは飲み込むように喉を鳴らし、力なく彼女を見上げた。

「プライド……！　……すまない、あの夜確かに君は僕に忠告してくれたのに……僕はっ……」

瞳を酷く揺らめかせ、最後は強く瞑《つむ》る。己が状況の恐ろしさから床についた手が震え出す。恐怖と動揺の色が濃い彼に、プライドは落ち着いた声でゆっくりと語りかけた。

「レオン様。大丈夫です、わかっております。貴方は悪くありません。全て、わかっております。貴方が薬を飲まされたことも、貴方の意思と関係なく城下に降ろされたことも、……城下に広まる女性との関係の噂など全くの事実無根であることも、全て」

最後の言葉に、背後に控えるステイルや騎士達までもが息を飲んだ。自身の悪評まで知っていたという事実にレオンも言葉を失う。

苦しそうに顔を歪め、自分を見上げるレオンの姿が、彼女の中でいつかのジルベールと重なった。

……彼は、何の罪も犯していないのに。

己が守り続けてきた自身の潔白を、何故これほどまでに認めようとしないのか。そう過れば、胸がズキリと痛んだ。頭の中で女王プライドによって心を壊された彼の姿が重なりかける。

「レオン様。貴方に薬を盛り、陥れようとしたのは貴方の弟君です。そのワインを飲んでから記憶がないのですね？　ならば、これから共に城へ行き、国王陛下に全てを話しましょう」

そうすれば、全ての罪は裁かれる。私も力になります、とプライドは言葉を重ねた。陥れられたということよりも弟達にまで見放されたという事実がレオンの胸を酷く刺す。そして、……自分のような人間は見限られて当然だと、レオンは首を横に振った。

「駄目だ……、それでは王位継承者がいなくなってしまう……。……二人とも、国のことを想って」

「国のことを想っていればこのような非道な真似をするはずがありません!!」

未だに決心がつかない彼をプライドが強く叱責《しっせき》する。甲高い声が部屋中に木霊《こだま》した。顔を歪める彼の両肩を強く握り、力の限り揺さぶった。

「いい加減に目を覚ましなさい！　レオン・アドニス・コロナリア!!」

ここで立ち止まっている暇など彼にはない。今から二年後にあれほど後悔することになるのなら、いま彼はなんとしても立ち上がらなければならないとその喉を張り上げる。

「貴方の意思はどこにあるのです⁈　私や国王、弟君の望みではありません！　貴方自身の心からの望みは別にあるはずです‼」

彼女は知っている。レオンの本当の幸福を、本当の望みを。

揺さぶられ、翡翠《ひすい》色の瞳が揺れる。信じられないものを見るように口をパクパクと開いては閉じ、いくつもの言葉が声になる前に宙へと消えた。

「今ならば貴方には私がいます！　我が弟も、騎士もいます！　国王陛下にだって、きっと今ならばまだ貴方の言葉が届くでしょう！」

叫びながら彼の両手を強く握りしめ、自分の胸へと当てた。自分がいると彼へと訴えかける。

「レオン様、貴方の最《もっと》も愛する者は何ですか？」

その言葉にレオンは言葉もなく視線を酷く彷徨《さまよ》わせた。震える唇が小さく「わからない」と呟き出す。彼は、わからない。今の自分が何を愛するべきなのか。愛を交わそうとした夜にプライドから互いの間に愛は不要だと言われてしまった今、己が正しい愛の行き場がわからない。感情という感情が次々と零《こぼ》れ落ち、恐怖や胸の痛みばかりが身に留まった。最後に残されたのは自身が最も疎《うと》み続けた〝穢れた欲求〟だけだった。

——隠せ。

心臓が、考えよりも先に警報を鳴らした。たとえ誰に愛されずとも、自分が愛すべきは婚約者であるプライドのみ。最後まで自分は望まれる通りに演じる義務がある。せめて婚約を白紙に戻される、その時まではそれが自分の役目だと。レオンは口の中でぶつぶつと呟き、膝をついたまま上目でプライドを見つめ上げた。小刻みに震える指先で彼女のドレスの裾《すそ》を掴み、そっと背中に腕を回す。

「僕が愛するのはプライド・ロイヤル・アイビー……君だけだ」

自分の立場を確認するように婚約者を抱き寄せる。ぐっ、と力を込め、レオンは自分の肩に彼女の顔を埋めるようにして密着した。それを受け、プライドは彼の背中からその両肩へと腕を回し、

「いい加減になさい、レオン」

一気に、突き離した。

敢《あ》えて冷たく言い放つ声にレオンは身を凍らせる。目を丸くし、言葉も出ずに婚約者を見返した。

「貴方の心は、そこにはいません」

プライドは彼の胸に右手を押し当て、断言した。彼は自分を愛したりなどしていない。それは最初からわかっていたことだった。レオンは心の底では自分との婚約を望んでなどいないのだと。

レオンは押し当てられた右手をじっと見つめた、何かを言おうとひたすらに息を吐き出せば、先に彼女が言葉を紡いだ。

「貴方が愛するのは、私ではありません。己が欲求を受け入れなさい」

その言葉に、彼の呼吸が止まった。肩を震わし身を強張《こわば》らせる。一拍置いて歯を食い縛りながら小さく彼は首を横に振った。

〝欲求〟……それは、最も彼が指摘されたくない言葉だった。

この穢れた心の内はもう誰にも知られる訳にはいかないと彼は思う。受け入れてはいけない、認めてはならない。穢れた欲求と知りながら、己が快楽だけを優先して許し、肯定するほど恐ろしいもの

などありはしないのだと。耐えて、耐えて、耐え続けなければならない。守られるべき民を、自分自身から守る為に。

初めて彼がはっきりと示した拒絶に、プライドは奥歯を噛《か》んだ。拒む彼の肩を鷲掴《わしづか》み、もう一度強く訴えかける。

「よく聞きなさい!! 今しかないのです、貴方が本当に、その全てをその手から零れ落とすその前に!! 貴方はその心と向き合いなさい!」

とうとう彼の目元から涙が滲《にじ》み出す。まるで初めて母親に怒られた幼子のような潰れた顔だった。それでも彼女は止まらない。今度こそ彼の真意へ訴えるべく、更に高らかな声を上げ出した。

「レオン様、貴方が心の底から愛して止《や》まないのはっ……」

その途端、一度大きく瞬きしたレオンは吸い込まれるような瞳で真っ直ぐ彼女を見上げた。彼がずっとその答えを誰より知りたがっていたことを彼女も知っている。己が望みを、愛の置き場を、意思を。彼自身すらわからなかった答えが今、紡がれる。

この瞬間だけレオンは全てを忘れて耳を研ぎ澄ます。知りたい、と。新たな欲求が彼を支配した。

彼女の唇が一度大きく息を吸い上げ、そして放つ。

「この国の、民でしょう?!」

言い切った瞬間、彼の身体が今まで以上に酷く震え出した。頭を抱え、涙をボロボロと零しながら「……あ……あぁっ……」と小さく嗚咽《おえつ》のようなものが漏れ出す。彼の中の感情が、唸りを上げて内側で暴れ出した。

「……っ駄目だ……僕はっ……駄目なんだ……！　……この国から、離れないとっ……!!　こんな、汚れた欲求を、僕は、愛する民に……!!」

まるで何かが決壊したかのように、涙と共に彼の言葉が零れ出す。〝汚れた欲求〟の意味がわからないままプライドは彼の背中を擦《さす》り、続きを促した。それに少しだけ身体を震わせた彼は、ひたすらに駄目だ駄目だと呟き、それでも少しずつまた言葉を紡ぐ。「僕は、駄目なんだ」と。最後に、はっきりとした言葉を皮切りに。

「……愛してしまった……僕は、民をっ……!!　こんな、汚れた欲求を、こんなっ……〝承認欲求〟や〝自己愛〟……〝独占欲〟などを民に向けるような僕はっ……王となっては」

「貴方のどこにそのような欲求があるのですか」

凛《りん》とした声がレオンの語りを切り捨てる。彼の心臓が一瞬止まり、次の瞬間には激しく脈打った。涙が溢れ出た分だけ頬に伝う。驚愕《きょうがく》と、微かな期待。それが同時に彼の胸へと差し込んだ。

彼は何か勘違いをしている。プライドは、その確信を胸に彼の両手をもう一度纏めて強く握りしめた。冷え切った指先を温めるように自分の指を絡めれば、指先から彼の全身へと温かく血を巡らせる。

「貴方の欲求は何も汚れてなどいません。貴方が認められたいのは誰にですか？　……民にでしょう」

――パキィ
まるで、身体に巻き付いた枷《かせ》が一つ外されたような感覚がレオンを襲う。身体と心が、鎖一本分軽くなる。ずっと、彼はそう言って欲しかった。

プライドは震える彼の指先の感触を確かめるように一本ずつ握る指に力を込めた。言葉を聞き切る瞬間、彼の指にも力がこもる。

「〝民に王として認められたい〟と……〝民に望まれる王になりたい〟と望むことの何が罪なのですか」

――パキィ
また、幻聴がレオンに響く。見えない鎖がさらに砕けて消える。肌が酷く粟立《あわだ》ち、全身が痺れるような感覚に襲われた。

彼は、間違っている。彼は汚れてなどいない。その確信を胸にプライドは指先に力を込める。ひたすら誰かに望まれる姿を演じてきた彼が唯一その心に宿した望み。それがどれほどまでに王として高潔なものかを彼女は知っている。

「貴方がいつ、自己を愛したというのです。常に民を愛し、触れ合い、心を傾けた貴方が。それとも……貴方は民と触れ合う己の姿に悦に浸っていたというのですか？」

涙を溜《た》めた目でレオンは激しく首を横に振る。むしろずっと、民と触れ合う自分の姿が嫌だった。いけないとわかっていながらも耐えきれずに求めてしまう己自身が。そしてプライドもまた、彼がそんな人間ではないことを知っている。

誰よりも何よりも己が国の民を愛し続けた、清廉《せいれん》なる心を持つ王子のことを。

だからこそ、女王プライドからの仕打ちに心を病んだ。そして二度と自国の民に会わす顔がないと深い底へと沈み込んでしまった。

「何が〝独占欲〟ですか。貴方が、他の誰でもなく貴方自身が民に愛されたいと望んだことですか？そんなのは当然のことでしょう?!」

心臓が脈打ち過ぎて痛くなる。それでもその痛みが微かにレオンは心地良かった。この身体ごとでも構わない。どうかこの鎖を砕いてくれと心が叫ぶ。

プライドは彼の顔を両手で挟むように包み、至近距離から濡《ぬ》れた瞳《め》を覗き込む。暗《くら》んでいた瞳が、今は次第に透き通っていくのが見てわかった。

「貴方はそれほどまでに民を愛し！　愛し‼　愛し続けたのですから‼」

鋭く放たれたその声に、また彼の瞳から止まったはずの涙が溢れ始めた。何か紡ごうと、唇や歯がカタカタと震え出す。胸の奥底が今まで以上に揺さぶられ、一言では言い表せないほど混ざり合った感情が彼の中で激しく暴れた。自身の〝愛〟と〝欲求〟が初めて肯定された事実に震えが止まらない。

鎖が砕け、重みで千切れかけた四肢が解放される。

「独占欲などではありません。貴方はひたすら民の幸福の為にその身を何度も捧げ、だからこそ愛されたいと願った。そして、たとえ民に貴方自身が愛されずとも……それでも貴方は民の為にその身を削り続けることのできる尊い人です」

ゲームの世界でレオンは恐怖の対象者であるプライドの婚約者としてフリージア王国にい続けた。一番逃げたいはずの、恐怖と拒絶の対象のもとに。日々、彼女に虐《いじ》められ弄《もてあそ》ばれ続けながら心が壊れきった生活の中でそれでも耐え続けた。そこ以外に自分の居場所がなかったからではない。

愛する自国とフリージア王国との同盟を壊さない為だ。

プライドの圧制により極悪の独裁国家となったフリージア王国の脅威から己が国を守る為に。彼は自分を追い出したアネモネ王国を守り続ける為に、敢えてプライドの玩具《おもちゃ》に成り果てることを選んだ。心が壊れ、部屋から出ることすら叶わなくなっても変わらず。

「僕の……これは……っ」

プライドの手を握り返す手に力がこもる。必死に動こうとする口が、静かに言葉を精製した。

「……穢れていないのか……？」

彼の瞳に、初めて歓喜の色が宿った。希望にも見えるその目の光にプライドは強く頷いた。

「そうです。貴方はもっと、もっと求めても良いのです。貴方の高潔なるその心が、きっと正しき道に誘《いざな》ってくれます」

――〝求めても良い〟〝高潔〟

自分の心を全て覗き込んだような言葉に、レオンの心が再び叫び出す。鎖が全て砕け散り、まるで呪《のろ》いのように纏《まと》わりついた何かが嘘《うそ》のように消失した。

泣き顔をまた幼子のように歪ませたレオンは彼女の手を引き、今度こそその身を強く抱きしめた。今までのような愛《いつく》しむような抱き方ではない、力の限り掴み、縋《すが》り付くような強い腕の力だった。思わず驚いたまま彼の方に自然と体重が乗るプライドを、レオンは更に強く抱きしめる。ぎゅ、と布が締められる音と共に彼女の肩元に顔を埋め、想いを吐き出した。

「アネモネ王国をっ……離れたくない……!!」

心からの、言葉だった。

静かに、そして張り裂けるような悲痛な声が彼女の肩越しに部屋へと響いた。まるで産声のような激しさを持つその声に今度はプライドの方が身体を強張らせる。その間もひたすらにレオンは言葉を紡いだ。

「貿易がっ……軌道に乗った……！　これからも沢山の物資を集めて、きっとこの国は豊かになるっ……！　街の子どもが……将来は世界中の品を集める商人になりたいと話してくれた……!!」

――今ならわかる。民へ会う度に揺さぶられたあの感情こそが、僕の幸福で、喜びで、嬉しくて、癒しで、楽しくて、……愛《いと》しかった。

――僕の感情は、心が産声を上げたあの時から確かにここにあったんだ。

嗚咽を酷く交えながらも声を上げる。今まで蓋をしていた欲求が溢れ出すように言葉を紡ぐ。

「町外れの農家の家族が……新しい作物の栽培に成功したと……ひと月前に笑っていた……！　僕に、いつか食べて欲しいとっ……、……言ってくれた……!!」

――彼らのこれからを見続けたい。彼らの平和を、幸せを守りたい。彼らの願いを、夢を、望みを叶えたい。もっと、もっと幸せになって欲しい。この国に生まれて良かったと、そう思って欲しい。だからずっとこの国で彼らと共に生きていたい。王になれなくても、せめてこの国で生きていたかった。

彼の、本当の愛情が、欲求が、止まらない。

「最後に城下の視察に行った時っ……女性が僕に赤子を抱かせてくれた……！　僕、……僕っ……の、……名前をつけたと……!!　……僕のような優しい人間に育って欲しいと……言ってくれた……！」

プライドの背中へ、食い込むほどに指へ力が加わった。今まで彼女に囁いていたような上辺だけの愛ではない。体の奥底から込み上げる、激しい愛情だった。

「僕の悪評が城下まで広まっても……！　皆、皆、皆が……「信じています」とっ……!!　変わらず笑ってくれた……!!」

弟達が広め、更には上級層から中級層までも広まった悪評。それをものともしないほどに彼は、民一人ひとりに愛され、慕われ、信用されていた。酒場で泥酔という事件が多くの民の目に晒され、その口から広まるまでは。

「愛しているんだっ……!! この、国を!!!!」

代わりなんてある訳がないと、血を吐くように叫び出す。震え、泣きじゃくる彼をプライドは自分からも抱きしめ返した。

——僕が何より大事で、愛しくて愛しくて堪《たま》らないのは〝アネモネ王国〟という国と民だ。大事な人の代わりが他の誰かで代替《だいたい》できないように、僕にとってもアネモネ王国の代わりになるものなど存在しない。たとえこの世界にどれほど素晴らしい国があろうとも僕はこの国が好きだ。死ぬまで離れたくない。この地で生き、この地の為に死にたい。

嗚咽が繰り返され、何度も咳《せ》き込む彼が落ち着くまでひたすらに胸に抱く。その間も涙声でずっとレオンは自国の民の暮らしを、姿を、この国の見通しをひたすらに語り続けた。時折何度も、「民が好きだ」「離れたくない」と叫びながら。

「それこそが、貴方の真実です」

レオンを抱きしめ、自分からもその肩に顔を埋める。目を閉じ、彼の体温を感じると、蒼《あお》い髪が軽く顔に掛かった。

自国を、誰よりも愛した王子。

ティアラがレオンルートに行かなければ、エンディングでレオンは他の攻略対象者に王配の座を譲り、自国へ帰っていた。そしてレオンルートに行けば、彼はティアラと共にアネモネ王国とフリージア王国を合併し、両国の王配として共に国を平和に導いた。レオンルートで吐露された彼の自国への愛を知った後では、正直どちらが本当に彼の幸せか彼女はわからなかった。彼が守り、愛してきたアネモネ王国は事実上、フリージア王国の属国になってしまったのだから。……だからこそ。

「レオン様。だから、私は……」

彼だけではない、この場にいる全員に聞こえるようにプライドは息を吸い込んだ。ゆっくりと自分の手でレオンを引き離し、嗚咽で未だに喉を鳴らす彼を紫色の瞳で捉《とら》える。

「貴方に、その全てを取り返す為にここまで来たのです」

〝全て〟……その言葉の意味をレオンは今度こそ正しく理解する。プライドがこれからどうするつもりなのか、自分でも信じられず彼女の姿が瞬いて目に映った。まるで救世主のようなその姿に胸が高鳴る。

「共に行きましょう。私達が付いております。貴方がその意思を持って私の手を掴むのならば……」

その場で立ち上がり、彼のもとへと手を伸ばす。涙で濡れた顔でレオンが見上げれば、その瞳を捉えたまま彼女は宣言を決めた。彼の運命に自分自身が抗うと、この場にいる全員へと決意を表明する。

「この私が必ず貴方を幸せにしてみせます!!」

最後に大粒の涙が一粒零れ落ちるのを最後に、彼の涙が止まった。口を力なく開けたまま、彼女を見上げる瞳が希望を抱いたかのように輝く。そして今度こそ彼女へとその手を伸ばし、掴み取った。

確かな己の意思を、その瞳の奥に宿して。

「この度は私の大切な婚約者が、随分とお世話になりました」

明るい声に敢えて含みを持たせて笑いかければ、目の前の第二、第三王子と国王が固まった。

レオン様の弟……エルヴィンとホーマーの顔から血の気がわかりやすく引いていく。

レオン様が決意を示してくれた後、私達はヴァルに留守を託して城へと向かった。ステイルの瞬間移動で、誰の目に留まることもなくレオン様を馬車へ乗せることもできた。ステイルの特殊能力を他言しないで欲しいという願いも彼はすぐに頷いてくれた。城へ到着し、謁見を望んだ私達は希望通りレオン様と一緒に客間へと迎え入れられた。弟達も呼んで欲しいとお願いすれば歯切れの悪くなった国王に、私は母上から得ていた権利を掲げてみせた。

〝女王代理〟としての権限を。

私は婚約者としてではない。女王の代理として来たのだとそれを知らしめた。この権限を与えられている限り、私の口から放たれる言葉は全て女王の意思……即《すなわ》ち、フリージア王国の正式なる意思として扱われる。国王もこれには驚き、すぐに第二王子と第三王子を呼んでくれた。

二人とも国王と同じ藍色の髪の青年だった。レオン様の蒼色の髪とは少し違う色合だけど、瞳の色は皆同じ翡翠色だ。藍《あい》色の髪を耳に余裕で掛かるくらいまで伸ばした第二王子のエルヴィンは、一見大人《おとな》しそうな美青年にも見えるけれど、耳や首、手首に多くの装飾品を身につけたせいで顔の印象が散らばっている。それに比べてホーマーは、装飾をレオン様同様に殆どつけていなかったけれど、藍色の短髪に反して見るからにエルヴィンに寄せたように見える中性的な服装が、残念ながら彼の男らしい顔付きには不釣り合いだった。

二人を迎えた私はゆったりとソファーに身体を沈め、国王へにこやかに笑みを向ける。

「ところで、国王陛下。私の話の前に、今回の件でレオン様からお話があるそうです」

憂鬱《ゆううつ》げに視線を落とすレオン様へそっと目配せをする。彼は頷き、すっと国王へ姿勢を正した。弟達が慌てるように小声で「あ、兄君?!」と呼んだけれど、彼の決意は変わらない。声には返さず、国王の目をしっかり捉えた。その様子に国王も少し驚いたように両眉《まゆ》を上げ、視線を向ける。

「……父上。僕は昨晩、城下の酒場で動けなくなっているところをプライドに救われました。エルヴィンとホーマーが僕を陥れる為に部屋を訪ね、薬入りのワインを飲ませて酒場へと置き捨てたのです」

レオン様の言葉に国王は大きく目を見開いた。口を開け、今度は国王からも血の気が引いていく。エルヴィンとホーマーが必死に弁明をしようと声を荒らげても、国王の耳には届いていないようだった。

「待って下さい兄君!! 何か勘違いをされているのでは?!」

「ホーマーの言う通りです! 昨夜、確かに僕達は兄君と別れを惜しみ、共にワインを楽しみましたが、すぐに兄君は酔われ、僕達はっ……」

レオン様の告白を聞き、ホーマーとエルヴィンが必死に言い訳を並べ出す。彼らの言い分を纏めれば、昨夜は一緒にワインを飲んだ後すぐにレオン様が酔い、急用を思い出したと言って自分達は部屋から閉め出されたということだ。……ゲームで、攻略対象者のレオン自身が最初に語っていたのと同じように。ゲームのレオンは酔った勢いとはいえ自分の意思で城下に降りてしまったのだとずっと信じていた。正確には、弟達が〝城下に降りたいという自分の我儘に協力してくれた〟お陰で城を抜け出せたのだと。そして、自分の意思で城下に降りたのだから弟達は悪くないと自分を責めていた。だからこそ、ティアラとも恋愛が進むまでは弟達が関係していたことも言わず、自分一人が国中からの信頼を裏切ったのだと語っていた。

実際は、弟達が薬を盛って酒場まで強制連行させた上での酒を飲ませての放置だ。よく考えれば、攻略対象者でもない自己中兄弟二人が、いくら相手がティアラとはいえ素直に自分の大罪の全てを告白する訳もなかった。大体、頻繁にフリージア王国にいる兄の元へ訪れたのもティアラにその話をした理由も元はといえば……!!

「とにかく!!　全ては誤解です!!　兄君は昨晩酔っていたせいで記憶も朧げなのでしょう！　大体、僕らが薬を盛ったなど何の証拠《しょうこ》があって……」

エルヴィンが声を荒らげる。第三王子のホーマーも賛同するように何度も頷いた。この様子では恐らくワインは処分済みなのだろう。国王を見れば、深く俯いたままでその表情すら読めなかった。

「あの晩、プライドの部下が城から連れ出される僕を見ていた。そして、酒場から救い出して介抱してくれた彼らが、僕は薬を飲まされたと判断したんだ」

それでもきっぱりとした口調でレオン様は事実を告げた。だけどエルヴィンも負けじと声を荒らげる。

「そっ……そのようなことは証拠にはなりません!!　全てはプライド第一王女の……フリージア王国の一方的な主張に過ぎません!!」

売り言葉に買い言葉といった様子で歯を剥《む》き出しにして返すエルヴィンに、私は心の底から引く。私だけではない、ステイルは明らかに呆《あき》れにも近い冷たい眼差しを向けているし、背後の騎士達からも息を吐く音が聞こえた。

弟達が無実になる為に必死になるのはわかる。ゲームのレオンルートで彼らの愚かさは色々理解済みだから予想もできていた。だけど、同盟国であるフリージア王国、更には〝女王代理〟である私にその言い方はアネモネ王国からの宣戦布告に近い。こちらは第一王子を保護して届けただけの立場だ。実際にこの場で主張しているのは、現時点で私ではなく自国の第一王子であるレオン様だ。ここで私がもし怒り狂ったら、次の瞬間には同盟解消だってあり得る。……というか、ゲームの悪逆非道プライドなら余裕でやるだろう。私が思うのだから間違いない。

それでもエルヴィンは自身の失言にも気づかず、ひたすら捲《まく》し立てる。ホーマーもその通りです！と叫んで気づく気配もなかった。

「フリージア王国が兄君に取り入り！　更には僕とホーマーを嵌め、理由をこじつけ我が国との戦争のきっかけを作ろうとしているに違いありません‼」

いやむしろそのきっかけを今そっちが現在進行形で作ろうとしているのだけど‼　大体、戦争をしたかったら酒場で彼を助ける意味がない。その場で衛兵達と一緒に現行犯逮捕すれば良いのだから。

怒りよりも呆れが勝ち、私は表情だけは崩さないようにと顔の筋肉に力を込めた。

「大体、何故都合良く兄君を見つけられたというのです⁉　国中の衛兵が夜通し探しても見つけられなかったというのに‼　やはり、フリージア王国が何らかの手段で兄君を拐《かどわ》かしたか、取り入るかをしてこの一件をでっち上げたと考えるのが」

ダンッ‼

重く鈍い音にエルヴィンの言葉が止まる。私がいい加減口を挟もうかと悩むより先に、国王の拳がテーブルに叩きつけられた。あまりの音に、私達もレオン様も弟達から国王へと視線が変わる。

「エルヴィン……ホーマー……‼」

噛みしめるように彼らの名を呼ぶ。その声だけで彼らの肩がビクビクと震え出した。

「私は忠告したはずだ……!!　〝今の内に己が過《あやま》ちを省《かえり》みよ〟と……！」

怒りのあまり真っ赤に燃えた顔と、信じられないほど鋭い眼差しがギロリと弟達へと向けられた。

さすがにこれにはレオン様も驚いたらしく国王と弟達を交互に見比べる。……まぁ、国王が怒るのも無理もない。ステイルや騎士達までもが国王の発言に驚きを見せる中、私だけが静かに息を吐いた。

国王が怒っているのは今の失言や暴言、そしてレオン様を陥れた容疑だけではないのだから。

国王がおもむろに立ち上がり、正式に私への無礼を謝罪してくれた。……これだけでもかなりの大ごとだ。他でもない国王に、女王代理とはいえ女王以下の地位の……更に言えば他国の人間へ腰を折らせてしまうなんて。頭を下げてくれる国王に、私は言葉を飲み込んだ。国の代表として、ここはしっかりと受けなければならない。王子二人は我が国に、私に罪を擦《なす》り付けようとしたのだから。

国王はゆっくりと充分な時間を掛けてから頭を上げ、エルヴィンとホーマーに向き直った。

「アネモネ王国国王の名において、エルヴィン・アドニス・コロナリア。ホーマー・アドニス・コロナリア。……この場で王族としての全権限を剥奪する」

国王の整然とした言葉が部屋中に響き渡った。護衛をしていた衛兵達も驚きを隠しきれず響《どよ》めいた。王族としての断絶を突きつけられた二人の手がブルブル震え、顔面が蒼白《そうはく》へと変わっていく。何かを言おうと口をパクパクとさせながら、まだ脳の処理が追いつかないのか声にはなっていなかった。

「選ぶが良い。我が国で奴隷の身分からやり直すか、それとも遥《はる》か遠き国外で全てをやり直すかを」

奴隷落ち、国外追放。王族の名を貶《けな》す行為を犯した者への罰が正式に彼らへ言い渡された。国王は傍にいる衛兵に命じ、弟達をその場で捕らえさせた。二人とも大声で喚《わめ》いて異議を唱えるけれど、その声に耳を傾ける者は誰もいない。国王の命《めい》により膝をつかされるエルヴィンとホーマーは、衛兵に向かって「離せ」「無礼者」と声を荒らげ続けた。衛兵が答えないのに苛立《いらだ》ちを見せると、歯を剥きながら国王に向かって今度は怒鳴り出す。

「僕とホーマー以外！　誰が王位を継ぐというのですか?!」

ホーマーの名も上げながら、まるで自分が一番相応《ふさわ》しいとでも言わんばかりな言い方に私はとうとう大きく息を吐く。もう良い、この人達は後回しにしよう。

「国王陛下」

私は彼らを無視し、国王の方へ向き直る。国王は息子達の事態に表情こそかなり疲弊はしていたけれど、その佇《たたず》まいだけは威厳のある態度を未だに保っていた。さすがはこの国を支える代表だ。静かにこちらへ身体を向け、しっかりと私の目を見てくれた。

「もし、私の見当違いであればどうかその場で否定して下さい」

念の為先に前置きを伝えると、国王は不思議そうに瞬きをしてから頷いた。

「予知を致しました。陛下は、私に……いえ、本来は我が母上に何かお話したいことがあったのではありませんか？」

国王の目が再び強く見開かれる。息を飲み、そのまま口を開こうとする前に私から軽く手を上げた。

「間違っていなければ、お答え頂かなくて結構です」と伝え、今は待ってもらう。弟達も私の発言には驚いたのか、目を丸くしてこちらを凝視していた。

「内容は、レオン・アドニス・コロナリア第一王子と私との婚約の白紙の打診、ではないでしょうか」

今度はレオン様、そしてステイルやアーサー達まで息を飲んだ。国王の目を見れば私の言葉が間違っていないことを確信した。

ステイルから小さく声が漏れ「まさか」と呟いた。驚くのも当然だ。今回の婚約で、立場が低いのはレオン第一王子。王位継承者ではない彼とは違い、私は正式な第一王位継承者だ。さらには国の規模や軍事力全てにおいてフリージア王国の方がアネモネ王国よりも遥かに優《まさ》っている。それなのに立場の低いはずのアネモネ王国の方から婚約を白紙にして欲しいと打診するなど無礼どころの話ではない。それこそ国際問題だ。……けれど、国王はそう決断しなければならない理由があった。

「レオン様に、王位継承権を正式に譲渡する為ですね」

レオン様の顔色が変わる。驚きのあまり放心にも近い表情で身体を硬直させたまま国王を見つめた。翡翠色の目が酷く揺れ動く。

「何故それをっ……!!」

国王より先にそう声を上げたのは、衛兵に捕らえられたホーマーだった。ガチガチと歯を鳴らしながら、耐え切れないように拘束《こうそく》されたまま暴れ出す。横にいるエルヴィンも目を見開いたまま歯を食い縛ってじっとこちらを睨み付けていた。最後に国王へと視線を戻せば、ぐっと喉を鳴らした後に、顔を引き締めてから真っ直ぐと私を見返した。

「プライド第一王女殿下、この度は……」

「お待ち下さい。どうか、私の話を先にお聞き届け下さい」

無礼とわかっていながら、もう一度国王の言葉を遮る。私に正式に婚約を白紙にさせて欲しいと謝罪するつもりだったのだろう。だからこそ私はその前にこの場で伝えなければならない。

小さく首を回し、ステイルやアーサー達の方へと振り返る。何か言いたそうにしながらも、全員が唇をきつく結んだまま私の背を見守ってくれていた。感謝の意味を込めて彼らへ笑みを返し、応える。

……大丈夫。最初から決めていたことなのだから。

静かに息を吸い上げ、国王とレオン様の方へ向き直る。顎《あご》を引き胸を張り、真っ直ぐと彼らを見据えて声を張る。

「〝女王代理〟として、私は母上より正式に御許可を頂きました」

この世界の主人公であるティアラにすら叶わない。いま彼を、レオン様を、この国を幸せにできるのは……私だけなのだから。

「今この場において、レオン・アドニス・コロナリア第一王子との婚約解消を〝我が国から〟願いたく、私は参りました」


部屋中が凍り付く。息を飲み、身動《みじろ》ぎ一つすら音を立ててしまいそうなほどの無音になる。国王の口が開いたまま動かない。レオン様が瞼をなくしたままその指先を震わせ、顔を痙攣《けいれん》させていた。

「馬鹿なっ‼」

再び、今度はエルヴィンの口が開く。顔を怒りで真っ赤にさせながら声を荒らげ、私を睨む。

「兄君は完璧《かんぺき》な王だっ‼　フリージアから婚約解消を言い渡される理由がない‼」

兄であるエルヴィンの言葉に弟のホーマーも頷いた。その通りだ、と声を上げてレオン様を睨む。

「理由ならばあります。私とレオン様との間に婚約の必要がなくなったからです」

目だけで彼らを睨み、私はレオン様へ手を差し出した。すると未だに現実味のない様子ではあるものの、それでも静かに手を重ねてくれた。

「レオン様は私の婚約者としてこれ以上なく努めて下さりました。我が国の文化や民にも興味を持ち、そして私とも親睦《しんぼく》を深めて下さりました。それはフリージア王国の民も、城の者も、父上と母上も多くの者が目にし、そう思ってくれています」

ずっと私は彼と仲睦《むつ》まじい姿を見せてきた。レオン様が私を愛していると国中の人に示してくれたように、私もちゃんとそれに応えてきた。私とレオン様の不仲を考える者など誰もいないように。

「今回の婚約は、我が国とアネモネ王国との同盟関係を強固にする為のもの。そして周辺諸国にそれを示す為のものです。アネモネ王国は我が国の大事な隣国。そして貿易の面でもなくてはならない存在ですから」

震えが止まらないレオン様の指先をそっと握る。まだ、今の状況についていけてないのかもしれない。突然自分の立場がころころと変わっていくのだから無理もない。私は安心させるように彼と視線を重ね、再び言葉を続ける。

「私は予知しました。レオン様なき、アネモネ王国の未来を」

そして周囲の視線を遮断するように一度目を閉じる。……そう、私は知っている。言うのも憚《はばか》られるほどに変わり果ててしまった、二年後のアネモネ王国の未来を。

瞼を開き、レオン様の顔をゆっくりと見上げて笑いかける。未だ戸惑いも垣間《かいま》見えるその瞳に、しっかりと目を合わせて。

「レオン様、貴方はこの国に必要な人間です」

必死に平静を保とうとする彼の表情がまた痙攣した。泣きそうに少し顔を歪めながら、それでも耐え、無言で私の手を握り返してくれる。

「貴方が私と同じように自国の民を愛する王となるのならば、私達は盟友です。婚約など必要ありません」

「盟友……」

私の言葉に、レオン様から言葉が零れた。まるで知らない異国の言葉かのように繰り返した彼に私は頷き、言葉を重ねる。

「そうです。私達の仲が強固であれば、同盟関係としてこれ以上の証《あかし》はないでしょう」

「ッそんなのは綺麗事だ‼」

エルヴィンが声を荒らげる。歯をギリギリと鳴らし、私を睨み付けていた。軽く顔の角度を変えるようにして私からも彼を睨む。そうかもしれませんね、と返しながら今度は国王に目を向けた。

「ならば、婚約解消において双方合意の条約も交わしましょう。定期的に互いの国に王族が来国し合い、密接な交流を行うと。どちらが上も下もありません。フリージア王国からは主に私が、アネモネ王国からはレオン様が来訪して下されば近隣諸国への示しにもなるでしょう」

いかがでしょうか、と問う私に国王は頷きながら「それだけで良いのですか」と逆に尋ねてくる。きっと我が国に婚約解消してもらう為に詫びの品や条約を色々用意してくれていたのだろう。でも、そんなのを貰ってしまっては意味がない。

「勿論です。我がフリージア王国とアネモネ王国は古くからの間柄。〝たかが〟双方合意の婚約解消程度で賠償を求める必要はありません。これ以上を頂いては、それこそ諸国に上下関係の勘繰りを受けてしまいます。……それでは、条約を結ぶ意味がなくなります」

〝たかが〟という言葉にまた周囲から息を飲む音が聞こえる。言い終えた時にはゴクリと目の前の国王までとうとう喉を鳴らした。その目が私へと縫い付けられたように離れず、驚きに染まっている。

実際は〝たかが〟ではない。それは私がよくわかっている。王族の婚約なんて、殆ど婚姻と同義だ。上の立場である者からの解消ならば断られた方がお眼鏡《めがね》にかなわなかった程度の話だけれど、逆の場合は無礼だけではなく断られた側の名にも傷を付けることになる。……だが、それがどうした。

「我が国がアネモネ王国に求めているのはこれまで通りの対等な同盟関係、それを強固にすることです！　婚約解消程度で崩れぬ関係こそその理想‼︎　私は第一王女として必ず、〝盟友〟であるレオン様とそれを叶えてみせましょう‼︎」

レオン様の手を握りしめ、そのまま国王、そしてエルヴィンとホーマーにそれぞれ向き直り、宣言する。握りしめたレオン様の手が、今度は今までで一番力強く私の手を握り返してきた。

「……叶える。絶対に」

たった、二言だ。だけど、その二言にはレオン様の強い意志が確かに感じられた。静かな声色でありながらはっきりとしたその言い方に、見上げれば強い目をした彼がそこにいた。

レオン様のその瞳を前にした国王から急激に力が抜ける。ストン、と思わずといった様子で腰が抜けたようにソファーに座り込んだ。

「……条約の準備を、すぐに」

部屋の端にいた摂政へ振り返らずに命じてくれた。短く返事をした摂政が急ぎ足で部屋を出ていった。きっと条約書を今から作成してくれるのだろう。

そのまま今度は衛兵に向かって国王は合図を送った。それを確認した衛兵が弟達を捕らえたまま、牢《ろう》へと連れるべく彼らを立ち上がらせ始めた。弟達は必死に暴れるけれど、衛兵達に敵うはずもなく無理矢理持ち上げられるようにして立ち上がらせられた。

「見ていろよ兄君ッいやレオン!!」

衛兵に引っ張られながら、エルヴィンが声を上げる。衛兵から引っ張られる腕から上半身だけでも乗り出すようにしてレオン様へ声を荒らげた。これが彼に会う最後かもしれないと思ってか、今までにない早口で暴言を浴びせ出す。

「意志なき人形が王などになれるものか!! 綺麗事を並べて何でもできるからといってお前自身に中身などない!! 俺やホーマーの内側にすら気づけなかった人形如《ごと》きがこの国を治められると思うな!! きっと数年も待たずに瓦解《がかい》するに決まっている！ その時にわかるはずだ俺こそが王の器に相応しかったと!! 民に自己の肯定を縋るような薄気味悪い貴様などより俺の方がずっと遥かに」

「ッ黙りなさい！！！！」

怒声となった私の金切り声が部屋中に響いた。思わず対抗しようとあまりの音量と高さになったせいか、エルヴィンどころか彼らを連れていこうとしていた衛兵まで口を開けたまま固まった。……ああ駄目だ、やっぱり彼らには同じ王族として腸が煮え繰り返って仕方がない。

レオン様から手を離し、気づけば彼らの前まで足を進めていた。離れる間際に「どうか御無礼を御許し下さい」と国王に伝えるのが精一杯だった。怒りのあまり彼らに視線が刺さって離れない。エルヴィンもホーマーも驚いたように瞼をなくした目を私に向けたまま何も言わなかった。

「よく聞きなさい、レオン様は誇り高き王となる器の方です」

高級な絨毯《じゅうたん》が私の足音を吸い込んだ。そうでなければきっと酷く踏み鳴らす音が響いただろう。

「人形などではありません。己よりも民を愛し、周囲の期待に応え、王となるべくその身を捧げてきた尊い御方です」

怒りに自分の目が燃えているのがわかる。私の目を正面から受ける彼らの顔色が変わっていく。

「〝数年も待たずに瓦解するに決まっている〟ですって……?」

とうとう私の内側にいる残虐女王が顔を出す。彼らに一矢報いたいと高らかに声を上げ、弟達の顔色が変わることに歓喜する。言ってはならないと心に押し殺していた事実が舌先へと滑り落ちる。

「私の予知ではレオン様なき貴方の王政こそがそれでした」

目を限界まで開いて無表情に彼らを覗き込めば、二人の表情が凍った。私が語りかけたことで、彼らを連れていくべきか悩んだ衛兵がその場に凍る彼らを押し留める。

「貴方達の王政で民は貧困し、国を去り、貿易は減少し、今のこの暮らしが嘘のようにアネモネ王国も王族も衰退の一途を辿っていました」

言う必要のない言葉だ。彼らはまだ何もしていない、その前に食い止めることができたのだから。

……なのに、彼らへの怒りが抑えきれない。

背後で小さくステイルの声がした。「姉君……?」と私を呼んでいる。

「そして、あろうことか国が傾いた途端、貴方達が我が国にいるレオン様へ救いを求める未来が」

〝戻ってきて欲しい〟と。〝自分達だけではどうにもならない〟と。そう続ける私の言葉に、彼らは信じられないといった表情で私を見返した。今さっき暴言を吐きつけた相手であるレオン様に自分達が助けを求めるなど信じられないのだろう。

けれどそれが、ゲームの中の彼らだ。ゲームが始まった時には既に彼らは頻繁にフリージア王国に、……いや、レオンへ会いに来ていた。表向きは城で体調を崩していることになっているレオンへの見舞いに。そしてその実は、心を病んで引きこもってしまったレオンに自国へ戻ってきて欲しいと頼みに来るのだ。自分達が陥れ、王位継承権を奪い取った相手であるレオンに。

心を病み、更にはフリージア王国との関係を壊さない為に断腸の思いでフリージア王国に留まっている彼に、二人は何度も訴えかける。「戻ってきてくれ」「兄君でないと駄目なんだ」と。終いには「兄君はもうアネモネ王国の民のことはどうでもいいのか?!」と声を荒らげる始末だ。それに怒り狂ったレオンが出ていけと叫び、彼らを追い出した後にティアラに縋りながら泣く姿はとても悲痛だった。その上、彼らはゲーム中盤過ぎではレオンが心を開いたであろうティアラをも言いくるめようとする。「実は本当は兄君が国王となるはずだったのです」と。懺悔《ざんげ》のような言い方で自身の過去を語る。

彼らは幼い頃から年の近い兄であるレオンにコンプレックスを抱いていた。全てにおいて自分を上回り、涼しい顔で難題をこなす兄に。そして周囲からも王の座はレオン第一王子で間違いないと言われ、劣等感を抱いていた。その結果、彼らは自国の王族が高潔さを重んじることを逆手に取り、レオンの悪評をばら撒いた。そして思惑通り、レオンはフリージア王国に婿入りさせられてしまう。…本当にもう一人の攻略対象者とは大違いだ。

けれど、レオンが婚約発表後にフリージア王国へ滞在している間、事態は一転する。悪評を広めていたのが弟達だと国王にバレてしまったのだ。国王とレオンがプライドの誕生祭で城に不在の間、思惑通りにいったことを祝して部屋で騒いでいたのを母親である王妃に聞かれてしまう。その為、レオンより一足先に帰国した国王にも王妃から知らされ、弟達は呼び出されて咎められる。そして、やはり第一王位継承権はレオンにと国王に告げられた上で「今の内に己が過ちを省みよ」と忠告される。そこで彼らはレオンを今度こそ王位継承の座から決定的に突き落とす為、彼に酒を飲ませて酒場に置き去りにした。これだけでも外道なのに、彼らは更に……

「貴様はッ……どこまで予知しているというんだ⁈」

怪物を見るような目を私に向けるエルヴィンに、私はふと意識を取り戻す。その目には若干の怯えも窺えて、私は敢えて無表情をそのままに「色々知っていますよ」と彼らに返す。

「レオン様が酒場で多くの民や衛兵の目に晒されること。貴方達の王政。我が国で王配となっても尚《なお》、アネモネ王国とその民へ想いを馳《は》せるレオン様。貴方達が国王陛下にこれまでの悪行を知られ、やはりレオン様に王位継承権をと告げられたのは。……もう、既に数日前のことでしょう」

今度こそ彼らは言葉をなくす。背後からガタッと音がした。恐らく国王が立ち上がった音だろう。背中からも沢山の視線が私に向けられているのがわかる。

「……覚えておきなさい」

ふつふつと、未だ怒りが沸いてきて止まらない。それでも何とか内なるプライド女王を押し留め、引き上がりそうな口元を戻して静かに彼らを睨み付けた。人差し指を伸ばし、エルヴィンとホーマーを順番に一人ずつ指し示す。

「貴方達が今後、どのように罰せられようとも二度とこの国と、そして我が盟友であるレオン様に危害を加えることは許しません」

ゴクリ、と弟達が喉を鳴らす。彼らの額から汗が滴り落ち、首筋を濡らす。まだ私からの言葉が終わらないことをわかっている。

「もし、その禁を破れば〝プライド・ロイヤル・アイビーという一個人〟が、貴方達二人の敵となります。……そして、私がこの手で必ず罰します」

脅しや虚言でないことは、私の目を見て彼らもすぐに理解したようだった。ホーマーが何度も繰り返し怯えるように頷くのに対し、エルヴィンは敗北と屈辱にまみれた表情で私を睨み返してくる。

「……運良く女王制の国に生まれた女如きが」

暴言を吐いたせいで衛兵からさらに厳しく取り押さえられる。それでもエルヴィンは変わらず私を睨んだままだ。だから私もこう答える。

「王族としての誇りも義務も知ろうとしない貴方達はそれ以下です」

彼は、苦々しく顔を歪めた。彼らは単に愚鈍な王となるだけではない。国も……そして民すらをも省みない、酷い王と成り果てる。無実と知りながら自国の民をプライドへ〝王子を不貞へと惑わした罪人〟として差し出したことを何の罪とも思わないような王に。

ゲームスタート時にレオンが心を病んでいたのは国から追い出されたからでも、自国の民や父親の信頼を失ったからでもない。

酒場で発見された時に自分と一緒にいた民全員が、プライドに目の前で嬲《なぶ》り殺しにされたからだ。

女王プライドは、レオンが自分の国へやってくるはずの日の朝に酒場で酔い潰れていたことを知り、その時に酒場にいた人間を全員〝罪人〟として差し出せとアネモネ王国に要求した。そうしなければ、婚約を破棄して即刻騎士団を放つと。そして、差し出されたアネモネ王国の民をプライドはレオンの目の前で惨殺した。自分の過ちのせいで罪もない民が嬲り殺しにされるのを見せつけられたレオンは心に酷い傷を負い、病んでしまう。自分と共にいるとその人が死んでしまう、傷ついてしまう、不幸になってしまうと思い込み、人と関わること自体を恐れるようになってしまう。

ティアラが誰ルートに行こうと結局レオンがアネモネ王国の舵《かじ》を取ることになるのは変わらなかった。レオンルート以外のクリアだと、エルヴィン国王に成り代わってレオンが王になった途端アネモネ王国も息を吹き返し、元の貿易国として栄え始めたと最後にティアラの語り文が入っていた。エルヴィンとホーマーは、レオンルート以外なら普通にレオンを自国に迎え入れて王の責務丸投げでメデタシメデタシだったし、レオンルートでは死ぬけれどレオンの手によっての断罪ではなく、プライドにあっさりと殺されてしまうだけだ。しかも断罪どころかレオンが弟達の死に嘆き悲しみ立ち上がる姿の方がメインだった。それでもキミヒカシリーズ第一作目でプライドの次にこの弟二人が嫌いという声は多く、中にはレオン攻略ではなくこの弟達のザマァを見る為に何度もレオンルートをやり込んだ人もいたそうだ。……今の私ならその屈折したやり込みの気持ちも少しわかる。前世でゲームをしていた時は「この弟達、全く反省の色ないな」とか「まぁでも、国を人質に取られたら無実とわかっていてもプライドに民を差し出すしかないか」くらいにしか思っていなかったけれど。レオンルートで明らかにされる彼らは、それほどに酷い。

レオンがフリージア王国に移り住んですぐに国王が病で急死すると、王位を継いでやりたいだけやった後は、まるで自分は悪くない被害者かのような顔でレオンに後始末全てを押し付けようとするのだから。更にはレオンやティアラのいない場所で語り合う彼らは「よし、あの女なら上手く言いくるめられそうだ」「もう王の仕事なんか真っ平だ。レオンに全部やらせておけば、どうせどうにかなる」とかなりの自己中っぷりだった。ティアラにレオンの過去と自分達の罪を語った後には「ですが、今のアネモネ王国には兄君の力が必要なのです！　父上も失ってしまい、僕達にはどうすることも……」と言ってティアラからもレオンがアネモネ王国に帰るように説得して欲しいと訴えてきたり、更にはティアラを誘拐してレオンに無事返して欲しくば国へ帰れと脅したり、レオンとティアラが城下に逃げた場面では、アネモネ王国の国王と摂政であるにも関わらずプライドに捕まえたレオンを引き渡すことを条件に顎で使われ、ティアラとレオンを捕まえようと城下を駆け回った。他の追手キャラであるヴァルや鎖の男と同じポジションにまで堕《お》ちるなど、国王としてはあり得ない。その結果、最後にはプライドに「使えない王様ね」とレオンの目の前で銃で撃たれて殺される。

過去に自分を陥れ、更に今は敵に回っていたはずの弟達の亡骸《なきがら》を胸に抱いて泣き、恐怖の対象であるプライドに立ち向かうことを決意するレオンは強い意志と、兄としての愛に溢れていた。

ただ、それでも今の私には彼らが許せない。同じ王族として、彼らの暴挙を。

「エルヴィン元第二王子、ホーマー元第三王子。……貴方達は国王となって何をしたいと望みましたか」

私の問いかけに、彼らは目だけを見開く。まるで今やっとそれに気づいたかのような表情だ。……そう、彼らはレオンへのコンプレックス故に、兄を蹴落《けお》とし王となること自体が目的となっていた。ゲームの中では、それ故に国王となった後はその特権だけを振り翳《かざ》して贅沢《ぜいたく》を貪《むさぼ》り、他国との交流をぞんざいにし、民を粗雑に扱って国を傾けるのだから。

「もし、そこに最初に民の姿を見出《みいだ》せなければ、それまでです。誰よりも清い心を持ったレオン様を否定する権利などありはしません」

本当はもっと言いたいことも、彼らが犯すはずだった暴挙も全て晒したい。けれど、既に言うべきでない未来をいくつも〝予知〟という形で暴露してしまった。これ以上公言することは危険過ぎる。

震える拳を握りしめ、私は彼らに背中を向ける。私を見つめていた国王に出過ぎた真似をと詫び、再びソファーに腰を下ろした。衛兵が話を終えたと判断し、今度こそ彼らを部屋から連れ出した。

「姉君、大丈夫ですか……？」

小さな声でステイルが心配そうに声を掛けてくれる。彼の優しさが身に染みて、大丈夫と笑んで答えた。

「プライド……」

腰を下ろしたまま見上げると、レオン様が私に歩み寄っていた。国王と同じようなポカンとした表情のまま、口だけをぎゅっと結び私を見つめる。やはり、罪人とはいえ弟達に対しての発言や未来に国が衰退するなんて不吉な予知はまずかっただろうか。怒りのあまり自分でも信じられないほどに暴走して宣《のたま》ってしまったと今更後悔する。今の発言で私やフリージア王国が不興を買ってしまったら。

「……ッ……ありがとうっ……」

次の瞬間、レオン様の両腕が私をしっかりと抱きしめた。突然引き寄せられた身体が前のめりに倒れ、レオン様の胸板に受け止められる。

何故、お礼を言われたのかわからない。何故抱きしめられたのかも。ただ、私を強く抱き締めたまま放そうとしないレオン様が、肩に涙を零し始めたことだけはドレス越しに伝わる熱でわかった。

音もなく、ひたすら涙だけが零れ落ちる彼がどんな表情をしているのかもわからない。ただ、今は彼のこの気持ちをちゃんと受け止めたいと思った。

彼の背中に腕を回し、その背を擦るようにして手を動かした。今までのただ演じていただけの抱擁ではない、確かな彼の感情と熱をそこに感じられた。

「レオン様。……誇って下さい。愛して下さい。求めて下さい」

泣きながら、次第に嗚咽のように全身を震わせ出す彼が私の肩越しに何度も頷いた。

「貴方の心も、そして貴方の愛したこの国も、……こんなにも美しいのですから」

私のせいでこの数日間、どれほど彼は苦しんできただろう。自国への愛に苛《さいな》まれながらそれを表に出そうとせずに耐え続け、取り繕っては演じ続け、自国への愛すら気取られぬように心を殺し続けて。

だから、彼と共に過ごした三日間は私も辛かった。

私に笑み、愛を囁いてくれた彼が本当は誰よりも泣き出したいくらい辛かったのを知っていたから。

良かった。心からそう思う。

彼に、アネモネ王国を返せて良かった。アネモネ王国に、彼を返せて良かった。

「レオン・アドニス・コロナリア第一王子」

全身で泣き続ける彼に、私はふと頭に過った言葉を問いかける。本来はきっと私達が交わすはずだった誓いの言葉を辿り、もじりながら。

「……貴方は、病める時も健《すこ》やかなる時も、富める時も貧しき時も。自国の民を愛し、守り、国がより良くなるように努め、彼らの生活を守り続けてくれると誓いますか」

私の言葉に、彼が声を出そうとして嗚咽を漏らした。酷く聞き取りにくい涙声で、叫ぶように声を上げる。私を抱きしめる腕の力が更に強まり、彼の決意の強さを肌で感じた。


「……ッ誓います…‼」

国と民を誰よりも愛した王子が、私達の前でその愛を誓った。

「それでは、書面の確認ができましたら双方の署名を」

互いに羊皮紙に書き込まれた文面を目でなぞり、頷く。ステイルに目で確認を取れば、ちゃんと羊皮紙の素材からその中身まで何の偽りもないことを確認してから頷いて、私にペンを差し出してくれた。書面の内容は双方合意での婚約解消と、定期的な来訪を行うことに関しての条約。これに女王代理として私のサインを書き込めば、レオン様との婚約は今日付けで解消される。

ステイルから差し出されたペンを受け取る。私達を見守る衛兵や騎士達が固唾《かたず》を飲み、一挙一動から目を離さない。インクが充分に浸ったペン先を私は躊躇《ためら》いなく羊皮紙につけ、指先を滑らせた。

〝プライド・ロイヤル・アイビー〟……我が国の第一王女の名を私はそこに記した。

書き終わり、国王が調印する中でふとレオン様を見上げる。涙で腫《は》れた目が、少しぼんやりと私に向けられていた。泣き過ぎたせいか、未だうっすらと顔が火照っている。

「……レオン様。これからも宜しくお願い致しますね」

同盟関係、そして盟友。何よりこれからは互いに国を来訪し合う関係になるのだから。そう思って笑いかけると、レオン様は少し切なそうに顔を曇らせてから笑ってくれた。……まだ色々とショックが抜け切れていないのだろうか。

「それでは私はこれから国に帰り、母上に今回のことを報告致します」

ゆっくり立ち上がると、ステイルが段取り良く調印の終えた羊皮紙を丸め始めた。まずはこの条約書を母上と父上に見せなければいけない。

もう帰られるのですかと、やんわり引き止めてくれたけれど、今からなら今日中に帰れるのでと断った。嵐《あらし》のように人の城で好き放題言いたい放題した上に、これ以上長居したら申し訳ない。

「……プライド第一王女殿下」
不意に国王も立ち上がったと思えば、名を呼ばれた。
「一つ、お聞きしても宜しいでしょうか」
少し険しくも見える、眉間に皺を寄せた顔は少し私の父上にも似ている。そんなことを思いながら
私は「喜んで」と答えて姿勢を正した。
「……貴方は我が国が衰退することも、エルヴィンとホーマーの愚行も、レオンの無実も知っていた。
……ならば、何故わざわざ我が国にレオンを無条件同様のまま返して下さったのか。レオンを婚約者
に置き、衰退した我が国を吸収することもフリージア王国ならば容易《たやす》いはず」
調印して頂いた後に尋ねて申し訳ないがと呟く国王に、笑みを返す。そんなこと、決まっている。
「大事な同盟国ですから」
それだけです。そう言って見せると国王の肩が大きく上がり、……そして下がった。静かに優しく
細められた目と共に「感謝します」と緩やかに頭を下げられ、私も同様に挨拶を返した。顔を上げ、
お互いに見つめ合ってから私は「一つ、お願いがあるのですが」と国王に望む。頷いてくれた国王に
私は横に一歩移動し、背後に控えてくれていたステイルと騎士達が国王の視界に入るようにした。
「私をこの国へずっと護《まも》りながら同行し、レオン様の保護にも協力してくれた弟と騎士達です。どう
か、その手を取って挨拶をさせて下さい」
勿論です、と国王は笑って数歩前に進んでくれた。レオン様も自ら「僕も、是非」と言って、国王
に続くように前へ出る。突然話を振られて驚いた様子のステイルと騎士達も、笑顔で国王に伸ばされ
た手をそれぞれ掴み、挨拶を交わし合う。

最初にステイルがその手を握る。これからも同盟国として協力を惜しみませんと、そう言いながら堂々とした態度で国王とレオン様に笑みを返した。次にカラム隊長だ。畏《おそ》れ多そうにその手を取りながら、礼儀正しく頭を下げた。国王の後にレオン様から「何から何までありがとうございました」と礼を言われて、とんでもありませんと返していた。アラン隊長もさすがに国王と王子相手には少し恐縮したらしく、すごく緊張した様子で国王の手を握り返していた。任務中はあんなに堂々と振る舞っていたレオン様相手にもすごく畏れ多そうだった。エリック副隊長は両手でしっかりと握られた国王の手を握り返し、光栄ですと嬉しそうにはにかんでいた。二人と握手を終えた後、その嬉しそうな笑みのままチフリと私の方に目を向けてきてくれたからぱっちりと目が合った。恥ずかしそうに頬を染め、急ぎ頭を下げてくれる。そして最後にアーサーが既に恐縮しきった様子で国王の手を取り、

……固まった。

さっきまでとは違う、驚いたような表情で国王に握られた手を凝視し、次に国王へと顔を上げた。国王も不思議そうな表情にはなったけれど、それでもアーサーに一言送り、他の騎士達と同じようにゆっくりと手を放した。その後にレオン様と握手を交わした時には、向けられた笑顔を正面から受け止め、少しホッとしたように笑い返していた。そして挨拶を終えたアーサーは、何か確認するように私へ視線を送ってきた。私がそれに頷くと、目をパチパチさせて握手された自分の手と国王を見比べた。ステイルもアーサーのその様子に何か勘付いたように私とアーサーを交互に見る。

これで、国王が病で急死する心配も無くなった。

ゲームが始まるのは、今から二年後。その時には既に国王は病で急死してあの弟達の王政だった。レオンを国外追放してフリージア王国に送ってすぐ病で急死してしまう。国王は弟達を更生すること

も、他の王位継承者を指名することも叶わず息を引き取ってしまった。

でも、これで大丈夫。レオン様ならきっと今からでも立派な王になれるとは思うけれど、わざわざ死ぬ必要がない国王を見殺しにする理由もない。レオン様だって早く王になることよりも、父親から色々もっと教えてもらって、……そして長生きして欲しいに決まっている。

アーサーの特殊能力は、万物の病を癒す力。アーサーのあの表情を見るからに、きっと今の数秒で国王の病も治ったのだろう。数年間寝たきりだったマリアの奇病だって速攻で完治させたのだから。アーサー曰《いわ》く軽い病ならお互い気づかないけれど、病の症状が重いとアーサーからも特殊能力を使った実感があるらしい。つまりは国王もそれなりに重病だったということだ。国王の重病を握手一つで治してしまうって、よく考えるとなかなかの大事件だ。

そのまま挨拶を終えた私達は馬車の前まで国王、王妃、レオン様と衛兵や城の人達に見送ってもらえた。アラン隊長とエリック副隊長が馬車の運転席に乗り込み、カラム隊長とアーサーが私とステイルの背後に控えてくれる。

本当にこの度はありがとうございました、御迷惑をお掛け致しましたと王妃が私とステイルの手を握ってくれた。レオン様の色気は母親譲りなのだなと確信するほどに綺麗な女性で、蒼い長い髪を揺らしながら何度も私達に挨拶をしてくれた。国王とも改めて最後に挨拶を交わし、近日中にレオン様と一緒に我が国に挨拶とお詫びに行くと言ってくれた。お待ちしています、私もまたアネモネ王国に伺います、と答えると威厳のある国王の表情が優しく和《やわ》らいだ。

「……プライド、……様」

レオン様の言葉で顔を上げる。どこか少し言いにくそうに〝様〟をつけてくれるレオン様に思わず

う。

「今まで通り〝プライド〟で大丈夫です、レオン様。私達は盟友なのですから」

そう言うとレオン様は小さくはにかんだ。でもどこかまだ憂いを帯びている気がするのは何故だろう。

笑ってしまう。

「……なら、僕のことも〝レオン〟と呼んでくれ。君にはそう呼ばれたい」

そう言いながら、ゆっくりと私の手を取ってくれる。その手を受け止め、私も頷いた。

「わかったわ、レオン。また、会えるのを楽しみにしているから」

〝盟友〟と自分で言ってはみたけれど、こうして敬語敬称なしで呼び合えると本当に友達という感じがして嬉しくなる。私の言葉に少し驚いたように「また……？」と首を傾《かし》げるレオンに私は「ええ、また」とそのまま返した。これからは国を行き来し合うことも増えるし、きっと今まで以上に彼とは親交を深めていくことになるだろう。互いに同盟国の第一王位継承者なのだから。

また……、と小さくまた呟いたレオンが、数秒経ってから滑らかに笑った。その笑顔を正面から受け、思わず肩をビクリと揺らして顔が少し熱くなる。

あまりにも、眩《まぶ》しく妖艶《ようえん》な笑みをレオンが向けてくれたから。

今まで向けられた中で、最強と言っても良いほどに強い笑みだった。色香が彼を中心に広がるのを感じる。あまりに直撃を受けたせいで、固まってしまう私の手をそのまま彼は持ち上げ、流れるように手の甲へ口づけを落とした。

「嗚呼《ああ》……また、会える」

嬉しそうにそう口ずさみながら言う彼に、手の甲から電気が流されたように全身が震えた。今までの妖艶さの比じゃない。その翡翠色の瞳で覗かれるだけでドキドキしてしまう。

「プライド。……元婚約者として、一つだけ無礼を許して欲しい。……良いかな？」

ええ、どうぞ。と色香に惑わされて頭がちゃんと機能しないまま答えてしまう。レオンが口づけした私の手を取り、馬車までエスコートした。

カラム隊長によって扉が開けられ、私とレオンの背後にステイルとアーサーが付く。レオンは私の肩を優しく抱いて止めると、アーサーとステイルに「どうぞ、お先に」と先に馬車に乗ることを勧めた。二人とも少し躊躇いながらも促されるまま私より先にステイル、そしてアーサーが馬車に乗り込んで扉の傍に待機した。

レオンが私の手を取りながら、最後に馬車まで上げてくれる。馬車の高さ分、私の方が彼より高い位置になり、その顔を覗くような体勢になる。プライド、とまた名前を優しく呼ばれ、私は真っ直ぐに彼を見つめ返した。

「この恩は一生忘れない。もし、君に……フリージア王国に何かあった時は必ずアネモネ王国が、僕が、……何が何でも駆け付けるから」

そう言って手を伸ばし、私の髪を掻き上げるようにして耳に掛けてくれた。優しい手付きと、その妖艶な瞳にまた熱が上がる。

「また、会おう。何度でも、君に会いに行く。そして何度でも、この愛する国で……君を待つ」

心から私達との別れを惜しむように語ってくれるレオンの指が、そのまま私の髪を撫でた。

「さようなら、愛しき我が婚約者」

カンッ、とレオンが馬車の入り口へ片足を掛ける。そのまま扉を掴むようにして上がってきた。私と同じ位置に立ったことで、また私が彼の顔を見上げるようになる。突然彼が馬車に乗り込んできたことに驚いて、自分でも目が丸くなっていくのがわかった。

彼がそっと私の両頬に手を添える。妖艶なその瞳に捕らえられて身動ぎ一つできなくなった。そのまま彼の綺麗な顔が静かに私の顔へと近づき

唇のすぐ真横に、口づけを添えた。


本当に、すぐ横に。私が少しでも顔を動かしたら唇に触れてしまったのではないかと思うほど。

彼の唇が頬に辺り、湿ったそれが優しく皮膚を吸い上げた。離す間際にちゅっ、と前世のゲームでしか聞いたことのない甘い音が耳まで響く。そのままレオンの顔が離れ、滑らかな微笑と妖艶な瞳が私の顔をじっと見つめた。

「……僕の、初恋だった人」

バタン。

レオンが馬車から身を引くと同時に、扉を閉めた。目の前で閉まった風圧で私は崩れるようにお尻《しり》から倒れ込んでしまう。

「ぷっ、プライド様?!」「姉君!!」と両脇に控えてくれていたステイルとアーサーがちょうど受け止めてくれたけれど、私を覗き込んだ二人の顔は真っ赤だった。でも、私も恐らく同じかそれ以上に真っ赤だろう。顔が熱過ぎて湯気が出てもおかしくないくらいだ。恥ずかしさとレオンの色香に当てられて未だに声すら出ない。喉が干上がって目が回る。思考が纏まらない中、レオンの言葉の意味と

疑問だけが頭を回る。

……初、恋……?? いつから? プライドに?? 私に????

間もなくして馬車が動き、揺れ出したけれどそれが気にならないくらい未だ思考が纏まらない。二人と同じように顔を赤くしたカラム隊長が水で湿らせたハンカチで額を冷やしてくれたけど、頭の火照りは消えなかった。更には途中、馬車が何度か激しく揺れた。その度にカラム隊長が「アラン!! エリック!! お前達も今は運転に集中しろ!!」と窓から運転席の二人に向かって怒鳴っていた。

「姉君?! あの、今どこをレオン王子に口づけされッ……」

「馬鹿! ステイル!! 思い出させんな! ンなことより今はプライド様の顔色が」

「〝ンなこと〟なものか!! 口づけの箇所によっては今度こそ本当に姉君に傷が」

「〜〜っ!! 頬だ頬!!!! 俺に言わせンな馬鹿!!」

「アーサー?! ステイル様に向かって言葉が乱れ過ぎてはっ……」

「あッ?!」

何やらステイル、アーサー、カラム隊長が騒いでいるけど、やっぱり頭に入ってこない。完全にレオンの色香に当てられた。

……キミヒカシリーズ第一作目のお色気担当。

馬車がヴァル達の待つ宿に到着するまで、最初に思い出したレオンのゲーム設定がぐるんぐるんと頭の中を巡り続けた。

……行った。

次第に小さくなっていく馬車を見送りながら、僕は胸元で拳を握りしめる。

……行ってしまった。

チクリ、とまた胸が痛んだ。彼女が自国へ……フリージア王国へと帰っていく。風が心地良く吹き、僕の髪を静かになぞった。

……彼女は、本当に僕へ全てを返して去っていった。

馬車が段々と見えなくなり、小さな点となって最後には僕の視力で捉えられなくなった。彼女の手を取った右手と、触れた唇だけが未だに熱を帯びている。

「プライド……」

どこへでもなく、彼女の名を空で呼ぶ。愛しい、愛しい、初めてこの胸に灯《とも》った女性の名を。

『私は予知しました。レオン様のなき、アネモネ王国の未来を』

彼女は、全てを知っていた。僕のことも弟達のことも、……この国の行く末すらをも。それを全て知りながら、僕とこの国を救いに来てくれた。自国ですらない、小さなこの国を。

『レオン様、貴方はこの国に必要な人間です』

手を取り、語ってくれたあの言葉がどれほど僕を救ってくれただろう。

必要だと、そう認めてくれた。ずっと僕が言われたかった言葉ばかりを、彼女はその口で聞かせてくれた。……心からの言葉を、僕にくれた。

〝盟友〟と、言ってくれた。

友などいなかった、弟達にすら恨まれていた僕を〝友〟と語ってくれた。今まで受けたどんな甘言よりも、彼女の言葉は僕を射止めた。数多くの女性が僕との未来の約束を望んだ。なのに彼女は違った。そのようなものは〝盟友〟である僕らの間では不要だと……そう言ってくれた。

初めて、心の底から一人の人間と繋がれた気がした。

婚約解消ですら崩れない関係。……そんなの、考えたこともなかった。今までの女性は僕が未来を共にする気はないと告げれば去っていったのだから。でも本当にそんなものがあるのなら、それをプライドが僕とならできると言ってくれるのならば
叶えてみせる。絶対に。

色欲以外で女性に求められた。……この世界できっと、最も美しい女性に。この期待に必ず応えたいと思った。

僕はまだ歪《いびつ》だ。人としても、王としても。こうしてプライドに救われなければ、自身の心も意思も真実も、何も知らずに全てを失っていたのだから。

エルヴィンの言葉はもっともだと思った。〝意志なき人形〟〝中身などない〟〝俺やホーマーの内側にすら気づけなかった〟〝民に自己の肯定を縋る〟〝薄気味悪い〟……全てが正しくて、否定の一つもできなかった。ただ、それでもやはり僕はこの国の民の為に生きたいと……そう思った。たとえどれほど歪でも、民の力になりたかった。

なのに、彼女は。

『レオン様は誇り高き王となる器の方です』

『人形などではありません。己よりも民を愛し、周囲の期待に応え、王となるべくその身を捧げてき

た尊い御方です』

僕の過去も、未来も、今も……全てを認めてくれた。人形ではないと言ってくれた。僕自身ですら否定できなかった弟の言葉を、全て否定してくれた。

僕のことで怒る彼女は酷く衝撃的だった。全て迷惑しか掛けていない僕を、彼女は当然のように庇ってくれた。僕の前に立ち、弟達に告げる彼女の背中がとても大きく見えた。まるで、幼い日に見上げ続けた父上のようだった。

その後の彼女の言葉も衝撃の連続だった。僕なきエルヴィンの王政。その王政のもとで苦しみ衰退していく民と国の姿を聞けば、手足が震え胸は痛んだ。肩が勝手に強張り、手の平には汗が滲んだ。

彼女の予知は、本物だ。それは僕が身をもって理解している。父上が王の座を退いてからが今から何年後か、何十年後の話かはわからない。ただ、それが確実に訪れた未来なのだと。それが、怖くて仕方がなかった。

民が、苦しむ。国が衰退する。更には弟達が国が傾いた後で僕に助力を求めに来ると言う。フリージア王国の王配となっているであろう、この僕に。

何という地獄だろうと、考えただけで全身の毛が逆立った。身体中から血の気が引いて顔が青ざめるのが鏡を見なくてもわかった。衰退する国を前に弟達にそう望まれたら、きっと僕は……

帰りたいと思ってしまう。

けれど、フリージア王国の王配である僕にできるわけがない。アネモネ王国に戻るなど。

自分でもわかる。確信できる。フリージア王国の王配の身でありながら、アネモネ王国に戻りたいと望み、藻掻《もが》き、悶《もだ》え、掻きむしる己の姿が。そして最後にはフリージア王国王配として、それはできないと意思に反して断ることしかできない己自身も。全てが、自分でも嫌なほど生々しく想像できる。

更にはエルヴィンの問いにプライドは答えた。僕が酒場で多くの民や衛兵の目に晒されること。弟達の王政。フリージア王国の王配となっても僕がアネモネ国とその民へ想いを馳せている未来。最後に、既に起こっていたであろう弟達と父上の会話を言い当てた時は、驚き立ち上がる父上の姿を見て、改めて僕は確信した。

彼女は、僕だけでなくこの国の未来までも救ってくれたのだと。

『貴方達が今後、どのように罰せられようとも二度とこの国と、そして我が盟友であるレオン様に危害を加えることは許しません』

同盟国、それ以外何も関わりのなかった僕を救い出し、盟友と呼んでくれた。

『もし、その禁を破れば〝プライド・ロイヤル・アイビーという一個人〟が、貴方達二人の敵となります。……そして、私がこの手で必ず罰します』

プライド、という一人の人間が僕を、国を救ってくれた。

何故、ここまでしてくれたのか。僕が逆の立場ならきっとできなかった。自国ならともかく、他国の為にここまで必死に、他国の為だけに行動なんてきっと僕にはできなかった。

『貴方達は国王となって何をしたいと望みましたか』

弟達へ向けられたプライドのその言葉に、真っ先に民の笑顔が浮かんだ。彼らがいつまでも自国を誇りに思い、笑顔で生きていてくれたら。……それを身近で見つめ続けていられたら。

どれだけ、幸福だろうかと。

『もし、そこに最初に民の姿を見出せなければ、それまでです。誰よりも清い心を持ったレオン様を否定する権利などありはしません』

また僕の心を覗いたかのような言葉だった。驚きのあまり顔の筋肉がぽかんと強張ったまま動かず、胸に熱が溢れ、膝が震え、喉の奥から何かが強く込み上げた。

嬉しくて、嬉しくて堪らなかった。今までを含めて一生分僕の全てを認めてもらえた。上面《うわつら》や勉学知識技術だけではない、もっと大切なところで僕が王として相応しいと初めて認められた気がした。生まれて初めて、僕の欠陥も欲求も全てを理解してくれた人が、僕の全てを認めてくれた。感謝が、喜びが、全身から溢れて止まらなかった。僕の愛する国と民の未来を救ってくれた彼女に。

僕の過去も現在も未来も全て、救ってくれた彼女に。

思わず彼女を抱きしめればそれすらも彼女は受け止めてくれた。

『レオン様。……誇って下さい。愛して下さい。求めて下さい』

もうこれ以上ないほどに僕の全てを救いあげてくれた彼女が、その唇からまた言葉を囁いた。今まで蓋をしたまま抑えていた全てを、彼女は優しく許して解き放った。

『貴方の心も、そして貴方の愛したこの国も、……こんなにも美しいのですから』

涙が、止まらなかった。

喜び、悲しかった、嬉しい、辛かった、感謝、嬉しい、嬉しい嬉しい嬉しい嬉しいと。こんなにも人の感情というのは多くて、強く、波のようなものなのかと思うほどに波立ち、入り混じっては僕の内側を強く唸らせた。

清い？　高潔？　美しい？　この世界で最もそうなのは貴方じゃないかと。……心の底から、そう思った。

様々な言葉で僕を認めてくれた彼女こそが、僕にはこの世界の誰よりも美しく、気高く高潔で清らかな人に思えた。

『貴方は、病める時も健やかなる時も……富める時も貧しき時も……自国の民を愛し、守り、国がより良くなるように努め、彼らの生活を……守り続けてくれると誓いますか』

彼女が、初めて僕に愛を語った。国の、民への愛を僕に問いた。答えなんて決まっている。


僕は、その為だけにこの世に産み落とされたのだから。


この国の民に望まれ、国を愛する父上と母上の血を授かって産まれた。

誰よりもこの国の平和と繁栄を望み、求める。

この国の第一王子として、何よりも〝僕〟としてこの国に生まれたことを誇りに思う。この国の民と血を分けたことを誇りに思う。

僕の血も肉も心も全ては最初からこの国のものだ。

狂おしいほどに愛してる。我が、アネモネ王国を。

彼女を抱きしめる腕に力を込め、そして僕は我が国へ永遠の愛を誓った。


「……惜しいことをしたな」

姿が見えなくなっても馬車が消えた方向を見つめ続ける僕の隣に、父上が立った。何がですか、と尋ねると、父上は含むように小さく笑い、僕の肩を叩く。

「プライド第一王女が、第一王位継承者でなければ……婚約解消をしなくても済んだのだが……」

すまない、と呟く父上に僕は笑みを返す。父上がそんなことを心配してくれるなんて思わなかった。

「プライドと……彼女と婚約解消だと、あの条約書を用意された途端に胸が痛みました」

彼女ともう、これで最後なのだと。急激に惜しくなった。婚約関係が終わってしまうのが嫌だと思ってしまった。これからも宜しくと言われても、もう今日までの関係でないと思ってしまえば変わらず胸は痛み続けた。

「でも、やはり僕はこの国と民が好きです。何物にも代え難いほどに愛しています。それに……」

『レオン。また、会えるのを楽しみにしているから』

〝また〟会えるのだ。愛しい愛しい彼女に。

これから何度でも、その声と、笑顔に触れられる。それだけで僕は十分過ぎるほどに幸福だ。

「プライドとは、これから何度でも会えます。〝盟友〟として」

盟友。……その響きには何故か胸の痛みは感じない。ひたすらにその関係を誇りにすら感じる。高潔で気高く清らかな彼女と〝盟友〟だということが。ただ、もう〝婚約者〟として彼女のあの髪に、肌に触れられないことだけが惜しまれた。こんな感情を彼女に抱いてしまうのなら、いっそ婚約者の内にもっと触れて、もっと愛の証を彼女の身体に残しておけば良かった。

〝恩人〟〝救世主〟〝婚約者〟〝盟友〟

どの言葉を選んでも足りないほどに、もっともっと彼女へこの想いの特別さを残しておきたかった。

……僕は、この先もきっとプライドとは結ばれない。僕には僕の、彼女には彼女の、愛する自国があるのだから。

だからこそ、たった一瞬だけでも良い。僕のことで頭がいっぱいになって欲しかった。僕のことで彼女の中を全て埋め尽くしてしまいたかった。

生まれて初めて一人の女性に対して抱いた、この想いを。

たとえこの先僕が国王として別の女性と一緒になったとしても、僕のたった一つの特別を彼女に捧げたかった。

あの愛しい唇には触れられない。彼女のそこに触れられるのは、今度こそ彼女の傍で永遠に彼女を愛し続けてくれる一人の男だけなのだから。……だけど、その傍らだけでも。

唇に触れたい気持ちを堪え、その横に触れた。僕の初恋は君のものだと、その証の為に。

〝初恋〟が、こんなにも胸を締め付け、熱くさせるものだなんて知らなかった。痛みを伴いながら、甘く切なく愛しさが身体を火照らすなんて。

「また近々会えるのが楽しみです。フリージア王国に、……プライドに」

目を閉じれば、まるで目の前にいるかのように彼女の姿が浮かび上がる。この耳元で囁かれているように、美しい声が頭を駆け抜ける。

この胸のときめきがいつからなのか。プライドに僕が本当に恋をしてしまったのはいつからなのか。

……自分でもわからない。

僕の弱さ全てを受け止めてくれた時か、僕の本当の望みを教えてくれた時か。今までの感情全てに否定と肯定を与えてくれた時か、この手を取って幸せにすると言ってくれた時か。この国を救ってくれたことを知った時か、僕に全てを返してくれた時か。盟友と、呼んでくれた時か。エルヴィンの言葉を否定してくれた時か。国への愛を、誓いを紡いでくれた時か。……思い出すには、彼女はあまりにも僕の感情を揺さぶり過ぎたから。

ただ、僕は彼女に恋をした。その事実は変わらない。

国を愛し、民を愛し、それでも余りあるほど僕の胸を満たして溢れるこの愛に。……もし、もう一つ置き場を貰えるのならば。

僕は、プライドが良い。

彼女を愛し続けよう。

いつかこの恋を失うべき、……その時までは。

「プライド様……御体調の方はいかがでしょうか……？」

呆《ほう》けていた頭に、声が掛けられる。振り向けばカラム隊長だった。宿屋で貰ってきてくれたのか、湯気の上がった紅茶を片手に私を覗き込んできている。

顔が茹《ゆ》で上がってしまった私は宿に着いた後も動けず、馬車の傍の椅子《いす》で侍女に扇《あお》がれていた。風邪《かぜ》を引いたみたいに全身熱く、頭が真っ白だった。

「その……宜しければ、こちらを。お口に合わなければ結構ですので」

紅茶の蒸気のせいか、カラム隊長の頬が仄《ほの》かに火照っている。宿屋の方はもう手続きを終えました、と報告をして紅茶を差し出してくれた。カップを受け取り、覗き込めば紅茶の香ばしさに頭がすっとする。自然と肩の力も抜けてきた。

ふと、そこで気になって周囲を見回すと、侍女二人とカラム隊長以外誰もいない。私の視線に気がつくと、カラム隊長が小声で「アランとエリックは、アーサーを連れられたステイル様を探しに行きました。ヴァルは最後の荷を取りに行っているところでしょう」と教えてくれた。

宿に戻ってからステイルの指示で荷運びをしてくれていたヴァルだけれど、今はもう殆どの荷物が馬車に運び込まれ、整備も済まされているようだった。一体どれくらい呆けていたのだろう。

頭を整理する為に紅茶を一口だけ口に含む。優しい香りが口いっぱいに広がってほっとする。

「……す、……少し、落ち着きましたか……？」

カラム隊長の声に顔を上げ、首を傾げる。そのまま自分が何故こんなに呆けていたのかを思い出し、……また、顔が熱くなった。

ボンっと頭の中で音がするように火がつく。私の顔色が変わったことにカラム隊長が慌てたように「も、申し訳ありません‼」と謝ってくれた。

「い……いいえ！　違うの、私こそごめんなさい。その、さっきはご迷惑をお掛けしました……。み、みっともない姿を……」

なんとか頭が回り、急いで謝る。でも、思い出せば馬車の中から既に残念な姿を皆の前に晒していたことに気づき、更に顔が熱くなった。

「とんでもありません！　その……レオン第一王子のことも、突然でしたから」

レオンの名だけ小さく呟きながら、カラム隊長は笑ってくれた。その笑みに応えながら、先ほどのレオンの言葉を思い出す。

……〝初恋だった人〟と。レオンは言ってくれた。

どういう意味なのか、わからない。ゲームのレオンとプライドには少なくとも恋愛感情は全くなかった。恐怖で支配する者と支配される者、それだけだ。レオンを言葉と権力で縛っていたプライドも彼のトラウマを突く為に〝嫉妬〟や〝愛してる〟という言葉を多用したけれど、全くそこに本音は感じられなかった。ティアラがレオンルートに行っても、プライドは自分の玩具を取られたことと、ティアラへの憎しみや見下し以外は、婚約者を奪われたというような他の攻略対象者と違う特別な感情もなかった。レオンもまた同じだ。プライドを恐怖の対象としていただけで、愛情など少しもなかった。自己中心で残虐なプライドに対しては心優しいレオンすら全く同情もしなかった。ティアラへの恋心が芽生えた時もそこに罪悪感は全くなかったし、むしろ自分が好意を持ったことでティアラが傷つけられることばかりを案じていた。プライドを断罪する瞬間まで彼の目にプライドは〝婚約者〟ではなく〝倒すべき敵〟でしかなく、プライドにとってもそうだった。なのに、……どうして。

〝初恋だった人〟……その、言葉の意味は。頬に口づけしてくれたその意味は。

ゲームで語られなかっただけで、一目見た時からレオンはプライドに恋心を寄せていたのだろうか。プライドがすごく好みのタイプで、そこから酷い目に遭わされただけでずっとそれまではちゃんと好意を寄せていたのだとしたら……私は、知らず知らずの内に彼の好意を踏み躙《にじ》っていたことになる。

口づけされた口の横がまだ少し熱い。掻き上げられた髪が、耳が、まだ疼《うず》く。カラム隊長に話しかけられるまでずっと、レオンのことで頭がいっぱいだった。

こんなになるのなら、プライドは、私は……彼にちゃんと恋をすべきだったのだろうか。地味に生きていた前世と、恋愛に全く縁のなかった今までで恋が何なのかはまだわからない。

婚約解消は間違っていなかった。それだけは断言できる。ただ、ゲームで仮にも婚約関係だったプライドとレオン。そして別れ際に好意を伝えてくれたレオン。なら、私はちゃんと彼の好意に……

「……応えて下さったのだと思います」

は、とまた呆けてしまっていたことと、考えていた言葉の返事が返ってきたことに驚いて振り返る。見れば、カラム隊長が優しい眼差しのまま微笑んで私を見つめていた。一瞬、空耳だったかとも思ったけれど、その赤茶色の瞳は確かに私へ向けた言葉だと物語っている。

「レオン第一王子は、プライド様を〝初恋だった人〟と呼んでおられました。……それほどに、プライド様からの行いは大きかったのでしょう」

私がした行い……？　それは一体何のことだろう。婚約解消がそのまま〝初恋〟に繋がるなんて到底思えない。

「頬の口づけの意味は〝親愛〟〝厚意〟……。そして、最後にはプライド様のことを〝愛しき人〟ではなく、〝初恋だった人〟と呼ばれました」

カラム隊長が静かに私の手を取った。貴重品に触れるように、畏れ多そうに指先からそっと触れてくれる。紅茶で温められた指先は、カラム隊長の手袋越しの指先を少し温めた。

「もし、私がレオン第一王子ならば……このような意図で、プライド様に頬への口づけとその言葉を贈ります」

仄かに紅潮した頬で私を真っ直ぐに見つめてくれる。風が彼の赤毛交じりの髪を優しく揺らした。

「〝己が心も、誇りも、愛も、全てを取り戻して下さった貴方を愛しました。感謝を込めて、私の特別な愛を貴方に贈ります。結ばれることがなくとも、この感謝と……今この瞬間の愛だけは、間違いなく貴方のものです。〟と」

世界が、華やぐ。

カラム隊長の言葉に全身が粟立った。目の前の霧が晴れたかのように視界が広がる。やっと、レオンのあの言葉と行為を理解する。

彼は、愛してくれた。

ゲームの世界や設定など関係なく、私という人間を。その感謝を、彼は形と言葉にして私に贈ってくれた。自国とその民に愛を注ぐ彼が、私に特別な愛情を贈ってくれた。

それは、とても嬉しい。

きっとこれはまだ恋とかじゃない。それでも、彼がゲームのプライドではなく私という人間にそこまで好意や感謝を向けてくれたことが嬉しい。ゲームでは彼を不幸にすることしかできなかった私が、彼にそんな特別な感情を贈ってもらえたということがすごく嬉しい。

「プライド様はお気づきではないかもしれませんが、私達の目から見てもレオン第一王子へ多くの厚意や愛情、慈悲をお与えになっておられました。きっと、レオン第一王子はその全てに、……今できる全ての形で応えて下さったのだと思います」

……応えてくれた。カラム隊長の言葉に、胸がぎゅっと熱くなる。恋をすべきだったかと考えた自分が恥ずかしい。私が応えるべきだったとかじゃない。私の想いに、国と民と幸せになって欲しいという私の願いに応えてくれたのはレオンの方だ。そして、私はあの時確かに受け取った。

「……ありがとうございます」

変わらず優しい眼差しを私に向けてくれるカラム隊長に感謝を込め、心からの笑みを彼へと向ける。目を見開いて照れたように顔を火照らすカラム隊長の肩が、大きく上下した。私の手を取ってくれたその手をゆっくりと握り返す。その途端驚いたように彼の指が小さく震えた。

「本当に……アーサーの言った通りの素敵な御方ですね」

あの夜にアーサーが話してくれた言葉を思い出し、思わず笑みが零れる。

『カラム隊長は、すっげぇ人で……昔っから人の気持ちとか、奥底の想いとか悩みとか……そういうのに気づいて、答えをくれる人なんです』

こんな素敵な先輩がいるなんて、アーサーや騎士の人達は本当に幸せ者だなと思う。ふにゃっと顔が緩んでしまうと、次第にカラム隊長の唇がわなわなと震え、顔が赤く染まっていった。

「もっ……勿体《もったい》ない御言葉です……!!」

思わずといった様子で顔を俯かせるカラム隊長が紅茶を持ってきてくれた時とは別人のようで、つい笑ってしまう。

顔が赤毛交じりの髪よりも真っ赤になっていて、王族に褒められるだけでこんな恐縮してしまうなんてすごく真面目《まじめ》な方なんだなと思う。

「カラム……プライド様……？」

別の声がし、振り返ればアラン隊長だった。ステイルの背後に控え、更にはその背後にアーサーとエリック副隊長までいる。何故か全員驚いたように目を丸くしてこちらを見ていた。さっきまで放心状態の私が動いているからだろうか。でも、皆ちょうど戻ってきたようで良かった。早速さっきまで迷惑を掛けたことを謝ろうとした、瞬間。

「あ！　いや、これは、だな⁈」

先にカラム隊長の大声が響いた。何故か言い訳するように顔を真っ赤にして声を上げるカラム隊長に私は首を捻《ひね》る。よく見ると、目だけでなく口まであんぐりと開けた四人がどこか一点を凝視しているのに気づく。視線の先を追えば、私が握り返したカラム隊長の手だった。もしかして、第一王女に不敬とか誤解を受けてしまっているのではないかと不安になる。いや、でも今は少なくとも私がしっかり握り返している方なのだけれど！

「カラム隊……、……カラムに相談に乗ってもらっていました。お陰で整理がつきました、本当にありがとうございます」

失礼にならないようにカラム隊長の手を掴む力を緩めると、するりと彼からも手が解かれた。そのまま四人に向かって「迷惑掛けてごめんなさい。もう大丈夫だから」と笑って見せる。

「本当に……大丈夫なのですか、姉君。先ほどのこと……とか」

「ええ、もう平気。カラムのお陰です…今は、ただ嬉しいわ」

思わず照れ笑いを浮かべてしまう。けれど、四人は未だ安心できないように私とカラム隊長を交互に見比べた。その時、

「ッおい主!! いつまで待たせるんだ！ さっさと帰らねぇと暗くなるぞ！」

急激に怒鳴り声が聞こえ、全員が振り返る。見ればさっきまで荷運びをしてくれていたヴァルが、待ちくたびれたといった様子で積み終えた馬車に体を預け、こちらを睨んでいた。舌打ちを繰り返しながら苛々《いらいら》と私達が馬車に乗り込むのを待っている。

「……取り敢えず行きましょうか、姉君。話の続きは馬車の中で是非」

ステイルが溜息《ためいき》混じりに呟く。私が答えると、全員が緩やかに馬車に向かって歩き出した。ふと見るとアラン隊長とエリック副隊長が楽しそうに、……若干ニヤニヤとしてカラム隊長を肘《ひじ》で突き、「何かあったんですか？」と声を掛けていた。

「……アラン、エリック。どちらか馬車の御者席と変わってくれ」

顔を未だに真っ赤に火照らせたカラム隊長に二人は断った。……まぁ、服装からして着替え直さないといけなくなるから仕方ない。毎回馬車の中ばかりで疲れたのだろうか。

アーサーが、カラム隊長の背後から若干目の奥を眩しく光らせて私とカラム隊長を見比べている。最後に私と目が合うと、その瞳が「やっぱカラム隊長すごいですよね?!」と物語っていた。そのキラキラした眼差しがなんだか可愛くて、私が笑って頷くと今度はすごく嬉しそうな満面の笑みが返ってきた。本当にカラム隊長が大好きなんだなと思う。

アラン隊長とエリック副隊長が御者席に乗り、私達も順々に馬車へと乗り込む。そのまま馬車が揺

れ出すまで何故か微妙な空気が馬車の中に充満した。アーサーは明らかに詳しく聞きたそうに私とカラム隊長をまた見比べるし、そのカラム隊長は部下の目線に照れているのか真っ赤にしたまま顔を上げようとしない。とうとうステイルが「それで姉君。先ほどの〝嬉しい〟とは……？」とゆっくり問いかけてきた。何とか順序立ててカラム隊長が何と言ってくれたか説明しようとしたけど、躊躇ってしまい上手く言葉にできない。正直本人を前にして話すのって私も恥ずかしいけれど、カラム隊長はもっと恥ずかしいと思う。後でと言いたいところだけれど、まだ馬車がアネモネ王国の門を出ただけだ。ここからフリージア王国まではかなり掛かるし、それまで沈黙に耐え切れる自信も……

コンコンッ

突然、馬車の窓を叩く音がする。……走行中の馬車の窓を。

誰なのかは全員見当がつき、アーサーが私とステイルに確認を取ってからカーテンを開けた。窓を見れば、ヴァルがケメトを肩に担ぎ、セフェクを足に掴まらせて私達の馬車の隣を並走していた。特殊能力で足元の土の塊を地面に滑らせ、まるでサーファーのように移動している。馬車もそれなりのスピードのはずなのに、それに難なく付いてきているのがさすがだ。

「なに？」

窓越しに尋ねると、ヴァルは煙たそうな表情をこちらに向けてきた。

「人が荷運びさせられてる時から馬車の中まで面倒くせぇぞテメェら」

まさかの開口一番《かいこういちばん》に苦情だ。どうやらさっきまでの私達の会話も聞き耳を立てていたらしい。ステイルが「お前には関係ない」と切り捨てたけれど、構わずヴァルは舌打ちを繰り返す。

「主が口づけされたのが口や頬かだ、主があの坊ちゃんに惚《ほ》れたかどうかだ、これだから騎士や王族サマは」

ゴホッガハッ‼

まさかのヴァルの歯に衣着《きぬ》せない爆弾発言に、男性陣全員が咳き込んだ。私が「ちょっと‼」と窓を叩くと、ヴァルが初めて楽しそうにニヤニヤと嫌な笑みを向けてきた。詳しいことは知らねぇが、と言いながら窓越しに私を至近距離で捉える。

「でぇ？　どうなんだ、主。あの坊ちゃんに唇奪われたか？　その拍子に本気で惚れちまったか？　それともそれすらも超えてとうとう〝女〟に――……」

「口づけされたのは頬だしレオンとはそれ以上何もないし彼は私の大事な盟友でそれ以上でもそれ以下でもありませんっ！！！！」

ヴァルがこれ以上変なことを言う前にと、一気に打ち消すように大声で返事を重ねた。怒りのあまりその場に立ち上がったら、場所が悪くて思い切り天井に頭をぶつけた。それを見てヴァルが窓の外から私を指さし笑う。ヒャハハハハハッ！　という笑い声が腹立って、この場で何か命令してやろうかしらと本気で思う。

「ッだとよ！　良かったじゃねぇか？　なぁ野郎共‼」

更に笑い声を上げるヴァルに誰かそろそろキレ出すんじゃないかと思い、そっと振り向く。けど、

「………………」

何故か、カラム隊長もステイルもアーサーも私達から顔を逸らしたまま何も言わない。ちらっと見える耳が三人とも赤かった。私が頭をぶつけた姿がそんなにおかしかったのだろうか。そういえば馬車の運転席からも苦情がない。

「ったくよォ、たかが口づけだろ。頬だろうが口だろうが胸だろうが足だろうがどうでも良いじゃねぇか」

「ッ良くない！！！！」

ヴァルのだるそうな発言に、ステイルとカラム隊長が同時に声を上げた。やっとこっちを向いてくれたと思って見れば二人とも顔が真っ赤だ。

「あの坊ちゃんが不憫《ふびん》だぜ。婚約者だってのに主には〝盟友〟扱いで、更にはベッドどころか口づけぐらいで周りがぎゃあぎゃあぎゃあぎゃあと……」

「あの時点ではもう婚約者ではない！〝元〟婚約者だ〝元〟!!」

「………………は？」

ステイルの荒らげた声にヴァルが驚いたように見返した。だるそうに窓縁についていた肘から顔を起こす。顔を真っ赤にしたステイルが珍しく怒りを剥き出しにして怒鳴っている。カラム隊長も大声に振り返ったアーサーもこれには少し驚いていた。

「姉君はレオン王子と婚約解消したッ!! 今はもう姉君は誰のものでもない!!」

ステイルの言葉にヴァルが目だけでなく、口まであんぐり開いたまま話さなくなった。どうしたのかと思った瞬間、……思いっきり体勢を崩して窓から消えた。

「ッどわ?!」という叫び声とケメトとセフェクの悲鳴が聞こえて一瞬焦ったけれど、すぐに馬車の後方から「ちょっと!! 危ないじゃない！ ちゃんと操作しなさいよ!!」とセフェクの元気な怒鳴り声が聞こえてきてほっとした。その後も少しの間窓から様子を窺っていたら、再びヴァルが能力で並走してきた。

「おい、今の婚約解消ってのは本当か主」

結構思い切り体勢を崩したのか、若干焦げ茶色の髪が乱れている。それを気にしないようにジトリと私を睨むヴァルに「まだ公表はしていないから誰にも教えてはいけません」と命じながら頷くと、暫く並走したままじっと私の目を窓越しに覗き込んできた。聞き耳を立てていた彼も、どうやら私が婚約解消したこと自体はまだ知らなかったらしい。

じーーーっと睨まれ続けたと思ったら、そのまま何も言わず今度は馬車より加速するように窓からその姿が段々と消えていった。何だろう、と思ってステイルや顔を上げたアーサー、カラム隊長と首を傾げ合う。すると、どうしたのか今度は馬車が次第に減速し始め、緩やかに前進をやめて停《と》まった。何かあったのか、カラム隊長が運転席の二人に向かって声を掛けようとした瞬間。

「ヒャッハア！！！！」

突然ヴァルの笑い声が聞こえたと思えば、馬車の中でもわかるほどの地響きが唸り出した。まさか、まさか、まさか⁈

ものすごく覚えのある振動に窓を覗き込むと、完全に馬車ごと周囲の地面が盛り上がっている。アーサーも察しがついたらしく、「馬ごとかよ⁈」と声を上げた。同時に運転席から馬が驚いたように悲鳴を上げげた。

ガガガガガガガガッと地鳴りが続くと思ったら、次の瞬間には思い切り慣性の法則で引っ張られた。高速で地面が滑り出し、まるで急発進したバスの中にいるように私とステイルは背もたれに押しつけられ、アーサーとカラム隊長は前のめりに倒れかかった。

「ツなんだこれは⁈　敵襲か⁈」

「いや違います‼　これっ、多分ヴァルの特殊能力でっ……」

「馬車ごと地を動かしているのか⁈」

カラム隊長の疑問に答えるアーサーと、眉間へ皺を寄せるステイルがヴァルのいるであろう運転席側を睨む。

ヒャハハハハハハハハッと運転席の方から楽しそうなヴァルの笑い声と、何故かアラン隊長の興奮した声まで聞こえてくる。

「すっげぇぇえええ！！！！　なあ！　もっと速くできんのか⁈」

「アラン隊長‼　コイツを増長させないで下さいっ‼」

むしろもっと速度を落とせ‼　と珍しくエリック副隊長が怒っている。更にはアラン隊長の希望に応えるように勢いがさらに強まり、速度が上がった。窓の外を見たらものすごい速さで景色《けしき》が過ぎ去っている。またあのジェットコースターだ。確かにこの方法なら馬車より遥かに早くフリージア王国に着くけれど！　でも隣国だし別に馬車でも今日中には到着できるのに‼

「ツッヴァル‼　もっと速度を落としなさいっっ‼」

私の命令で馬車のスピードが緩やかに落ちていった後も、何故かずっと上機嫌のヴァルの笑い声が響き続けた。

なんとか息をついた私達の馬車が、フリージア王国に到着したのは僅《わず》か一時間足らずのことだった。

第四章　暴虐王女と過ち

「母上から御許可を頂きました通り、この度レオン第一王子と私との婚約は両国の合意の上で解消されました。レオン第一王子はアネモネ王国の第一王位継承者として国に残られます。また、互いの国を定期的に訪問し合う条約も締結し、これでアネモネ王国とは変わらず良き同盟関係が築かれることでしょう」

帰国して玉座の間へ訪れた私とステイルはそこで条約書を開き、母上達に示した。婚約解消も、もしもの時はと条約の締結もちゃんと母上から許可を得ていたものだし問題はない。……はずだけれども。

「……やはり、予知の通りになってしまいましたか……」

はぁ……、と母上にしては珍しい低い溜息《ためいき》をついた。そのまま俯《うつむ》く母上を見て、父上がジルベール宰相へと合図をする。頷《うなず》いたジルベール宰相が私達のもとまで歩み、丁寧に条約書を受け取った。

「……確かに。双方合意の元での婚約解消、そして条約が記されております」

全く何の不備もありません、とジルベール宰相が広げた条約書を父上に渡した。そして父上からヴェスト叔父《おじ》様に、ヴェスト叔父様から母上に広げてみせる。上層部の三人が頷いた条約書を見ても、母上は更に溜息をつくだけだ。距離でよく見えないけれど、心なしか顔色も少し優《すぐ》れない気がする。

「そうですか……」

今度は小さく肘《ひじ》をつき、ヴェスト叔父様と父上それぞれに母上は目配せをした。すると二人が周りの衛兵に命じ、玉座の間から人払いする。タタタタタッと静かな足音と共に、私達六人を残して扉が静かに閉められた。

バタン……という音の後、改めて部屋が静寂に包まれる。誰《だれ》もいなくなっても尚《なお》、暫《しばら》く母上は何も言わなかった。ついた肘をそのままに額に手を当てる姿は項垂《うなだ》れたようにも見える。たっぷり一分以上の沈黙を残した後、母上はゆっくりと口を開いた。

「……つまり、予知の通りにアネモネ王国の第二王子と第三王子の愚行が明らかになったと」

「はい。そして国王もそれを知り、レオン第一王子に王位継承と、第二、第三王子の処罰を決められました」

結果、やはりレオン王子の婚約解消を望まれるとのことでしたと私は続ける。〝処罰〟の言葉を聞き、先ほどまで鋭く目を光らせていたジルベール宰相と眉間《みけん》に皺《しわ》を寄せていたヴェスト叔父様の黒い覇気がやっと和《やわ》らいだ。王を支える者として許せぬ愚行だったのだろう。……私も、すごくわかる。

「プライド。……貴方《あなた》は一週間前、言っていましたね。〝レオン第一王子なきアネモネ王国は衰退の一途を辿《たど》る〟と」

母上の問いに私は間髪入れず答える。そう、私はそう言って一週間前に母上を説得した。「アネモネ王国とその多くの民のために」と。彼らがレオンの悪評を広めていたことが発覚する。そして国王がそれを知り、レオンを第一王位継承者として自国に戻したいと願う。レオンが王位を継げなかったアネモネ王国は衰退の一途を辿ると。そう伝えてやっと、母上からアネモネ王国への極秘訪問と女王代理として婚約解消と条約締結の許可を貰《もら》うことができた。大事な同盟国の危機というだけではない、たとえレオンと私が婚約して同盟関係を強固にしても、アネモネ王国が衰退しては意味がない。

それを話した時、母上も父上も驚いていたし、いつもは冷静なヴェスト叔父様も瞼《まぶた》を痙攣《けいれん》させ、ジルベール宰相に至っては驚愕《きょうがく》、といった表情で書類を床に落としたことにも暫くは気づかなかった。

「……まさか、あの第二第三王子がそこまで愚かだったとは……」

溜息を何度も繰り返しつく母上は、何故《なぜ》か段々といつもの威厳が萎《しぼ》んでいる。私の婚約者を決める時、母上達はちゃんとレオン以外の王子とも面談をしてくれていた。その中で相応《ふさわ》しいのはレオンだけだと判断したらしい。けれど、まさか第一王子を蹴落《けお》とす為に色々やらかしていたことまでは母上達にも想定外だった。……レオンの〝王〟としての器が、アネモネ王国限定だったことも。

「〝予知〟はあくまで未確定な未来。それは私が身をもって知っています。だからこそ、事を荒立てないように貴方の極秘訪問も許しました。……杞憂《きゆう》に終われればと願ったのも無駄だったようですね」

項垂れたまま母上が呟《つぶや》く。予知はあくまで未確定。更には私や母上が予知を語ったとしてもそれを他国の人間に信じてもらうのは難しい。だからこそ母上の手をもってしても後手に回るしかなかった。たとえ母上の口から忠告をして一時的に防いでも、弟達が別の日や違う方法で行えば今度こそ何の対策も打てなくなるから。

「…………………………ごめんなさい、プライド」

ぽつり、と。まるで水滴が一滴落ちたかのような小さな呟きだった。突然のことに驚き、私は一瞬耳を疑った。見れば、母上が両手で頭を抱えてさっきよりも深く項垂れている。父上が焦ったように母上の肩を背後から両手で抱き、ヴェスト叔父様が目を閉じて母上の言葉を黙して待った。ジルベール宰相が一礼し、一歩背後へと下がる。

「……母上……？」

一体どうしたのだろう。母上がこんなに落ち込んでいるのなんて見たことがない。私の背後に控えるステイルも眼鏡《めがね》の位置を直して母上を見つめていた。

「どのような理由があろうとも、こんなに短期間で婚約解消なんて。……ちゃんと、……すぐに、今度こそ貴方に相応しい婚約者を見つけます」

「い、いえ……母上。どうかお気になさらないで下さい。まだ私は女王となるにも勉強不足なところが多くあります。そう急がなくても……」

「いえ、すぐにでもッ…‼」

私の言葉を掻《か》き消すように母上の声が張り上がる。何か耐えるように自分の手の平同士を合わせて組み、ぎゅっと握りしめた。遠目からでもわかるほど、父上に押さえられた母上の肩が震えている。そしていつもは優雅な言葉ばかりが紡がれるその唇が辛《つら》そうに開かれた。

「……やっと、……っ……やっと貴方に……母親らしいことができたと思ったのにっ……‼」

いつもの母上からは考えられない、甲高い悲鳴のような声だった。肩に背後からそっと添えてくれる父上の手に触れ、俯いたまままもう片方の手が拳《こぶし》を作り、玉座を叩《たた》く。

「またっ……私は間違ってしまった……！！！」

常に堂々として威厳に満ちた母上が、私とステイルの目の前で初めて涙を零《こぼ》す。ポロポロと真珠のような雫《しずく》が床に落ち、それを押さえるように両手で顔を覆った。

〝また〟とは一体どういう意味だろう。常に女王として私やティアラの見本となってくれた母上が一体何を間違えてしまったのか、私には全く見当もつかなかった。何も言えず、口を開いたまま言葉をなくす私達に、母上は続ける。肩に添えられた手を握り返しながら、まるで今まで張り詰めていたものが切れてしまったかのように。

「何故っ……上手《うま》くいかないの……?!　……国を、民を、どれほどに導き愛してもっ……自分の娘一人すらっ……幸せにできないなんてっ……!!」

なんでっ、なんで…!!　と、長く整った爪《つめ》がそのまま自身に深く刺さるほど強く拳を握りしめた。父上が「落ち着けローザ」と母上の肩を押さえながら声を掛けるけれど、母上は嘆いたまま父上の言葉すら入ってこないようだった。

「なんでっ……、……愛したいのにっ……愛したいのに……!!　ちゃんと……した、形でっ……!!」

段々と母上の声が涙声になって滲んでくる。その挙動に、発言に、声に、自分の目を疑ってしまう。父上の制止も聞かずに嘆く姿は少し混乱しているようにも見えた。さすがのステイルも母上の豹変《ひょうへん》に戸惑いを隠せないようで、私の横にそっと移動して「姉君……」と声を掛けた。

……前世にあったテレビの特集や映画で、こんな場面や台詞《セリフ》を見たことがある。確か〝虐待に苦しむ親〟とか、そういうのだっただろうか。前世の記憶がなければ、私だってこの光景が何なのか理解できないし、その証拠《しょうこ》に私より頭の良いステイルだって茫然《ぼうぜん》としている。前世の世界では沢山の価値観や倫理観が溢《あふ》れて、昔は単なる〝努力不足〟〝やる気不足〟〝愛情不足〟などで片付けられていたことも別の角度で見たり考えられたりされていた。だから、もしそうなのだとしたら。

母上が、こんなに苦しんでくれている理由は。

心の底でこれがただの早とちりだったらそれで良いと、そう思いながら私は一歩前に出る。

「母上、父上……御無礼をお許し下さい」

泣き続ける母上を、とうとう抱きしめるようにして父上が押さえた。ヴェスト叔父様がじっと目を閉じていた瞼を薄く開き私を見た。背後で心配して私を呼んでくれるステイルの声が聞こえる。

そういえば、何故私はこの人を〝母上〟と呼びながら、一度もこの人に母親としての期待をしてこなかったのだろう。前世の記憶を思い出す前から、私は一度でも母上に親として何かを望んだことがあっただろうか。私にとって母上はいつだって〝女王〟だった。完璧《かんぺき》で、何一つ欠点のない素晴らしい女王。……本当は、ただの人間なのに。

一歩、さらに一歩、母上に近づく。玉座に向かう小さな階段を上ろうとした瞬間、下りてきたジルベール宰相が手を貸してくれた。優しく微笑《ほほえ》んでくれるその表情を見るだけで少しほっとする。

「母上」

私が見上げて呼ぶと、母上が言葉にならないように玉座から降りてその場にしゃがみ込んでしまった。母上はいつからこんなに苦しんでくれていたのだろう。ずっと気づいてあげられなかった自分が嫌になる。豪奢《ごうしゃ》なドレスに皺をつくる母上に父上がそっと肩へと触れた。きっと、父上がずっと母上を支えてくれていた。私達の見えないところで、……ずっと。

今までは、母上に実は嫌われていたんじゃないかとも思った。ティアラの誕生祭まで、私と殆《ほとん》ど会ってくれなかったから。母上と個人的な会話をしたことは記憶の中では一度もない。公務や女王としての心構えや権限は与えてくれたけれど、前世の時の母親とのような会話や交流なんて全くなかった。……疑問にも、思わなかった。

当時、最悪の我儘《わがまま》姫様だった私が母上に嫌われる理由なんて沢山あるから。

……だから、私は言う。他《ほか》ならない私の言葉で。今この時だけは、前世の記憶を持つ私ではなく、この人の娘として言葉を放つ。

「母上。……私は貴方に愛されています」

ピクリ、と。泣き伏す母上の身体《からだ》が一度大きく震え、止まった。顔を覆った両手が静かにゆっくり顔から離されていく。

「私も愛しております。母上、父上。……私に沢山の幸せを与えて下さった、貴方方を」

階段の段差を更に上る。残り一段で上り切る手前で、足を止める。一番上で少女のように泣き腫《は》らした瞳が振り向き、私の方へと向けられた。

「私の第一王女としての人生は、八歳の時に動き始めました。予知能力を得たからではありません。父上の愛を知り、ステイルに出会い、ティアラに出会い、……母上。貴方に認めてもらえたあの時に」

八年も前の記憶は、今は殆ど断片的だ。それでも胸に焼きついているものは沢山ある。父上を馬車から助けたり、ロッテとマリー、ジャックの存在に気づき、ステイルに出会って、ティアラと出会った。全《すべ》て今も鮮明に覚えている。そして、ティアラの誕生祭で母上に貰えた言葉も。

「私は、第一王女としてこの国を、民を愛しております。ずっと、ずっと昔から」

最後の段差を上る。いつも玉座に座る姿を見上げて会うことが多かった母上が、私の足元に座り込んでいることに不思議な感覚がした。ゆっくりその場に座り込み、覆った顔から離した母上の両手に触れる。私を真っ直《す》ぐ見つめながら、潤みきった瞳《め》から今も大粒の涙が溢れていた。

「母上、貴方が……あの時私に教えてくれました」

覚えている。初めてのティアラの誕生祭。ステイルが民の前で私を支持し、ティアラが頷いてくれた。民が歓声を上げ、母上が私に言ってくれた。

『これは貴方への期待です、この瞬間を必ず忘れてはいけませんよ』

「母上、貴方が、あの瞬間を忘れるなと言ってくれたからです」

触れた母上の手を両手で包み、強く握りしめる。母上の手は信じられないほどに細く、記憶の中よりも小さかった。唇を震わせた母上からまた涙が溢れた。年齢を感じさせない綺麗《きれい》な肌を涙が伝い、流れる。ぎゅっと萎めた表情から、微《かす》かに以前よりも年の重なりを感じられた。

「女王となるべく必要な知識も、試練も、心構えも、権限も、〝母親〟である貴方から頂きました」

ちゃんと私に与えてくれた。女王として知るべきことも、学ぶべきこともずっと教えてくれた。

「愛しています、そして私は愛されています。何度でも、何度でも私は胸を張ってそう断言できます」

母上の目を見つめる。今までこんなに強く母上を見つめたことなんてなかった。すると母上は震える腕を私へ伸ばし、背中に回して抱きしめてくれた。……母上に抱きしめられたことも、私の記憶の内には一度もない。私からも母上の細い身体をゆっくりと抱きしめ返した。

どうか、知って欲しい。私が知る母親らしいことなんて殆どなかった。女王と、第一王女。その関係としての会話ばかりだった。それでも、第一王女として私に多くを教え、与えてくれたのは……

「ッ……予知を、……しましたっ……‼」

……誰もが息を、飲んだ。震える声を絞り出した母上の言葉に。

まさかこのタイミングで何か予知をと驚いて顔を上げると、母上の腕の力が強まった。

「十年以上前にっ……予知を……‼　……貴方が、自分より弱者を好んで傷つけるっ……何度も、何度も傷つけるっ……っ……‼　何度も、その予知をっ……！」

頭の中が、真っ白になった。母上の腕の力が強まるのに反して、私の手が震えて力が抜けた。自分でも血が引いていくのがわかる。母上はそれに気づかないように私の首へと手を伸ばし、抱き寄せた。

「ごめんなさい……プライド……!! 怖かった……貴方が人を傷つける未来がっ……女王という権威の刃《やいば》で更に傷つけるかもしれないと、……だからっ……貴方の未来を見なくなる、八歳のあの時まで、……ずっと、……私はっ……！」

貴方はこんなにも素晴らしい王女として成長してくれたのに、私は貴方の未来を信じてあげられなかった、変えようともしなかった、と。そう泣いて謝ってくれる母上の言葉が、私の耳を通り抜ける。

母上は知っていた。私の、本当の未来を。だから私を遠ざけた、八歳のあの時まで。まさか最低女王のプライドが……私が既に八歳の時から母上を苦しめていたなんて知らなかった。

間違いなんかじゃ、ない。

私はそうなるはずだったのだから。前世の記憶を取り戻さなかったラスボス女王プライドは、大勢の人々を傷つける。ステイルを隷属に堕《お》とし、騎士団に不要な被害を与え、多くの特殊能力者を隷属か処刑に処し、レオンの心すら壊して他国を陥れ苦しめた。私が八歳の時から予知を見なくなった？　私が前世の記憶を思い出したから?? ……私、レオンの弟達に怒る権利なんてないじゃない。

レオンの弟達が本当のゲームの設定で国を台無しにしたように、私も本来はそうしていた。むしろ彼らの方が可愛《かわい》いものだ。殺した民の数も好んで傷つけた人の数も傷の深さも全部。だからこそプライドは皆に憎まれ、恨まれ、必ず断罪されるのだから。

母上の言葉を聞いて改めて思い知る。前世の記憶さえ思い出さなければ私がどういう人間になっていたのかを。

泣いてくれる母上を朦朧《もうろう》とした意識の中で抱きしめ返す。ごめんなさいと謝り続ける母上の声で、次第に意識が戻ってくる。謝らなければいけないのは私の方だ。

「……それでも私を、今の私を愛して下さり、ありがとうございます……。……怖い想いをさせてごめんなさい……」

母上がぶんぶんと首を振って否定する。未来の最低凶悪な私を知っても尚、……今の私を愛してくれた。八歳の時まで、どれほどに母上は私のことが怖かっただろう。未確定の未来で私が何をするかを知り、それが……自分の娘だなんて。

なのに、今こうして私を愛してくれた。この人の気持ちに応《こた》えたい。ちゃんと予知した未来は変わったのだと、もう大丈夫なのだと……いつかそう思って笑って欲しい。

「焦ることはありません、母上。私の婚約者も、王位継承も、……私と母上も。まだ、きっと時間はいくらでもあるのですから」

宥《なだ》めるようにゆっくり語る私に母上が頷く。「ありがとう」と、その言葉を囁《ささや》かれた途端に涙が込み上げる。だから気づかないふりをした。掛けた言葉に私自身が感じてしまった……小さな、違和感に。

「お姉様っ！　兄様っ!!　おかえりなさいっ!!」

ばふっ、と玉座の間から出てきた私の胸にティアラが飛び込んでくる。衛兵や侍女と一緒に私達が出てくるのをずっと待っていてくれていたらしい。

「ただいま、ティアラ」

「ちゃんと良い子にしていたか？」

優しく良いながらステイルがティアラの頭を撫《な》でる。気持ち良さそうに笑うティアラがすごく可愛い。

「ええ、ちゃんとお部屋でお利口にしてたもの」

何かご褒美は？　と、したり顔でステイルに笑い返すティアラに、ステイルも笑みを返した。

「ごめんなさい、ティアラ。本当はもっと早く会いたかったのだけど、先に母上に報告しなければならなかったから」

「いいえ！　私こそ、一番にお迎えできなくてごめんなさい。お部屋で読書に夢中になってしまって」

そう言ってティアラが私の手を握ってくれる。「早く色々お話が聞きたいですっ！」と声を弾ませるティアラに引かれるようにして私はステイルと一緒に自分の部屋へ戻った。アネモネ王国の問題については上手くステイルが隠し、要点だけを話してくれた。そして勿論《もちろん》ティアラが一番驚いたのは……

「ええっ?!　お姉様、婚約解消してしまったのですか??」

「ええ、そうなの。レオンはアネモネ王国の国王にならないといけないから」

やはりこれだ。期待通りの反応に苦笑いしながら私は答えた。ティアラは少し考えた表情をしてから「そうしたら、……またお姉様は婚約者を新たに決めるということですか？」と首を傾《かし》げた。

「ええ。でも、急ぐ必要はないと母上にも伝えたわ。まだ、私も王位継承まで色々と勉強不足だもの」

最初は母上もすぐ婚約者を見つけると言っていたけれど、実際は王族の婚約者……更には次期王配となる人間を見つけるのはかなり大変なことだ。また国同士の婚約とかになるなら余計にデリケートな問題にもなる。今回のことを受けて婚約者の選出方法自体が変わる可能性もある。

「お姉様ならきっと次も素敵な方が見つかりますっ！」

絶対ですっ！　と力強く言ってくれるティアラに思わず苦笑でお礼を言う。まぁ、私よりも先に……。

「……さて、とっ！　それでは、私はそろそろお部屋に戻りますねっ！」

ぴょんっと急にティアラが椅子《いす》から腰を上げた。え、もう？　と思わず私が言ってしまう。いつもなら一日中一緒にいるくらいなのに。

「お姉様も兄様も帰ったばかりでお疲れだと思いますし、それに……」

一度なにやら言葉を切り、それから少し恥ずかしそうにティアラは私に向けてはにかんだ。

「今日ずっと独占しなくても、またお姉様は〝私達の〟お姉様ですからっ」

また夕食で！　とそう言ってティアラはスキップ交じりに部屋から出ていってしまった。なんだろう、今ものすごく可愛いことを言われた気がする。

ティアラの可愛さに私まで少し照れてしまいながら、じゃあ今日はこれくらいでお開きにしましょうかとステイルに声を掛けようとした時だった。

「プライド」

少し落ち着いた低さでステイルから声を掛けられた。

「……俺《おれ》はもう少し、宜《よろ》しいでしょうか」

ステイルの漆黒の瞳《ひとみ》が吸い込むように私を見つめていた。何か窺《うかが》うような、そしてどこか躊躇《ためら》うような眼差《まなざ》しに思わず息を飲む。「何かしら……？」と何とか笑顔で返すと、彼は小さく肩で息をした。

「母上の……予知」

ビクッと、ステイルの言葉に身体が反応する。さっきの母上の言葉。私が未来に弱者を好んで傷つける人間になると、あの場にいた誰もが聞いていた。まさかそれを聞いて今度はステイルが私にその可能性を感じ、疑心を抱いてしまったのだろうか。もう既に把握しきったはずのステイルの無表情が全く読めなくなり、私は緊張を誤魔化すようにロッテに出された紅茶を口に含んだ。

「……プライドも、……もしかして母上と同じような理由で、エルヴィン元第二王子とホーマー元第三王子を許せなかったのでしょうか……？」

重々しく開かれたステイルの言葉に、私は理解できず首を捻《ひね》った。……一体どういう意味だろう。すると、私が意図を理解できていないことを察したステイルは言葉を更に続けた。

「プライドが、……あの時、あの二人に……とても強い憎しみのようなものを……抱いたように感じたので」

ドクン。

急激に、心臓が高鳴った。核心を突かれ、あまりの衝撃に言葉が出ない。口を俄《にわ》かに開けたまま「あ……えと……」と言い訳すらできなかった。自分でも信じられないほど目が泳いでいる。気がつけば視界が勝手にウロウロと彷徨《さまよ》い、一瞬いまどこにいるのかすらわからなくなる。同時にさっきまでずっと隠していたはずの胸の奥底の熱が、またふつふつと沸き始めてくるのを感じた。

……気づかれていた。あの時の、胸底から湧き上げた怒りに。

私の中で煮え始めた奥底が引き絞られるように痛みを伴い、そして捻《ねじ》れ出した。


『貴方が、自分より弱者を好んで傷つけるっ……何度も、何度も傷つけるっ……っ……!!』

母上のその言葉を聞いた時、俺は八年前を思い出した。泣きながらプライドが俺に最低な女王になったら殺してくれと願った、あの時を。

ずっとプライドが何をあんなに怯《おび》えているのかがわからなかった。ただ、母上の言葉にプライドが明らかに身を凍らせた瞬間……一つの仮説が浮かんだ。

プライドがもし、八年前に母上と同じ予知をしていたら。

具体的にどんな未来かはわからない。あんなに心優しいプライドがどうやって人を傷つけるというのか。例えば今までの人身売買の男達や今回のエルヴィン、ホーマーを裁いた時を断片的に母上が予知で見て勘違いをしたのではないかとも思った。だが、あの時のプライドの背中は明らかに動揺していた。まるで何か覚えでもあるように。

もし当時八歳のプライドが予知をした結果、それに怯え続けていたのだとしたら納得もいく。そして、あのエルヴィンとホーマーに対してのプライドの異常なまでの憎しみを滲ませた怒りにも。

同じ王族として確かにあの二人の所業は許せない。もしあの二人がレオン王子ではなく、プライドにあの所業を行なっていたら確実に俺は糾弾を待たずに奴《やつ》らの首を刎《は》ねていた。プライドが怒るのももっともだ。だが、今まで国を裏切ったジルベールや罪人のヴァルすらをも許し、慈悲を与えたプライドがあんなに怒りや憎しみを剥《む》き出しにするのを見るのは初めてだった。

あの二人はレオン王子の悪評を広め、誤った価値観を植え付け、薬を盛って酒場に第一王子を放《ほう》り込んで陥れようとした。……十分の大罪だ。だが、それでもあのプライドの怒りには違和感を覚えた。

プライドは言っていた。あの二人は未来に国を傾けるほどの愚鈍な王となると。そしてレオン王子に助けを求めに来ると。

ただしそれはあくまで〝未確定な未来〟……今はまだ犯していない罪だ。だがもし、八年前に自身の未来を予知したプライドが己を殺したくなるほどにその姿を憎んでいたとしたら。同じようにあの二人の未来を予知した彼女は、奴らの未来の所業を簡単に許せるものなのだろうか。

「……プライド。俺はティアラやアーサーのように感情の機微には敏感ではありません」

俺の問いかけに未《いま》だ顔色を変えて硬直するプライドへ言葉を重ねる。彼女が持ったままのティーカップの表面は波打ち続けていた。

「ですが、プライドのことなら……俺なりに理解しているつもりも、……そしてもっと理解したいとも思っています」

レオン王子とプライドが過ごした三日間は、アーサーがプライドの取り繕った笑顔に気づき、最終的にはティアラのお陰で本心を知ることができた。更には馬車の中では結局ヴァルが単刀直入《たんとうちょくにゅう》に聞いた暴言のお陰でプライドがレオン王子に恋を患《わずら》っていないことも確認できた。……まだ、俺一人で彼女の内側に入りきれてはいない。

だからこそ今、正面から俺はプライドと向き合いたい。

「どうか、貴方の心の内を少しでも聞かせて下さい。たとえどんな想いであろうとも俺は全て受け入れてみせます」

今度こそ言葉を届けたいと意思を持ってそう告げる。息を飲んだプライドは薄く唇を噛《か》んだ。震える手で表面の波打つカップを置き、下ろした手を強く握りしめる。その瞳は、酷《ひど》く揺らいでいた。

「……っ。……私、は……」

俺から目を逸《そ》らせないように、一度瞼だけをぎゅっと閉じ、また開く。そして静かに声を震わせる。

「……っ……許……かっ……たの……」

ぽつり、と言葉が宙に浮かぶ。はっきり聞き取れず「プライド？」と聞き返すと顔を上げ、今にも泣きそうな日を俺へと向けた。ごめんね、と先に俺に謝り、テーブルクロスを掴《つか》み、握りしめた。

「……っ、……許せなかったの……！」

噛みしめるようなその言葉と同時に、プライドの目尻《めじり》からついに雫が溢れ出した。

「っ……未来を、……知ってる……！　……本当はあれだけじゃなかった……！　……あの二人のせいで、無実の酒場の人達や、レオンはっ……！　なのに、なのに……あの二人は……っ、……裁かれることもなくて……！　……あんなに、あんなっ……」

堰《せき》を切ったようにプライドの激情が声となって雪崩《なだ》れ込んだ。ポロポロと溢れる涙がどれほど彼女がその感情を堪《こら》えていたかを表していた。まるで先ほどの母上のように両手で顔を覆い、それでもその隙間《すきま》から大量の雫を零し始めた。

ひっく、ひっくと次第にしゃくり上げるプライドに胸が痛くなる。椅子から立ち上がり、プライドの横に移動してその背を撫でる。俺がゆっくり話して欲しいと望むと、プライドは背中に回していない方の俺の手を握り、泣きながら頷いてくれた。……彼女は、昔から自分の辛さだけはずっと押し殺し、溜《た》め込み続ける人だった。八年前から、ずっと。

プライドは一言ひとこと話してくれた。あの二人の王子が本来起こし得た、未来の姿を。

レオン王子と共にいた何の罪もない酒場の人間が、その無実を知っている二人の王子によって罪人とされ、結果として全員が処刑されたこと。そのことにレオン王子は心を痛め、酷く心を病んでしまったこと。そして最終的にアネモネ王国は荒廃し、二人の王子は王位を譲るだけで何の咎《とが》めもなく王族の座に居座り続けたという未来だ。プライドがこれほど多くの予知をしていたことには驚いたが、それ以上に未来のその王子達の所業には怒りを通り越して殺意が湧《わ》いた。

何だ、その愚鈍以下の下衆《げす》は。同じ王族として許せない所業だ。過言ではなく、アネモネ王国にとって最悪の未来だ。プライドは、その怒りにずっと耐えていたというのか。

「……っ、……どうしても、……っ……許せなくてっ……まだ、起こってもいないのに……！　……でも、……あんな、あんなことをっ……、……私、は……彼らを、憎ん……でしまッた……」

泣き過ぎたプライドの顔を覆った手の袖《そで》が湿り切っていた。まるであの王子二人だけではなく、それを憎んでしまった自分までも許せないようだった。

予知の力を、俺は詳しくは知らない。プライドからもどのように未来が見えるのか詳しく聞いたことはない。だが、もしそれほど鮮明に彼女には多くの未来が見えてしまうというのならば、彼女の苦しみは計り知れない。母上がプライドの悪《あ》しき未来を予知し遠ざけてしまったように、プライドもまた、奴らの所業を知った上でそれを〝単なる可能性〟として軽く受け止めることはできない。

未来での所行は、起こるまでは裁けない。

罪人や裏切り者すら許した彼女が許せないほどの大罪。それすらも彼女は裁けない。その胸に一人だけ誰にも知られぬ傷を増やし、ただ耐えるしかない。プライドも、……そして母上も。

「……っ、……許せないっ……たとえ、未確定の……と、しても……、……傷つける、未来が、……国を……滅ぼす、未来がっ……！　……民を、私の、大事な人達を、傷つけた……未来がっ……!!」

嗚咽《おえつ》が混じり、涙と言葉を零し続けるプライドの言葉は、まるで胸底から湧き上がっていくかのようだった。本当に、これはエルヴィンとホーマーだけの話なのだろうか。

暫く嗚咽を続け、泣きじゃくったプライドは最後に全てを吐き出すように声を荒らげた。

「私はっ……！　あの二人にっ……　〝私〟を重ねてしまった……!!」

……耳を疑う。はっきりと叫びだしたその言葉に、俺は思考以外の全てが止まってしまった。プライドが？　何故、あの最悪な王となり得る二人に、自分を重ねるというんだ。たとえ母上と同じ予知を見たからとはいえ、〝弱者を傷つける〟人間になるという未来から、何故。

国を転覆させ、罪のない民を傷つけ、誰かの心に消えない傷を作るほど救いようのない王になり得たあの二人と何故、己を重ねるのか。

どうしてそこまで彼女は自分を卑下するのか。……それとも、プライドはもっと酷い未来を予知したというのだろうか。母上すら予知していない、変わり果てた己の姿を。

あり得ない。プライドがそんな人間になるなどあるはずがない。何かの間違いに違いない。だが、さらに追求したくても目の前で強く自分を責めたて泣き伏すプライドにこれ以上は躊躇われた。まるで古傷にナイフを突き立てるような行為のように感じられてしまう。……だから、俺は。

「…………っ」

背中を摩《さす》る為に伸ばしていた手を、彼女へ回す。

柔らかい手に握られていた手も反対へと回し、背中から彼女を抱きしめた。突然抱きしめたせいで、彼女の口から小さく一個分の息が零れた。腕を届く限り伸ばし、彼女を自分の身体全てで抱きしめる。その華奢《きゃしゃ》な肩に顔を埋めれば、柔らかな彼女の深紅《しんく》の髪が顔へと掛かり、口元には小さな耳が届いた。

驚いたように彼女の口から嗚咽が止まる。途切れ途切れに俺の名が紡がれ、それだけで聞き慣れたはずの響きに胸が熱くなる。

「大丈夫です、プライド。貴方は絶対にあの二人のようにはなりません」

プライドが腕の中で顔を上げる。耳まで赤くして目を拭《ぬぐ》うこともやめ、じっと俺の言葉に耳を澄ませてくれている。

「俺が命を懸けてでも、それを証明してみせます」

ひっく、ひく、としゃくり上げた音だけが彼女の喉《のど》を鳴らす。

……俺は、歪《ゆが》んでいる。プライドのこんなに辛そうな泣き顔すら、独《ひと》り占めできていることに喜びを感じてしまうのだから。

「貴方は誰よりも美しく、気高く、慈悲深い。……そして、優しい」

そんなプライドだから、俺達は信じ、守りたいと願うのだから。

「俺が……俺達がついていています。貴方が万が一にもそうなれば、必ず俺達が引き止めます」

そうだ、プライドを守る人間は……守りたいと願う人間は多くいる。他ならぬ、彼女自身の魅力で惹《ひ》きつけた人間が。

「あの二人を許せないのは当然です。今の貴方はその愚行を許せず心から怒りを覚えるほどに〝女王〟となるべき器を持っているのですから」

プライドがそっと回した俺の腕に細い指を引っかけ掴んだ。しゃくり上げが少しずつ収まってくる。視線を真っ直ぐ向こうに向けながら、その耳は俺の言葉を聞いてくれていた。

「どうか、御自分を責めないで下さい。そして抱え込まないで下さい。俺達が信じる貴方を、……どうかもっと見て、信じて下さい」

……ん、とプライドが喉だけで返事をくれた。その声すらも愛《いと》しく感じ、つい口元が緩んでしまう。

「……ちゃんと、います。絶対に、俺は貴方の味方です」

「……うん」

ズズッ、と可愛らしく鼻を啜《すす》る音が聞こえる。喉からの涙声でプライドが小さく返してくれた。そのまま目を真っ赤に潤ませたプライドがゆっくりと俺の方へ振り返れば至近距離で目が合い、

互いの鼻が、ぶつかった。

「ッッッッッッ⁉」

思わず鼻の柔らかい感触に慄《おのの》き、プライドから手を放して飛び退いた。

近かった近過ぎた‼　プライドの目が、鼻が、唇がすぐ、すぐそこにっ……‼

まるでさっきまで麻痺《まひ》していたかのように、急激に全身へ激しく血が行き渡る。顔が熱くなっていくのが自分でもわかる。プライドが驚いたように目を見開き、俺に向かって小首を傾げた。

俺はいま何、なに、何、何をしていた⁈

両腕が疼《うず》く。まだ彼女の体温が服越しに残っている。そうだ俺はプライドをこの手で今っ……

「ッも、申し訳ありませんプライド‼　つ、ついっ……」

しまった、さすがに姉弟とはいえ女性の不意を突くように背後から抱きしめるなど‼　婚約解消したばかりのプライドにこんなことをするなど、それこそどう誤解されても文句が言えない。下手《へた》すればレオン王子の悪評よりも大ごとになる。

「……ふふっ。……ありがとう、ステイル」

ふいに、華のように柔らかな彼女の笑みが零れた。口元を小さく手の先で隠し、潤んだ瞳を細めて笑ってくれる。泣いた後のせいで紅潮した頰《ほお》が仄《ほの》かに色香を放っていた。

心臓が、痛い。身体の内側から誰かが拳で叩いているかのように振動を感じる。体温が上がり過ぎて頭がグラグラする。気がつけば無意識で胸を右手で押さえるように鷲掴《わしづか》んでいた。

「ステイルに聞いてもらえて良かった。……これからも頼りにしているわ」

目元の涙を指先で拭いながら、彼女は笑う。眩《まぶ》しい笑顔を正面から向けられ、また心臓が高鳴った。

「まさか、アーサーと同じことまで言ってくれるなんて」

「アーサーと……ですか？」

急に出たアーサーの名前に驚く。同じこと……とは一体どの言葉のことだろうか。「ええ」と力一杯頷いてくれたプライドは、同時に照れたように首を傾け、笑った。

「それに、ステイルは強くて頭も良いからずっと傍《そば》にいれば絶対安心ですって」

……ずるい。

何故か自分でもよくわからないが、アーサーに負けた気分になる。俺のことをそんな風に褒めたなんて知らない。もう顔の赤みがプライドのせいかアーサーのせいかもわからなくなる。

「……俺も、そろそろ部屋に戻りますね。何か用があればいつでも合図で呼んで下さい。すぐに傍に行きますから」

顔の火照《ほて》りを隠すように眼鏡の黒縁を押さえ、扉に向かって歩く。心の底で新たとなった決意を胸に。扉に手を掛け、入れ替わりに部屋の外にいた侍女のマリー、ロッテ、近衛《このえ》兵のジャック達をプライドの部屋の中に入れて閉めようとした時だった。「あ……ステイル！」とプライドから声を掛けられ、隙間から覗《のぞ》き込むようにして彼女を見る。

「本当にありがとう。……大好きよ」

カァァァアアッと頭に血流が上がるのを感じる。わかっている、他意がないことくらい‼

それでもプライドのその言葉の破壊力に頭が爆発しそうになる。赤くなった顔を隠すように眼鏡を押さえて俯き、「俺もです」と答えた。そのまま扉を衛兵に閉じさせ、プライドの部屋を後にした。

向かう先は決まっている。

母上へ、ヴェスト叔父様付きを望む。

プライドとレオン王子との婚約解消が決まった今、恐らく俺のヴェスト叔父様付きも延期される。だが、そうはいかない。是が非でも俺はヴェスト叔父様の元で摂政としての勉学を進めたい。次にプライドの婚約者が決まった時、全力で彼女とその婚約者を支えてみせる。摂政業務だけでも足りはしない。将来的には王配の職務すらも補佐、兼任できるようにしたい。いついかなる時、彼女が誰と結ばれようとも万全の体制でプライドの王政を支える為に。

プライドを守り続けたい。もうあんな風に泣かないようにしたい。その為ならば、俺は俺ができることを何でもする。プライドの隣でも足りはしない。隣ではなく彼女を上から引き上げることができるほどの力が欲しい。

まずは摂政業務、そして将来的には王配業務を学ぶ許可も得たい。母上から了解を得られたら、最後に唯一の憂いも絶ってやる。

全てはプライドと民の為。その為ならば、もはや俺に迷いなどありはしない。

「取りあえず飲んどけアーサー！　話を聞くのはそれからにすっから！」

「いえ……ですから、あの夜は本当に……」

「なかったはねぇだろ〜？　プライド様すっげぇ嬉しそうだったし！　ほらもう一杯！」

ジャバジャバと酒をジョッキへ注《つ》ぐ音がひたすら続く。

陽気なアランの掛け声と共にアーサーは目の前に注がれる酒を眺め、言葉の代わりにジョッキで飲み込んだ。演習後、部屋へ半ば強引に引きずり込まれたアーサーは今はアランの部屋を訪れていた。自分とアランだけがグビグビと酒を呷《あお》る中、カラムとエリックが視界の隅でアランの散らかした酒瓶を掃除していることが気になる。一番下の立場である自分が本来は率先して掃除すべきなのに、アランにがっしりと肩へ腕を回されジョッキに酒を注がれ続ける彼は中座すら難しい状況だった。

プライドの極秘訪問を終え、帰国を果たしてから三日。アーサーを半ば強引に自分の部屋へと連れ込んだアランは、カラム、エリックと共に今は部屋で晩酌を楽しんでいた。もともと仲間を連れて部屋で飲むことが好きなアランの部屋は、かなりの量の酒瓶が場所を取り、明らかに一人用ではない大きさのテーブルと複数の椅子が並んでいる。初めてアランの部屋を訪れた騎士は皆、最初は隊長格の自室というよりも小さな酒場といった印象を抱くほどだった。

引きずられたアーサーがアランに酒を勧められる中、エリックとカラムは部屋の隅に放置されていた空き瓶の処理と部屋の片付けに没頭した。アランの思惑を知りながら敢《あ》えて黙認してしまっている彼らもまた共犯である。「あの夜、プライド様と何を話していたのか」について、カラムも知りたいと思い、エリックはアランを諦《あきら》めさせるのは不可能だと最初からわかっていた。

『なんでもないの。ちょっとアーサーが私を元気付けてくれただけ』

保護したレオンが目覚めた翌朝、そう言って照れたように笑んだプライドと焦り出すアーサーに疑問を抱いたまま流すつもりにはなれなかった。

「プライド様、すっげぇ嬉しそうだったよなぁ～！　さすが信頼深い近衛騎士！　前夜にプライド様の部屋前警護だったし、そりゃあ話す機会もあったよなあ！」

俺もそっちの警護だったらなぁと素直に羨《うらや》ましがるアランに、アーサーも言い返す言葉を段々と見失う。当時のことを思い出せば、じわじわと顔に熱が回り、それを誤魔化すようにジョッキを呷った。空になった途端、またアランの手で溢れるまで酒を注がれる。「この酒、けっこう気に入っててさぁ」と自慢の酒を惜しみなく注いでくれるアランに何度も頭を下げながら、それでも滑らせないようにと舌だけは意識を込めた。うっかり話せば死ぬほど恥ずかしいのは自分だとわかっている。

陽気に話しながら絶え間なくジョッキを溢れさせるアランの言葉を聞きながら、自然と自分は話さない代わりにジョッキを傾ける数が増えていることにも気づかない。ぼわぼわと頭が酒でぼやけても、それが酒のせいなのか眠いのか、あの時のことを思い出したせいで熱が上がり過ぎているせいなのかもわからなかった。

「別に話すこと自体は悪くねぇんだし！　役得役得！　あ、もしかしてうっかり口説いたとか？」

「ッツンなことするわけねぇじゃないですか!!」

ぐわっっ！　と予想外の言葉に思わず声を荒らげてしまう。顔に一気に血が回り、若干呂律《ろれつ》が回らなくなってきていることにも気づかない。一瞬で顔を真っ赤にしたアーサーは、顔が熱いのが酒のせいか別の理由かもわからなかった。

「冗談だって！　と楽しそうに笑いながらアーサーの肩をバシバシ叩くアランはそのまま「これ飲んで頭冷やせって！」とまた酒をジョッキに注いだ。うっかり隊長相手にムキになってしまったことに唇を絞ったアーサーは、ジョッキの中身が酒であることも忘れて一気にまた呷った。良い飲みっぷりだと褒められたまま、再び縁寸前まで酒を注がれたジョッキに口を付ける。

……役得、だったのはそォかもしれねぇけど。

その胸の内をぼやきにする前にとまた中身を喉へと流し込みながら、アーサーはぼんやりと当時のことを思い返した。

酒場からレオンを保護した夜、レオンが目を覚ますまでプライドは別室へと移っていた。

身を休める為、寝衣に着替えこそしたがどうにも落ち着かない。何度も寝返りをうっても全く眠れる気がしなかった。少し窓の外から音がしただけで、弟達がレオンを取り戻しに来たのではないかと思い、物音がしただけでレオンが目を覚ましたのではないかと過《よぎ》ってしまう。

明日自分がすべきことを順々に考えれば、余りにもすることが多過ぎて頭の中がモヤつくだけだった。もし、レオンが立ち上がってくれなかったら。もし、レオンが弟達に陥れられたことを覚えていなかったら。もし、弟達に上手く言い逃《のが》れられてしまったら。もし、女王代理の自分のせいでフリージア王国の評判まで落としてしまったら。もし、上手くいかずにアネモネ王国との関係に亀裂を作ってしまったら。

もし、もし、もしと。不安がただひたすらにとぐろを巻き続ける中、扉の向こうからカタカタッと鳴り出す物音にプライドは飛び起きた。

自分の部屋前を警護しているのはアーサーとエリック。そして物音は更に向こうの方から聞こえてきた。もしかしてレオンが目を覚ましたのではと、激しく鼓動する胸を両手で押さえながらベッドを下りる。扉の前まで歩み寄り、耳を澄ませば扉のずっと向こうから誰かの話し声が聞こえてきた。

「……どうかしたのですか？」

扉に耳を当て、扉越しにいるであろうアーサーとエリックに小さく尋ねる。扉を守る騎士から返事がくるのはすぐだった。

「……誰か来たようですね。また衛兵だとは思いますが……自分が見てきます。ついでに部屋の見回りも行ってくるからアーサーは引き続きここで護衛をしていてくれ」

エリックの言葉にアーサーが「いや俺が」と返すが、「お前は近衛だろ？」と優しく断られる。タン、タン、とエリックの落ち着いた足音が遠ざかっていくのをプライドは扉越しにわかった。

「…………眠れませんか」

少し沈黙が続いた後、エリックを待って扉の前から動かない彼女を察し、アーサーが静かな声を掛けた。ええ、と返しながらも、折角自分達が休めるように護衛してくれているアーサー達に申し訳なく思うと、すかさず彼から「大丈夫ですよ」と言葉が返された。

「レオン王子も無実だったみてぇですし、明日になればきっと目を覚まします。ちゃんと城にお送りして、第二第三王子の悪事も明らかにして、……レオン王子と国に帰れます」

アーサーの純粋な言葉にプライドの胸が詰まる。まだアーサーにもステイルにも婚約解消をするつもりなことを彼女は話していない。予知のことは話せても〝女王代理〟の権限として与えられたそれを判断の時まで容易に話す訳にはいかなかった。

「……プライド様は、幸せにならねぇと」

レオン王子と……一緒に、と。

扉越しに放たれた優しい言葉は独り言のような小ささだったが、自分に向けてのものだとすぐにわかった。まるで彼らを騙《だま》しているような罪悪感にプライドは胸が締め付けられる。

任務とはいえ、彼らは自分とその婚約者であるレオンの為にここまでしてくれている。しかし彼らがいくらレオンとの婚姻を望んでくれようと、それを叶《かな》えることはできない。彼女の望みは最初から、婚約解消にあるのだから。

〝ごめんなさい〟の一言も伝えられず、口の中だけで消えてしまう。黙し続けるプライドにアーサーは返事も望まず、ただただ静かに言葉を重ね続けた。

「みんな、味方です。他でもない、プライド様の」

一言ひとこと区切るように語るアーサーはそこで小さく笑んだ。トン、と扉に軽く寄りかかり、いま一番自分が伝えたいことを彼女へ紡ぐ。

「アラン隊長は、すっげー強いんです。剣術もすげぇし……あ、でも剣だけなら俺も負けねぇ自信があるんですけど！　でも、剣なしの格闘とか素手での模擬戦とか、本当に強くて。俺も未だ負けることばっかで。父上やクラークもアラン隊長のことをいつも褒めてて、特攻とか先行とかを任される一番隊の隊長で、戦闘ではすげぇ格好良くて頼りになる人なんです。でも、才能とかだけじゃなくて、本当に信じられねぇほどの鍛錬を毎日してて、真っ直ぐな人で。あの人に背中とか任せると、本当に安心して戦えるっつーか……戦闘が得意な一番隊でも皆にその実力を認められているすごい人なんです」

アーサーの声が心地良くプライドの耳を撫でる。今までも聞いたことのある、心から慕い、憧《あこが》れる人を語る時の声に、強張《こわば》り続けていた彼女の肩が解れた。自然と呼吸が通っていく。

「エリック副隊長は、努力する人なんです。俺の本隊入りする一年前に一番隊に入隊したらしいんすけど、……そうとは思えないくらい実力があって、苦手なもんはねぇんじゃねぇかって思うくらいに何でもできて、剣も、格闘も、馬も、狙撃も、ンで頭も回って、……全部新兵の時、一気に今の域まで向上させたすげぇ人なんです。隊は違いますけど、あの人が演習や訓練で手を抜いたりするところを一度も見たことがないです。ただ努力するだけじゃなくて、それをちゃんと血肉にできる人なんです。今年は副隊長にまで昇進されて、一番隊とかはウチの隊と違ってそんな隊長や副隊長の入れ替わりは激しくねぇのに。……それでも副隊長任されちまうような人なんです」

アーサーがどれだけ先輩騎士を理解し、尊敬しているのかが聞くだけでよくわかった。子守唄《うた》のような声にプライドは息も消してじっと耳を澄ませる。

「カラム隊長は、すっげぇ人で……昔っから人の気持ちとか、奥底の想いとか悩みとか……そういうのに気づいて、答えをくれる人なんです。俺も、他の騎士の人達も、本当に隊とか関係なく皆お世話になってる人で……皆に慕われている人なんです。カラム隊長に憧れて三番隊を希望する騎士も大勢いたぐらいで、父上とクラークの次に優秀な騎士です。プライド様もきっと何度か公式な場でもお会いしたことがあると思いますけど、……それくらい優秀な騎士なんです。優秀なのに全く驕《おご》ったりすることなくて、むしろ誰にでも気を配ってくれて……五年前の崖《がけ》の一件の時も、まだ初対面でただの口の悪いガキだった俺のことまで気遣ってくれたことがあって。……そのせいで、今でもなんか頭が上がらないんすけど」

ハハッ、と笑うアーサーは、言葉とは裏腹に声は明るい。自分にとっては照れくさく恥ずかしい記憶でもあるが、それ以上に大事で手放せない思い出だった。父親の無事を知り、泣き崩れた自分に「もう大丈夫だ」と呼びかけてくれた騎士がカラムだと、アーサーは入団して一目で気がついた。

「先輩の騎士達は皆本当にすごい人達で……今回の任務もあの人達と一緒だって聞いた時はすげぇ心強かったぐらいで。先輩方、皆……プライド様を慕っていて、守りたいって思ってくれてて……強くて立派な騎士で、……あの人達なら絶対プライド様を守ってくれます。今日も、明日も、……ずっと」

だから、大丈夫です。と、優しく彼が言葉を句切る。自分を安心させる為に言ってくれているのだと理解したプライドは、誰に見られているわけでもないのに表情まで自然と和らいだ。

「それに父上やクラーク、騎士団の人達皆も、あとジルベール宰相やマリアンヌさん、セフェクとケメト、……俺はいけすかねぇっすけどヴァルも……皆、誰でもなくプライド様の味方っすから」

指折り一人ひとりの名前をアーサーが紡ぐ。その名を聞く度、目を閉じるだけでプライドは彼らの顔が頭に浮かんだ。

「たとえ、何があっても貴方の味方です。それにずっと昔からプライド様の傍にはティアラとステイルもいますし」

カチャ、と腰の剣を握りしめる。騎士として認められた証《あかし》でもある剣を誰と共に高めてきたかと考えれば、アーサーは天井を仰ぎながら親友の顔を思い出す。

「ステイルは本当、能力なしでもすげぇ強くて、剣も格闘も稽古《けいこ》で経験を積めば積むほど強くなって、俺がジルベール宰相から学んだ体術も俺からアイツに教えたらすぐに身につけちまうくらいで。それに誰よりも頭も良いから何かあった時も頼りになるし、……アイツの傍にずっといれば絶対安心です。プライド様の為になら命を張れるぐらい……、いやそれは俺も同じなんすけど。……でも、それくらいプライド様のことを大事に想ってます。正直、俺もずっとプライド様のお傍にいてお守りしたいぐれぇなのに有事の時しかいられないのは歯痒《はがゆ》いっすけど……アイツがプライド様の傍にいてくれる、って思うとすげぇ安心できます」

ステイルへの信頼。長年共に剣を磨いてきたからこその絶対的信頼を隠さず語る。自分にとって、プライドを守るのにこの上ない存在を彼女に示す。

「……それに、俺も」

柔らかなその声が、途端に一度区切られる。更に潜めた声で「少し扉を開けても良いっすか」と尋ねるアーサーに、プライドは内側から鍵《かぎ》を開けた。寝衣姿だからと遠慮するように少しだけ扉を開け、そっと顔を覗かせてみれば

拳一個分の隙間から彼の腕がゆっくりと伸ばされた。

後ろ手で腕だけ伸ばされたそれが、彼女へと手の平を向けたまま招くように閉じ、また開く。恐る恐るプライドはその手を指先から重ね、そして掴んだ。触れるだけで彼女だとわかるほど細く柔らかな手を、アーサーは壊れ物のように優しくしっかりと握りしめた。騎士らしい逞《たくま》しい手が包み、また握る。

「俺も、います」

彼女の手を確かめるように握力だけで何度も握り直すアーサーの手は、日だまりのように暖かい。

「俺も、プライド様を守る為にずっと剣を磨いてきました。貴方を護《まも》りたい、ってこの気持ちだけは誰にも負けねぇつもりです。今夜何があっても、明日何が待ち受けていても、……これから先、たとえ何があろうとも。絶対に俺は貴方の味方です。この名に、命に懸けてそう誓えます。ずっと傍にいます、ずっと守ります。……何度だって、貴方の前で誓います。この先も、もっともっと強くなって何者からも貴方を守ります。貴方が不安な時は、……何度だって俺の方からこの手を掴み取ってみせます」

ぎゅっ、と彼女の手を握る力が柔らかく強まった。言葉だけでなく、その力強い温《ぬく》もりも彼の優しさなのだと思えば嬉しくなり、プライドからもぎゅっとその手を握り返した。やわく、そして彼女の意思がしっかりと込められ返された温もりに、アーサーは思わず肩ごと腕を小さく震わせ、そしてまた強く握り返す。

「……プライド様は、本当に本当にすごい方です。俺や……他の誰にでもいつも手を伸ばしてくれて、欲しい言葉をくれて、……気づいてくれる。そんな貴方だから……俺もステイルも皆、貴方を信じてどこまでも付いていけるんです」

褒め過ぎだ、とそう言いたくなったが、今はただ言葉にしてくれるアーサーの気持ちが嬉しいプライドは敢えて口を噤《つぐ》んだ。

「だからプライド様もどうか俺達が信じる貴方をもっと見て、信じて下さい」

アーサーの手を握ったまま、彼女はゆっくり壁にもたれかかった。立ち話に疲れたのか、少し眠くなったのかと思いながらアーサーは彼女に合わせるように握る手の力を緩め、互いに組み直す。握り合っていた手の平同士が擦《す》れ合い、交差する感覚に思わず息を止めた。そのまま言葉を掛け合うことなく、彼女が楽な体勢でいられるようにとその場にしゃがめば、プライドも一緒に壁へ背中を預けたまま床に腰を下ろした。自然と掴み合っていただけの手が互いの指に絡み合う。

「ちゃんと、います。絶対に俺は……貴方の味方です」

その言葉にさっきまで不安だった気持ちが透き通るように晴れていく。全身の力が抜け、楽になるのを感じた。いてくれる。味方だと、その言葉が今の彼女にはこの上なく心強かった。

「……ありがとう、アーサー」

目を閉じ、ゆっくりと息をする。自分には皆がいてくれる、たとえ明日何があっても、婚約解消をしても自分の大事な人達はいてくれるのだと。そう思えば信じられないほどに胸が軽くなった。レオンが自国とその民を愛するように、自分もまた自国と民を愛している。その愛する彼らが今は自分の味方なのだと。……今、一番自分の近くにいてくれる騎士のように。

段々と力が抜け、気がつけば指先にしか力が入らなくなる。途切れ始める意識の中、プライドは感謝の気持ちを込めて彼の手を握る指先だけに力を込めた。

「大好きよ」

微睡《まどろ》み、薄れる。そこはベッドの中より遥《はる》かに心地の良い場所だった。


「……深夜とはいえ、ちゃんと呼び方は変えろよ、アーサー」

「ッえ！　えええエリック副っ……さん……！」

ッいつの間に?!　と不意に物陰から現れたエリックにアーサーはしゃがんだまま後退《あとずさ》った。急いで扉の隙間を隠すように身体を向けたが、座ったままでは隙間全部は隠し切れない。プライドと繋いだ手をそのままに慌て出す彼を見て、エリックは思わず笑ってしまいながら手を振った。

「いや、大丈夫大丈夫。もう結構初めから聞いてたから」

あっさりと言われ、手を解くのも忘れて「ど……どの辺から……？」とアーサーは怖々尋ねる。それにエリックは若干申し訳なく思いながら、正直に苦笑いで頬を掻いた。

「あー……〝アラン隊長はすっげー強いんです〟……から？」

ほぼ最初からじゃないすか！　と声を絞ってアーサーは叫ぶ。全部聞かれてたのだとわかった途端、急激に顔が熱くなった。まさかエリックの話まで本人に聞かれていたのだと目が泳ぎ出す。

「取り敢えず、ちゃんと今は〝隊長〟〝副隊長〟と騎士って言葉は使っちゃ駄目だ。今お前が握っている手の御方も〝ジャンヌお嬢様〟だろ？」

本当に全部聞かれていたのだと。口をパクパクさせながらアーサーは「すみません……」と何とか言葉を絞り出した。任務中だったというのにうっかり気が抜けていたと反省する。

「……いや、まぁ嬉しかったけどな」

後輩であるアーサーが自分のいないところで褒めてくれていたことは素直に嬉しい。そう思って照れ臭そうに笑うエリックにアーサーは思わず顔を伏せた。今聞いた話はどうか、と口ごもりながら願えば、「うーん……できたらな」と曖昧《あいまい》に返された。その返答に不安を覚えながらも、エリックが怒っていないことだけがせめてもの救いだとアーサーは思う。

「プ……、……ジャンヌ様もすみませんでした。…………？　……ジャンヌ様。……ジャンヌ様??」

思い出したように扉の方へと振り返り、声を掛けるが返事はなかった。握られた手を軽く握り返してみてもやはり反応がない。その様子にエリックも身体を傾けて彼の背後を覗き込んだ。アーサーも一緒に振り返り、腕一本分だけ開いていた扉をもう少しだけ開いてみる。すると細い腕だけではなく、プライドの長い深紅の髪が目に入った。さらに開ければ今度は横顔だ。白い肌と長い睫毛《まつげ》、そして心地好さそうに閉じられた瞼。微かに寝息も聞こえてくる。

どうやらいつのまにか眠ってしまったらしいプライドに、いつから寝ていたのかとアーサーは考えを巡らせる。さっき自分に言葉を掛けてくれた時は起きていたのだから、そこからエリックに声を掛けられた辺りからかと……

『大好きよ』

一気に、熱が上がる。口の中を噛んで堪えるアーサーは、プライドからそれを言われてから一気に頭が白くなって暫く何も言えなくなったのだと思い出す。沈黙が続いた間も、本気で焼け死ぬかと思うほど顔に熱が回っていた。

……わかってる、他意がないってことくらい。

そう思いながらも、言葉にしてもらえただけで顔は何度でも熱くなる。恥ずかしくて嬉しくて死にそうになると、アーサーは奥歯を噛みしめた。

「ジャンヌ様、眠っておられるみたいだな……」

エリックの声で一気に目の前のことへと意識が戻る。そうですね、と言いながら改めてプライドを確認すれば、彼女は扉横の壁に寄りかかるようにして眠っていた。少し崩れるように眠る姿はまるで絵画のようで、またアーサーの熱が上がった。思わず目を伏せ、プライドから逸らすように背後を向けば、エリックも同じように赤くした顔をプライドから逸らしていた。

眠る彼女の姿はあまりにも濃艶《のうえん》だった。

レースのあしらわれた寝衣は布も薄い。女性らしい慎ましやかな胸の膨らみから細い腰まで身体の輪郭がわかりやすく、うっすらと透けてもいれば、暗がりで良かったとアーサーは心から思った。

「アーサー……ここでは風邪《かぜ》を引かれてしまう。……だから、お前がベッドまで運んで差し上げろ」

火照った顔を背けたままのエリックが彼へと投げる。「えっ?!」と思わず大声になりそうなのを抑えて目を見開いたアーサーだが、「お前が手を繋いでいるのだから当然だろう」と返されれば何も言えなくなった。プライドに握られた手はちょっと動かしたぐらいでは解けない。つまりは彼女の方からも握ってくれていたのだと改めて実感すれば脈が急速に速まった。細い指をそっと一本一本解こうとしたが、小さく呻《うめ》かれ余計に握る手が強まった。ぎゅっ、と細い指に握り返され心臓が飛び上がる。

「……〜〜っ……。……し、……失礼……します……」

小声で断りを入れたアーサーは覚悟を決めてそっと彼女に手を伸ばす。

片腕をその細い両膝《ひざ》に、もう片手を握ったまま回し込むようにして背中へ回す。至近距離でふんわりと甘い香りが鼻孔《びこう》を掠《かす》め、重さの感じられない身体を持ち上げれば薄い布地を通して彼女の感触がはっきりと伝わった。自分の腕の中で安心しきったように眠るプライドに、心臓が酷く鳴る。

……こんな細い、軽い身体で。この人はどんだけのものを抱え、背負っているんだろう。

ふいにそんな疑問が過れば、今度は小さく締め付けられた。どうか今だけは目を覚まさないようにと願いながら、緊張で固まりかけた身体を動かし、ベッドに向かう。起きてしまう前に早くベッドへ下ろしたい気持ちと、このままずっと手放したくない気持ち両方が彼の中で均等に鬩《せめ》ぎ合う。それでも最終的にはベッドにそっと下ろして寝かせ、毛布を掛けた。すると枕《まくら》の位置のせいで顔がゆっくりとアーサーの方へ向くように傾き出す。安らかな寝顔を正面から見てしまったアーサーは、思わず胸を片手で押さえつけた。彼女の長い髪が白い肌の首に軽く絡み付いているのに気づき、そっと手で払う。そのまま手を引くと同時に一瞬だけ魔が差した彼は、

蕾《つぼみ》のような唇を、そっと撫でた。


つるりと柔らかい感触が撫でた指先に伝わり、それだけで頭の中が曇《くも》ったようにぼやけ出す。

「……おやすみなさい。……良い夢を」

聞こえていないとわかりながら、自分でも驚くほど消え入りそうな声でそう囁いた。

……ずっと、こうしてこの人の寝顔を守れりゃあ良いのに。

叶うわけもないと思いながら、輪郭も掴めない欲が湧く。これ以上無礼なことをする前にと気配を消して、ベッドから離れるように後退る。扉を潜《くぐ》り、閉めるまで彼女の寝顔から目が離せなかった。

バタン、と閉まる音と共に一気に息を吐き切れば、脱力してその場にしゃがみ込む彼にエリックが「お疲れ」と笑いながら労《ねぎら》った。部屋の鍵を使い、外側から扉を施錠する。

「アランさんが羨ましがりそうだな」

カラムさんは畏《おそ》れ多くてとてもとか言いそうだけど、と思い浮かべて笑うエリックに「勘弁して下さい」とアーサーは項垂れ、頼む。湯気が出るほど顔が熱く、とてもではないが上げられない。

「……すげぇ、……柔らかかった……」

彼女の感触を思い出せば、思わずポツリとアーサーの口から言葉が零れ出た。肌も髪も香りも、……唇も。その全てが柔らかく、改めて彼女が女性なのだと実感した。手放した後の両腕も手も、未だに疼くように温かい。初めて出逢《であ》った時はあんなに小さな少女だった彼女に想う。

「もう、……十六歳だからな」

エリックも感慨深いように頷きながら腕を組んだ。彼もまた、当時のプライドが目に焼き付いている一人である。そのままアーサーに向け「やはり物音は衛兵だったらしい。後は何も異常なしだ」と、見回りの報告を告げてから腕を解く。アーサーと扉を挟んで立ち、見張りを続行する。

……俺も、ちゃんと見張りをしねぇと。

エリックに感化されるように、一度で息を吐き切ったアーサーも最後に姿勢を伸ばして立ち上がる。

「…………ま。お前が言うまでは今夜のことは黙っておくよ」

苦笑しながら小声を掛けるエリックにアーサーは振り返る。何度も瞬きをしながら続きの言葉を待てば、「大丈夫、大丈夫」と返された。

「お前が〝言うまでは〟……な？」

意味深なその笑みに、アーサーは意味もわからず一人首を傾けた。


「……んで、プライド様に……俺もいますって、言ったんすけど……すげぇ緊張して……でも……ありがとうってプライド様が言ってくれて……」

「アーサー。もう一杯水飲もうか？」

ジョッキを片手にテーブルへ突っ伏すアーサーに、エリックが水差しを片手に肩を叩く。そのまま横のグラスではなく、先ほどまでは酒が入っていたアーサーのジョッキに直接水をなみなみと注ぎ込んだ。ありがとうございます、とエリックへ返しながらアーサーはその水を一気に呷る。

「んで、……。……あれ、どこまで話しましたっけ……。……ええと……、……アラン隊長はすげぇ強くって……戦闘では剣も格闘もできて格好良」

「ッ頼むからもうその話はやめろアーサー‼　本気で顔から火が出るッ‼」

酔いのせいで顔が真っ赤なアーサーの言葉を打ち消すようにアランが声を上げた。酒とは別の理由で彼も顔が赤い。そのまま隣でテーブルに肘をついたまま頭を抱えているカラムを指さした。

「見ろ！　カラムなんて完全に撃沈してんじゃねぇか‼」

アランとカラムの様子に、思わずエリックは苦笑いを零した。頭を抱えたまま茹《ゆ》だったかのように顔を真っ赤にしたカラムは、肩がピクピクと震え、俯いたまま動かない。アランの言葉にアーサーは「カラム隊長……」と呟き、また口を開く。

「カラム隊長は……皆に慕われて……すげぇ優秀で……人の気持ちに」

「エリック‼　もっとアーサーに水を飲ませろ‼」

突然の叫び声にエリックは笑い、更にアーサーのジョッキへ水を注ぎ込んだ。勧められるままに水を飲むアーサーにカラムは「アランを止めなかった私が悪かった……」と呟いた。

アランがアーサーを飲ませ続けてから一時間。部屋の片付けを終えたカラムとエリックがテーブルに着いた時には、アーサーが完全に潰《つぶ》された後だった。基本的に自分の許容範囲以上は飲まないアーサーだが、隊長且《か》つ飲ませ上手《じょうず》なアランの方が一枚も二枚も上手《うわて》だった。そして強《したた》かに酔ったアーサーにアランが尋ねた途端、アーサーが最初に語り出したのはプライドへの隊長副隊長自慢だった。

更にはそれを酔いのせいで何度も何度も繰り返し話すから余計に始末が悪い。プライドが眠った辺り以降からは、それ以上話さないようにエリックが敢えて水を差し出して話を初期化させたが、幸いにもアランにもとカラムにも気づかれてはいなかった。

「ほんっと……！　絶対もう二度とアーサーを酔わせてやんねぇ……！」

「てっきりプライド様と何かあったのかと思えばっ……よりにもよって私達の話をっ……！」

部下からの褒め言葉だけでも顔から火が出そうなのに、よりにもよってそれがプライドに語られたと思うと余計に恥ずかしい。アーサーを潰したはずが、逆に撃沈させられてしまった二人にエリックは笑う。彼だけは既にあの夜にアーサーがプライドと何を話していたかも知っていた。自分の話をされた時は確かに恥ずかしかった。更には再びそれを隊長二人の前で語られたのも照れたが、今はアーサーがプライドとのやり取りの核心を話す前に水を差し出して止めることが最優先だった。

何度目かの先輩自慢を話し終えた後に「……プライド様の……手を……」「……い好……って言ってもらえて……」と漏らしもしたが、先輩騎士本人達はその前の話に悶絶《もんぜつ》して既に両耳を塞《ふさ》いだ後だった。

「だって……先輩達みんなすっげぇと思ったし……格好良いし……ここにいる騎士の人達みんな俺の憧れの騎士で……」

「あーわかるわかる。お前はずっと騎士に憧れてたもんな？」

「いや待てアーサー、エリック。今はアーサーも立派な騎士だろう？」

「っていうか騎士団にいる奴は全員騎士だぞ?!　そんなんじゃ全員アーサーの憧れになんだろ?!」

ぶつぶつと本音を零すアーサーとそれに慣れたように相槌《あいづち》を打つエリックに、カラムとアランが順々に突っ込みを入れる。エリックがそれを見て「あー、隊長。それを今のアーサーに言うと……」と口を開いたが、途中で更なるアーサーの言葉に打ち消された。

「そうっす……騎士の方々みんな俺には憧れで……格好良くて……でも、父上やクラークだけじゃなくて……やっぱアラン隊長もカラム隊長もエリック副隊長も……すげぇ格好良くて……アラン隊長は強いし……俺とかにまで手合わせ誘ってくれるし……カラム隊長もすげぇ優しくて五年前だって」

「エリック、水を飲ませろ」

はい。と隊長二人の言葉が重なると同時に、エリックも自分の話になる前にとアーサーへ更に水を飲ませた。しかし飲み終えた後もアーサーはぼそぼそと「いや俺は本当にすげぇ尊敬してて……」と零し続けている。

「アーサーは酔い潰れると毎回こんな感じなんですよ。以前に自分達と飲んだ時もプライド様だけでなくその場にいた騎士達の話とかもずっとこんな感じで」

本人は話したことを覚えてないんですけどね、と笑うエリックに「その方が良い」とアランとカラムが同時に呟いた、その時だった。

「楽しそうですね。僕も仲間に入れて頂いても構いませんか？」

不意に、四人しかいないはずの部屋から別の声がする。同時に感じ取った気配にアラン、カラム、エリックが振り向きざまに剣を構え、アーサーは手を上げる。

「ぃよォ、ステイル……」

テーブルに突っ伏したまま、声と気配だけで誰かを察したアーサーがそう零した。先輩騎士達も振り返った先を確認して刮目《かつもく》する。ステイル様⁈　と声を上げようとした瞬間、ステイルが人差し指を口元に立てて「他の騎士達に気づかれては大変なので」と声を潜ませた。しかし、いるのはこの国の第一王子であるステイルだ。その彼がアランの部屋の隅に寄せられていた椅子へ優雅に腰かけ、にこやかに騎士四人を前に微笑んでいる。騎士三人にとって、明らかに異常な光景だった。

「なっ……何故、ステイル様が、このような小汚い場所に……⁈」

「おいカラム！　小汚いは余計だろ⁈」

「いえそれは置いといても何故アーサーの部屋でなくアラン隊長の部屋に……⁈」

三人の言葉にステイルは「ああ、ここはアラン隊長のお部屋でしたか」と周りを見回し、そしてストンと立ち上がった。

「アーサーの部屋で暫く待ったのですが不在で。そう言えばアネモネ王国の一件で皆さんがアーサーを飲みに誘っていらしたことを思い出しましたので」

それで直接アーサーの元へ瞬間移動してこちらに、と笑うステイルに三人は顔を見合わせた。確かにその時ステイルから自分も加わりたいと話されていたことも思い出す。

「ちょうど良かったです。僕も是非お話に参加したいと思っていたので」

隣に座っても？　とカラムへ尋ねると、慌てた様子で「どうぞ！」とカラムはアーサーと自分の間の席をステイルに勧めた。

「なかなか残念な姿だな、アーサー」

初めて見るボロ酔いのアーサーの姿に、ステイルは意地の悪い笑みを浮かべて声を掛けた。言われたアーサーも顔の向きだけを変えて彼を見る。エリックはそれを見て「あー……ステイル様。今のアーサーは」と声を掛けたが、遅かった。ステイル……と小さく呟いたアーサーがそのまま口を開く。

「ステイルは……コイツはすげぇ強くて……頭良くって……プライド様のことめっちゃ想ってるんすよ本当に……。……んで、……努力家だし真面目《まじめ》だし剣だって」

「待てアーサー！　唐突に何を言っているッ?!」

思わず、といった様子で慌てたステイルが思い切りアーサーの口を手で押さえた。あぶ、とアーサーの口が第一王子の手で封じられる姿に騎士三人が笑いを噛み殺す。

「アーサーって酔うといつもこんな感じなんですよ」

初めて知る事実にステイルが目を丸くする。エリックはそのままジョッキに注いだ水をアーサーに差し出した。

「あ、でもステイル様のことを話したのは今が初めてなので御安心下さい。酔ってもそこの分別はつくみたいで」

自分はあの夜にアーサーが話しているのを聞いてしまいましたけれど……と笑いながら、アーサーがまた飲みきったジョッキにすかさず水をまた注ぐ。

「あの夜、アーサーはプライド様にアラン隊長やカラム隊長、……自分や、そしてステイル様のことを色々話してくれて。〝これだけ味方がいるから安心して下さい〟とプライド様に伝えたかったみたいです」

「それで、か……」

エリックの説明にステイルが色々察したように頷いた。その間にも水を飲み終わったアーサーはまたテーブルに突っ伏し、そして聞かれてもいないのに再び口を開き始めた。

途端に再び攻防が始まる。

「アラン隊長はすげぇ強くて頼り甲斐《がい》あって……」

「やめろアーサー！　ステイル様にまで聞かせるな!!」

「カラム隊長は思いやりがあって頭も良くって……」

「アーサー!!　聡明《そうめい》と名高いステイル様の前ではその世辞は私が恥をかくだけだッ！」

「エリック副隊長はすげぇ努力家で……なんでもできて……」

「アーサー、水もう一杯飲んどこうな？」

「ステイルは……」

「アーサー。取り敢えずお前は酔いを覚ませ」

完全にアーサーに隊長格と第一王子が振り回されていた。最後にステイルがテーブルに突っ伏すアーサーの後ろ首を掴むと、一回外で頭を冷やせと第一王子自ら扉を開けてアーサーを外へと放《ほ》っぽり出した。

バタン、と少し乱暴に扉が閉まる音と共に、ステイルがスタスタと自分の席に戻ってしまう。必然的に部屋の中にはアラン、カラム、エリックそしてステイルだけが残されてしまった。

「ああ～……よ、宜しければステイル様も何か飲まれますか?!」

安酒しかありませんけど!!　と若干慌てたようなアランに、ステイルは是非、とにこやかに答えた。

「ところで……失礼ですが、今晩はステイル様はあの晩の話をしにアーサーのところへ？」

「ええ、まぁ……それもなのですが」

カラムの言葉にステイルがやんわりと言葉を濁す。

「……それよりも、僕はアーサーの先輩である皆さんのお話を聞きたいと思いまして」

アランから酒の入ったグラスを受け取り、三人を見回した。ステイルの言葉に驚いたように目を丸くした騎士達は互いの顔を見合わせる。ステイルはそれに構わずちょうどアーサーもいませんし、と扉の方を見てから、三人にグラスを掲げてみせた。

「……皆さんから見て、アーサーのことを率直にどう思いますか？」

そう問いながらステイルは、アーサーの経歴を頭の中で並べ立てる。アーサーは現時点では、最年少で騎士本隊入りを首席で果たした優秀な騎士だ。騎士隊長、副隊長を除く騎士の中では剣で一番の実力を誇り、近衛騎士の座をもその手で掴み取った。そして騎士団長の実の息子でもある。

アーサー本人からは騎士達の悪い噂《うわさ》は全く聞かない。ただしアーサー本人の噂については別になる。彼のその実力に嫉妬《しっと》ややっかみを抱く者がいてもおかしくはない。たとえそれが誇り高き騎士であろうと、彼らも結局は人間なのだから。

「皆さんの目から見て、……そして他方からの噂や評価などは」

あくまで自分の意見ではなく、他から聞いた話だと逃げることができるように敢えて助け舟を出す。笑みを崩さないままステイルは三人の視線を一つも見過ごさないようにと意識を集中させた。

アラン、カラム、エリックは今度は互いに視線を交わすことなく真っ直ぐとステイルを見返した。そのまま、最初に口を開いたのはアランだ。

「俺の知る限りじゃアイツのこと悪く言うヤツなんて誰もいませんよ」

なんてこともない、といった様子でそう告げた。アランの言葉にカラムとエリックも同意するように頷く。そして次はカラムが一歩前に出る。

「確かにアーサーは色々と他の騎士とも異なりますから、周囲の評価が気に掛かるのはわかります。我が騎士団長の御子息ということだけではなく、才能に溢れ、努力を怠らない。そして他の騎士を押し退け近衛騎士を任されています。……ですが、彼は淀《よど》みない。それに実力至上主義の八番隊ですら、彼の評価は高いです」

「最近入った新兵の中にはアーサーに憧れを抱く騎士もいますが、嫉妬やその実力を疑う者は誰もいませんね。騎士団長も副団長もアーサーに贔屓《ひいき》や特別視などは全くありませんし。むしろ殆どの騎士には最年少ということもあって可愛がられています」

まぁ顔が似ているから騎士団長と親子だというのは皆にバレちゃいますけど、とエリックが何の含みもなく語り、笑った。

「取り敢えず少なくとも俺はアーサー好きですよ！　剣の腕も一級で、付き合いも結構良いですし。そりゃあプライド様の近衛なのは羨ましいですけど！」

「お前の〝付き合い〟は一方的にアーサーを引きずり回していることが殆どだろう。……ですが、私もアーサーは良い騎士だと思っています。プライド様に相応しい立派な近衛騎士です」

「自分も、アーサーは良いヤツだと思います。真っ直ぐで、ひたむきで、これからの成長も楽しみです」

三人の騎士の言葉にステイルは満足気に頷いた。自分の親友が、優秀な騎士達に評価が高いのがとても誇り高い。「そうですか」と返し、グラスの中身を一口飲み込んだ。その後も暫く話題に火がついたように、騎士三人はステイルに聞かせるような形でアーサーの話題を続けた。アーサーがこの前も騎士隊長のハリソンから一本取った、新兵の仕事なのに演習の準備をしていた、時々騎士団の演習項目にない体術を使うことが増えた、と。自分が知る内容から知らない一面まで語られる三人の話にステイルは黙って聞き入った。そして話に区切りがついた頃《ころ》、ステイルはグラスをテーブルに置くと、やっと静かに口を開く。

「安心しました。……これで僕も」

トントン。

突然のノックでステイルの言葉が中断される。エリックが扉に向かって駆け出し、部屋の中が見られないようにと小さく開けた。扉の隙間から顔を覗かせ、同時に溜息をつく。何か大事なことを言おうとしていた様子の第一王子の言葉を中断させた犯人をそのまま肩を掴んで部屋の中へ引き込んだ。

「えっ……と、……すんません。気がついたら外出てて――……ッ?!　なっ！　ステッ……!!　なん……アラン隊長の部屋に……?!」

早々に酔いが覚め、頭を下げて戻ってきたアーサーが抑えながらも声をひっくり返した。先輩騎士達と肩を並べてグラスを傾けているステイルを信じられない目で凝視する。酔っていた時のことは記憶にない彼は、自分を外に放り出したのが元はと言えばステイルであることも忘れている。

「……酔いが覚めやすいだけまだマシか」

蒼《あお》い目を白黒させるアーサーにステイルは溜息をついた。アーサーの酔いが覚めた様子にアランとカラムも明らかにほっとした様子で笑う。

「あの夜、お前が姉君とどんな話をしていたか聞きに来た。……ついでに、もう一つ報告もな」

報告？　とアーサーが眉間に皺を寄せた。それにステイルは一音だけ返して立ち上がり、アーサーの眼前まで歩み寄る。エリックがそっとステイルと入れ替わるように引き、そのままアランとカラムの傍まで移動した。

「アーサー。今日、母上から許可が下りた。俺は明日からヴェスト叔父様……ヴェスト摂政に付く。次期摂政としてその全てを学ぶ為だ。……今までのように常に姉君と共にいることはないだろう」

はっきりと迷いなく言い放つ。ステイルのその言葉にアーサーは声もなく目を見開き少し噤んだ後、徐々に口を開いた。

「……。……極秘訪問の一週間前のあの時。……〝俺の分まで〟ってのは、そういう意味か」

『頼んだぞアーサー。……俺の分まで』

騎士団に極秘訪問の護衛が命じられた日に掛けられた、ステイルの言葉を思い出す。アーサー自身、あれからずっと気に掛かっていた言葉でもあった。

彼の問いにステイルは頷く。眼鏡の黒縁に触れながら「そうだ」と一言答える。

「本来は姉君の婚約と同時に行う予定だったから、婚約解消と共に俺の方も延期される予定だった。だが、俺から直に母上へ断行を願い出た。姉君にいつ新たな婚約者が現れても――……」

がっ、と。話している最中アーサーに両肩を掴まれて口を閉ざす。アーサーは小さく俯いたまま、ステイルの肩を掴む手の力だけを強めた。何も言わないアーサーに二人の様子を見守っていたアラン達も息を飲む。そして次の瞬間。

ガンッッ！！！！　と、アーサーの頭突きがステイルに直撃した。

「まァた一人で抱えてやがったのかステイルッ!!　テメェは毎回毎回……そういうとこ本ッ当にプライド様と一緒だな?!」

打たれた頭を抱え、堪えるように背中を丸めるステイルにアーサーが怒鳴る。ステイルへ振った自分の額も若干赤くなっていた。痛みのあまり声が出ないステイルへアーサーは言葉を続ける。

「テメェ以上に摂政に相応しい奴はいねぇんだから仕方がねぇだろォが‼　それが王族の習わしなら従うのが当然だろォが‼　ンなこと知ったところで俺が喚《わめ》くとでも思ったのか⁈」

ふざけんな！　と叫んだところで頭を鷲掴もうとしたらステイルが瞬間移動でアーサーの背後に移動した。アーサーが振り向くと同時に回し蹴る。

「ッだから、こうしてお前には報告に来たんだろうが！」

繰り出された蹴りをアーサーは掴み、防いだ。ギリッと歯を食い縛る音がどちらともなく響いた。

「どうせなら決まってからじゃなくもっと早く愚痴れっつってンだよ‼　大ッ体プライド様がレオン王子とあの夜一緒に過ごしてたこともテメェ俺に隠してたろ⁈」

「レオン王子に殺気を放ってたお前に言える訳がないだろう⁈　大体あの時は何もなかったと姉君も」

「それがわかったのはプライド様が話してくれた後だろォが‼　取り敢えず百回詫《わ》びろッ‼」

テメェだって夜に何があったか知らなかったくせに‼　と掴み取ったステイルの足を思い切り放り投げる。すると瞬間移動で空中からアーサーの懐に現れたステイルがその腕を掴み、逆にアーサーを一本背負いで放り投げた。

「ッならお前なら俺の立場で言えたのか⁈」

姉君が婚約者の部屋で夜を過ごしているなどと‼　と怒鳴るステイルを睨《にら》みながらアーサーは空中で身体を捻り、綺麗に着地した。

「ッ言えねぇよ!!」

酔いが回ったのとは別の理由で顔が若干赤くなったアーサーが怒鳴る。その答えにステイルはすかさず「そうだろう?!」と怒鳴り返した。

ハァ……ハァ……と互いに肩で息をし睨み合う。どちらか一方でも駆け出せば、また殴り合いが再開されそうな覇気が部屋中に充満した。

「……。隠し事を、して、……たのは……悪かった」

最初に折れたのはステイルだった。変わらずアーサーを睨みながら、口だけが途切れ途切れに動かされる。

「……正直、母上から最初にその話を受けた時は俺も戸惑った。……何より、お前との誓いを反故《ほご》にしたような気がして、打ち明けるのも酷く躊躇われた」

共にプライドを、守る。しかし摂政付きになればステイルはプライドを今までのように傍で守ることはできなくなる。それはアーサーも理解していた。だが、

「アァ？　ちゃんと守ってンだろォが。プライド様と民を守る為に摂政付きを望んでンだろ」

また難しいこと言いやがって、とステイルの言葉にやっとアーサーが構えを解いた。そのまま溜息をつきながらステイルへ歩み寄る。

「この先の何年何十年プライド様と民を守る為に今から摂政の勉強するっつーことの何がいけねぇんだよ？」

すんなりと語るアーサーに、今度はステイルが目を剥き驚かされる。まだ自分が摂政付きを早々に望んだ理由を話しきってもいないのに彼は既にわかっているような口振りだった。

アーサーは再びステイルの眼前に立ち、黒髪を僅《わず》かに乱したままの頭を鷲掴む。

「な・の・に!! テメェ自身がそんなに悩んでて更にレオン王子の夜のことも含めて全部抱えてやがったのが腹立つンだよ!!」

ぐぐぐ、と握力だけでステイルの頭を絞り上げた。今度はそこまで痛くないが、それでもアーサーの怒りは嫌なほど伝わってくる。ステイルが瞬間移動で抵抗しないのを見てアーサーもすぐに手の力を緩めた。ったく、と呟きながら突き飛ばすようにしてステイルから手を放す。

「……で?」

腕を組み、その場に仁王立ちするアーサーがステイルを睨んだ。突然話を振られたことにステイルは眼鏡の位置を直しながら「何がだ」と睨み返す。するとアーサーは鼻息混じりに笑い、口を開いた。

「テメェがプライド様に何もなしで離れる訳ねぇだろ」

どうせ、そっちが本題なんだろ？　と言い放つアーサーに、ステイルも思わず釣られて口元が引き上がった。そのままおもむろにアーサーの肩に手を置き、……右足で彼の両足を蹴り払い床に押し付けるようにして転ばせた。

「ッどわ?!」

あまりの不意打ちに受け身しか取れず床に転がるアーサーを、悪い笑みを浮かべたステイルが見下ろした。そしてアーサーの苦手な繕った笑みへと変え、視線を彼から別方向へと上げる。

「……と、いうことで。改めてお伝え致しますアラン隊長、カラム隊長、エリック副隊長。既にご存知のこととは思いますが、僕とアーサーは古い友人です」

ステイルの言葉にアーサーがはっとする。転んだ体勢のまま、ステイルが視線を向けた方向へと自分も顔を向けた。酔いとステイルからの報告のせいで完全に忘れていた。今、ここがどこだったか。そしてこの部屋には誰がいたか。若干の酔いと同時に血の気が引きながら見れば、騎士の先輩三人がこちらを見ていた。

「いやぁ……こんなに乱れた話し方するアーサーを見るのも久々だなぁ……第一王子にそこまで言えるのってお前くらいなんじゃねぇか？」

「少なくともステイル様に拳を振るえるのはアーサーだけだと思います……」

「ステイル様と友人なのは承知しておりましたが……。……アーサー、親しき仲でも拳で語るのは控えるように」

アラン、エリック、カラムの言葉にアーサーは口をパクパクさせながら言葉が出ない。酔って周りが見えなくなっていたとはいえ、とうとう完全にステイルとのやり取りを見られてしまった。しかも、自分が怒鳴ったり頭突きしたり説教したところまでだ。一気に恥ずかしさが込み上げ、青くなった顔色が次第に今度は赤く紅潮していった。

五年前にステイルがアーサーを稽古相手に誘った時から、彼らが友人関係であることは当時の騎士全員が察していたことだが、アーサーとしては最近まで隠しているつもりでもあった。

「先ほどアーサーにも話した通り、僕は暫く姉君と離れることが多くなるでしょう。勿論、城の中では近衛兵以外も姉君の護衛は多くいます。……ですが」

一度言葉を切り、ステイルが笑う。その間にアーサーは先輩達の前でだらしない体勢はできないと身体を起こして隣に並んだ。赤い顔を隠すように先輩達から逸らし、ステイルを睨みつけた。が、ステイル自身は全く気にしない様子で騎士三人へと話を続ける。

「……それでは、全く安心できない」

低く、はっきりと言い放つステイルの言葉に、騎士達の姿勢が自然と引き締まった。

「姉君を、プライド第一王女を守る為に。ただ任務として護衛するだけの人間や実力があるだけの護衛などむしろ邪魔でしかない。……正直、僕は自分の信頼できない人間は誰一人として姉君に近づけたくはないのです」

ギラリ、と初めてステイルの目が光る。敵意にも殺意にも似たその覇気に、騎士達は反射的に剣を握るのを理性で堪えた。隣に立つアーサーも先輩騎士を威嚇《いかく》するステイルに少し惑う。ステイルとは友人だが、今この場で王族として立っているステイルと並び、先輩騎士と対峙《たいじ》しているのが分不相応な気がする。居心地の悪さから自分も先輩達の背後に並ぶべきだろうかとまで考え出す。だが、そう惑う間もステイルの言葉は続いた。

「僕が心から信頼しているのは姉君とティアラ。騎士団長と副団長、そしてここにいるアーサーだけです。……五年前から決して、それは変わらない」

プライドの近衛兵のジャック、専属侍女のロッテとマリー、ジルベールや隷属の契約を交わしたヴァル、ケメトとセフェク。そして良き王子だったレオン。女王、王配である現両親もステイルは以前よりは信頼している。だが、絶対的信頼。それを寄せられる存在は今も変わりなかった。

「……本当に申し訳ありません。ですが、それが僕の本心です」

捻くれているのはわかっているのですが、と笑うステイルに黙って話を聞くカラム達の心境はそれどころではなかった。

何故、いま自分達にそれを話すのか。

まるで、死出の土産《みやげ》に語って聞かせるような突然の第一王子からの告白に動揺が隠せない。アーサーと友人であることは元々知っていたからそこまで驚かない。だが、それを第一王子が自ら語り、更には自分が信頼しているのはたった五人のみとまで言い放った。つまりはそれ以外の誰にも信頼を寄せていないという意味になる。……今、目の前にいる自分達すらをも。

別におかしなことでも、軽蔑《けいべつ》すべきことでもない。第一王女の補佐である第一王子が全てを疑い、吟味《ぎんみ》し、王女を仇《あだ》なす相手を遠ざけ、排除するのは当然の役目だ。むしろ、慈悲深い王女と名高いプライドの傍にいる人間ならば、それくらい警戒心が強い方が補佐として相応しい。

そして今、自分達の目の前で隠しきれていない敵意も殺意も、間違いなく本物だった。たとえここでステイルが「なので、貴方達は信頼できないので排除します」と言い放っても三人は驚かない。唾《つば》を飲み、次にステイルから放たれるであろう言葉に各々《おのおの》が身を固くした。

「なので」とステイルの口が開かれる。笑みを繕い、順々に三人の目を捉《とら》え、見回した。

「一番隊、アラン・バーナーズ隊長」

名を呼ばれたアランが、先ほどの饒舌《じょうぜつ》さが嘘《うそ》のように固まり、静かに額を汗で湿らせた。目の前にいるのがアーサーの友人、ではなく第一王子であることを理解して。

「三番隊、カラム・ボルドー隊長」

今度はカラムが目を見開く。ステイルの言葉に応えるように無言で頷き、しっかりと姿勢を正して見返した。たとえ何を命じられてもすぐに対応ができるように。

「一番隊、エリック・ギルクリスト副隊長」

最後にエリックがもう一度唾を飲み込んだ。背後で組んだ腕に力を込め、それに反して指先は緊張で冷たくなっていく。次に告げられる言葉に心臓が不安定に高鳴った。

そして、告げられる。次期摂政という次世代でこの国二番目の権力を得る第一王子のその口から。

……はっきりと。


「貴方方には、姉君の近衛騎士になって頂きたい」


ぽかん、と。その場にいる誰もが言葉を失い、口を力なく開けたまま耳を疑った。ステイルの隣に控えたアーサーまでも目を皿のようにしたままステイルを凝視する。そんな中、ステイルだけが四人の反応が想定内だったように言葉を続けた。

「僕が不在の間、アーサーだけに一日中姉君の護衛を任せることは不可能です。こいつにも騎士としての任務や演習もありますし。だからこそ、今度からは貴方方を含めた四人で分担しつつ我が国の第一王女を護衛して頂きたいのです。正式なる近衛騎士として」

「……あの、……一つ宜しいでしょうか……？」

ポカンとした表情のまま静かにカラムが手を挙げた。どうぞ、とステイルに促されてもカラムは未だ信じられないように口を動かす。

「とても、信じられないほどに光栄なお話です。ですが何故、我々を……？　先ほどのお言葉では我々はステイル様の信頼に足らないと聞こえたのですが」

カラムの言葉にアラン、エリックも何度も頷いた。その様子にステイルは仄かに笑う。苦笑も混じえたその笑みは心からの笑みだった。

「確かに、僕はそうです。……ですが、アーサーは」

不意にステイルから視線を向けられ、さっきまで茫然としていたアーサーが肩を上下させる。「俺か?!」と自分を指さし、次には先輩騎士三人の視線に目を泳がせた。

「一年前の殲滅《せんめつ》戦から、お前がよく俺や姉君に話していただろう。特にこの三名の騎士について」

冷静なステイルの言葉と目線に、アーサーはふと自分を顧《かえり》みる。確かによく話はしていた。それは彼自身もはっきりと記憶がある。続けてステイルに「まぁ、主にはカラム隊長の話だが」と付け加えられてしまい、思わず彼の口を手で塞ぐ。しかし見れば、しっかりと聞こえていたカラムは照れたように目を逸らし、アラン、エリックも目だけで笑っていた。

「お前が信頼している人間くらい、話を聞けばわかる」

口を塞ぐ手を静かに払いのけると、ステイルはそう言って親友の胸を手の甲で軽く叩いた。アーサーからの信頼。それこそがステイルを決断させた。そのまま彼は再びアラン達の方へと向き直る。

「だから、僕は信頼できます。僕が絶対的信頼を寄せるアーサーが、心から尊敬し信頼している貴方方を。……そして、アーサーのことをちゃんと理解し、信頼をしてくれている貴方方を」

ステイルの言葉に、三人は先ほどの会話を思い出す。アーサーがいない間にとステイル自ら尋ねられた言葉を。

『……皆さんから見て、アーサーのことは率直にどう思いますか?』

『皆さんの目から見て、……そして他方からの噂や評価などは』

あれはアーサーではなく、自分達を見極める為の問いだったのだと三人は理解する。

『安心しました。……これで僕も』

そして、ステイルの信頼をあの時に得たのだと。

「僕は必要としています。姉君を、プライド第一王女を守る為の存在を。でも、まだ……まだ足りない」

改めて、ステイルが語る。自身の決意を彼らへと。

「既に騎士隊長、副隊長を近衛騎士にする為の体制準備は宰相の手により整っています。貴方方が良しとして下さるのならば、近々正式に騎士団へ貴方方三名の任命状が届くでしょう」

次の瞬間。その言葉を皮切りに、三人の騎士はその場へと同時に跪《ひざまず》く。その任を望むという強い意思と共に、眼差しだけをしっかりと第一王子へと向けて。その眼差しに、ステイルは満足そうに笑みを返した。そして最後にアーサーへと目を向ける。

「一応、聞いておくかアーサー」

ステイルの隣にいるせいで、まるで自分が先輩達に跪かれているような錯覚に一人動揺していたアーサーは、親友の言葉に振り返る。

「アラン隊長、カラム隊長、エリック副隊長は姉君の近衛騎士として相応しいか」

お前の見立てはどうだ、と尋ねるステイルにアーサーは思わず口元が緩んだ。言うまでもない。目の前に並ぶ誰もが、自分の尊敬する騎士なのだから。

先輩騎士に見守られる中、唇を絞ってステイルから一歩引く。身体ごと第一王子へと向き直り、ゆっくりとその場に跪いた。何よりの、答えだ。

〝この人達と共に護りたい〟と。アーサーの深々と下げた頭が確かにそれを物語っていた。

友からの返答に満足し、ステイルはまた騎士三人へと向き直る。

「貴方方には姉君を守る為の〝槍《やり》〟になって頂きたい。盾なき時も必ず、悪しき者を近づけない為の、槍に」

その言葉に三人の騎士は間髪入れず声を発する。望むところだとその意思を喉へと込めた。

「ありがとうございます。……どうぞ、これから姉君共々宜しくお願い致します」

礼を伝え、笑う。そしてゆっくりと一歩引き、自身へ跪いたアーサーの前でその顔を覗き込むべくしゃがんだ。

「お前も気を抜くなよ？　アーサー」

先輩騎士に対してとは打って変わり、低い声色と突然の言葉にアーサーは顔を上げる。なんとも悪い顔をしたステイルがそこにいた。

「どうせわかっていないだろうが、お前の近衛騎士の任が分断された訳じゃない。むしろ、増える。これからは有事など関係なく、姉君の護衛をすることになる。有事の時だけ呼び出されるのとは訳が違う。……楽しみにしていろ」

ニヤリ、と笑うステイルにアーサーが目を見張る。この腹黒い笑みをアーサーは大分前から知っている。「それってどういう……」と尋ねようとした途端、ステイルは両手をパンッと叩いた。

「それでは、前祝いでもいかがでしょうか。新生近衛騎士隊の結成を祝して」

にこやかに明るい口調で笑うステイルに、勢いよくアランが飛び上がった。いよっしゃぁぁああ！　と声を上げ、早速一番高いワインを開けようと酒棚へと駆け出した。

「待てアラン！　わかっているだろうが正式に任命されるまでは内密に、だ！　わかっているな?!」

「アラン隊長、自分も何か摘まみを用意しましょうか？」

同時にカラム、エリックの声も上がり、完全にアーサーはステイルへ聞き返すタイミングを逃してしまう。先輩騎士に釣られるように自分も立ち上がると、ステイルが更に言葉を重ねてきた。

「どうだ、アーサー。俺が不在中に十分な護衛だろう？」

そう自信満々に言われ、ステイルの得意げな顔を見て笑ってしまう。「ハッ！」と鼻で笑い、それから酒をグラスへ傾け始める先輩騎士の姿を見れば、また別の笑みが零れた。

……プライド様をこの人達と守れる。すげぇ心強い。

憧れの騎士と、共に。

ステイルがプライドと、そしてアーサーの為に選出した心強い味方だった。アーサーにとって文句なしの精鋭だ。……ただ、それでも。

「……ま。お前以上の相棒なんていねぇけどな」

プライド様を守るのに、と。そう続けながらステイルの背中を軽く叩いた。

ボンッ、と叩かれる音よりもステイルはその言葉に目を見開き、振り返った。見れば、すぐ隣には照れ臭そうに笑うアーサーの顔が自分へと向けられていた。

「〝これからも〟プライド様を一緒に守るんだろ？」

にっ、と歯を見せて笑いながら、拳を軽くステイルに傾ける。そしてそれを見たステイルも小さく笑い、応えるようにアーサーの拳に自分の拳を合わせるようにして当てた。

「当然だ」

友の、……相棒の。予想外の言葉にステイルは隠しきれないほどの喜びを今度は、
満面の笑みで返した。

第五章　不義理王女と小規模パーティー

「あと三十分ほどでフリージア王国に入ります。レオン様、休憩は宜《よろ》しいですか？」

大丈夫です、と。そう答えながら僕は笑みを返す。アネモネ王国から馬車に揺られ続ける僕を気に掛けてくれるのは、外出する僕の従者代わりにと父上が付けてくれた我が国の宰相だ。

彼女と婚約解消をしてから早三ヶ月。定期訪問をこの日に合わせて欲しいと、プライドからのお誘いだった。彼女主催で小さなパーティーを開くらしい。開催場所も彼女の住まう城ではなく、ジルベール宰相の屋敷だ。パーティーの目的を聞けば、僕が参加していいのかと少し悩んだけれど誘ってくれた彼女に僕も頷《うなず》いた。ひと月前から決まっていた会合があるから少し遅れての参加にはなってしまうけれど、それでも楽しみは変わらない。

「早く会いたいなぁ、……プライドに」

そう呟《つぶや》いてしまえば、ぽやりと彼女の笑みが頭に浮かんだ。花のようなその笑みを思い出し、馬車の揺れに心地良さを感じれば自然と夢見気分に全身が覆われる。まだ屋敷までには時間もあるし良いかなと、ぼやけ出す頭で彼女の笑みだけを浮かばせながら瞼《まぶた》を閉じる。

目が覚めたら愛しい彼女に会える頃《ころ》かなと、それだけでゆっくりだった鼓動が大きく……高鳴った。


「ッやめてくれ!!　お願いだそれ以上はっ……死んでしまう……!!」

「…………ここ、は……？

「あらぁ？　何で⁇　当然の報いじゃない。……ねぇ?!」

彼女が静止を聞かずに鞭《むち》を振るう、その度に血を吐くような絶叫が部屋中に響き渡った。

「アッハハハッ！　おっかしい、人間ってこんな声が出るのね。初めて知ったわ」

両手を頭の上に鎖で吊《つ》るされ、肉が削《そ》げ血を滴らせる人間を前に彼女は嘲《あざけ》る。顔が見えないのにその笑みだけはよくわかる。……何故《なぜ》、……僕はこんなところに……？

「やめてくれっ……‼　悪いのは僕だけだ！　彼らは何もっ……！」

……嗚呼《ああ》、そうだ。僕は、彼女にここまで呼び出されて……

「〝何も〟……なぁに？」

ニタァ……と彼女が笑う。目の前の彼らの返り血でその頬《ほお》を、ドレスを染めながら醜く僕を嘲笑《あざわら》う。

「貴方《あなた》は婚約者の私との約束の日に遅れ、あろうことか朝まで自国の酒場で民と飲み明かしていた。……そうでしょう？」

……事実だ。僕は、目が覚めたら酒場にいた。気がつけば酒場に突っ伏して、何故だか動けなくなるほど飲んだ後で。………再び目が覚めた時には、衛兵に保護された後だった。酷《ひど》く落胆した父上のあの顔は今でも忘れられない。僕は民の、父上の期待を最低な形で裏切り、……そして追放された。「フリージア王国の王配として必要な時以外、我が国の地を踏むことを禁じる」と、父上にそう最後に告げられた。……そして、その父上はもうこの世にいない。病による、唐突な死だった。

「私ねぇ？　知ってたのよ⁇　貴方があの朝、酒場で飲み潰《つぶ》れている未来を」

軽い素ぶりで再び彼女は鞭を振るう。今度は女性にだ。甲高い悲鳴が僕の耳に突き刺さった。

「知っ……てた……?!」

あまりの衝撃に、そのまま彼女に言葉を返す。

「ええ。貴方に出会った日からず～～っとね」

また、鞭を振るう。今度はまた別の女性だ。鞭を振るわれる直前から必死に乞《こ》いていたが、彼女には全く届かなかった。

「だから、現アネモネ国王に言ってやったの。貴方が本当はあの日に酒場で飲んだくれていたことを。……っぷ、ハハハッ！　簡単に認めるんだもの、馬鹿《ばか》よねぇ？」

目の前の人間に鞭を振るい続けているからか彼女の機嫌が良い。冷静に淡々と語りながら、彼らを傷つける度に恍惚《こうこつ》とした表情を浮かべていた。

「ほんっと。ジルベールもステイルも使えないんだから。選ばれし女王の私に、貴方みたいな欠陥品を用意するなんて」

欠陥品……、彼女の言葉が胸に刺さる。そう、僕は人としても、王子としても、王配としても……

「嗚呼っ……嫉妬《しっと》しちゃうわぁ……」

言葉にそぐわない恍惚とした目で、声で、彼女が唱えた。ぞくりと酷い寒気に襲われる。心から楽しそうな快楽の声だった。彼女はその光る目を僕へと向け、そして語る。

「さて、問題よ？　愛《いと》しい私のレオン。もし、貴方が彼らに無理矢理飲まされて酒場で潰されたのならば貴方は無実。愛しい貴方の一夜の過《あやま》ちくらいは許してあげる。悪いのはこの薄汚い庶民達だもの」

ニタァ……と彼女の口が醜く引き上がる。吊るされている彼らに彼女が背中を向けたと同時に、彼らは涙を潤ませた目で僕を見た。首を必死に横に振り、僕へ無実を訴えている。

「でも、もし貴方が……そうね。自分の意思で、婚約者との朝よりも薄汚い自国の民と夜を過ごすことを望んだのならば。これは私への、延《ひ》いてはフリージア王国への裏切りだわ」

ビシィッと鞭を床に振るう。耳に痛い音が鳴り、思わず身体《からだ》が強張《こわば》った。

「もし、彼らが悪いのならばこの場で処刑するわ。当然よね、一国の女王である私の婚約者に手を出したのだから」

カン、カンと石畳の床を彼女が鳴らす。ゆっくりと吊り上げた口端のまま、僕に近づいてくる。

「もし、貴方が悪いのなら――……」

悪いのは、僕だ。

酔っていたせいで、彼らと何があったのか……何もなかったのかさえもわからない。ただ、弟達にワインを勧められた時は確かに城下へ降りたいという気持ちはあった。だが婚約前に不義を犯すことを恐れて確かに断った。……なのに、ワインで酔った途端、望むままに城下の酒場に僕はいた。きっと酒のせいで僕の醜い欲求が溢《あふ》れてしまったのだろう。

たとえ彼女らの中の誰《だれ》かと何か過ちがあったとしても、それは僕の責任だ。僕が己の醜い欲に負けてしまった結果なのだから。裁かれるべきなのは彼らではなくこの僕が……

「フリージア王国は今すぐアネモネ王国に侵攻するわ」

……言葉を、失う。

声が出ない。口を動かすことすら叶《かな》わず衝撃で開けたまま固まってしまう。全身から血の気が引いていく。フリージアが……アネモネに、侵攻……？

「当然よね？　だって女王である私の顔に泥を塗ったんだもの。アネモネ王国には草木一本だって残しはしないわ」

笑いながら至近距離で僕の顔を覗《のぞ》き込む。それだけで怖気《おぞけ》が走り、顔が痙攣《けいれん》した。

「ねぇ……どっち？　悪いのは彼ら？　それとも……貴方？」

問いかける顔では、ない。きっと彼女はどちらでも良いと思っている。僕の不義などどうでも良いと。彼女が求めているのはこの場で彼らを嬲《なぶ》る理由か、アネモネ王国に侵攻する理由だ。そしてアネモネ王国は、フリージア王国には勝てない。

五年前、新兵合同演習の道行でアネモネ王国とフリージア王国は互いに酷い損害を受けた。フリージア王国は新兵と当時の騎士団長を。そしてアネモネも多くの騎士を失った。数週間後、捜索の末にやっと岩場から発見された時には、我が国の騎士は誰一人生きてはいなかった。犯人は瓦礫《がれき》に埋もれ、責任がアネモネ王国かフリージア王国か、それとも全く関係ない賊の仕業かとそれすらもわからず、両国の間に亀裂が生じた。互いに非を認めない膠着《こうちゃく》状態が続き、フリージア王国騎士団が攻め入ってきた時には、我が国の惨敗だった。騎士団長を失った後だというのにその勢力は恐ろしく、多くのアネモネ王国の騎士が死に、白旗を上げざるを得なくなった。なんとか多くの条約と引き換えに再び和平が結ばれたが、未《いま》だにフリージア王国の恐ろしさは周辺諸国に知れ渡っている。今回の僕と彼女の婚約だって、今度こそ同盟関係を確かにする為《ため》のものだ。なのに……僕の、せいで。

「ねぇ、どっちが良い……？」

彼女の顔が鼻の先まで近づく。裂けるようなその笑みに目が逸《そ》らせない。悪いのは僕だ。罰せられるべきは僕だ。誰も、誰も悪くはないというのにっ……

「……っ、……僕、……では、ないっ……！」

身が裂けるような痛みが、全身に内側から走った。心臓が捻《ね》じ切れるように痛み、喉《のど》を必死に震わせ声にしたら残りは干上がった。人形のように見開かれた彼女の瞳《め》から逃《のが》れようと、強く目を瞑《つむ》り、僕は震える唇と痙攣する舌で彼女に偽りを放った。

捕らわれ吊るされた民達が声を上げる。そんな、違う、嫌だ無実だ、レオン様、と口々に叫び、藻《も》掻《が》くように足をバタつかせ泣き出し悲鳴を上げた。それを掻き消すように、アーハッハッハッ‼ と淑女らしからぬ高笑いが牢《ろう》に響き渡る。

「そうよねぇ⁈ そう言うしかないわよねぇ⁈」

腹を抱え、鞭を落としそうになるほど肩を震わせて彼女は笑う。そして一頻《ひとしき》り笑い尽くした後、ゆっくりと顔を上げた。

「嗚呼っ……愛してるわレオン」

ニタリと、再び愛を説く表情でない笑みを僕へ向け、手の鞭を床に放《ほう》り投げた。壁に掛けられていた剣を取り、床を傷つけるように引きずった。ギギギと床を傷つけながら、吊るされた彼らへ一歩一歩と歩み寄っていく。誰もが短く悲鳴を上げて血を滴らせ怯《おび》える中、彼女一人が笑みを絶やさない。

「ねぇ？ 悪いのは彼らなんでしょう？」

金属の音がする。チャキ、と剣を握り直す音が。

「じゃあ、ちゃんとそこで見ていてね。彼らが裁かれるその瞬間を」

まるでこれから城下に降りるような浮き立つ足取りで、吊るされた彼らの方へと歩んでいく。そんな、レオン様、第一王子殿下、どうかご慈悲を、違います、とまた彼らが口々に唱える。わかっているッ…‼　彼らに罪など……

「ギッ……ァアアアアァアアアアアアッ！！！」

悲鳴が、再び鼓膜に突き刺さる。彼女が握っていた剣が血を滴らせ、その先には片足を失った男が身体を痙攣させ、泡を吐き目を剥《む》いていた。

「アッハハハッ！　なぁに今の悲鳴？　男のくせに情けない」

心の底から、楽しそうに彼女が笑う。剣先で男の傷口を突き、まだ死なないわねと嘲笑う。苦しむ男にとどめも刺さず、そのまま隣に吊るされている女性へと歩き進む。

「ねぇレオン。この女も貴方と夜を過ごした人間の一人なのよ」

女性が首を横に振る。震えて声も出ない唇で、必死に自分は無罪だと主張する。

「嗚呼っ……嫉妬しちゃう」

また、恍惚とした声が響いた。次の瞬間、女性の細い身体に剣が突き立てられる。甲高い悲鳴が響き、彼女が剣を引き抜けば大量の血が床に溢れ落ちた。激痛に悶《もだ》えて叫ぶ女性を余所《よそ》に、また隣に吊るされた別の女性の前に立つ。

「この女も、ね。アッハハッ……嫉妬しちゃう」

グシャアッ‼　と突き立て、掻き混ぜる音と女性の悲鳴が何度も響く。順番に、一人一人に剣を突き立て、掻き混ぜ、斬《き》り裂き、斬り落とし、突き、混ぜ、裂き、落とし、裂き、裂き、裂き、裂き‼

男も女も関係ない断末魔と、血と肉の音と、彼女の笑い声が混ざり響き木霊《こだま》する。耳を両手で塞《ふさ》いでも音が鼓膜まで伝わって身体の震えが止まらない。音を掻き消したくて声を上げたくても恐怖で上《う》手《ま》く声が出ない。民が、僕の母国の民が、アネモネの民が、罪なき民が、目の前で傷つき、血を流す。

彼らは悪くない、罪人は僕なのに！　何故彼らが傷つく?!　何故、何故、何故、何故何故何故何故何故何故何故何故!!

僕の、せいで。

アッハハハハハッ!!　とまるで悪夢のような彼女の笑い声が響き渡る。鉄の匂《にお》いと酷い悪臭が部屋を満たし、息をすることすらも辛《つら》くなる。

叫びたい。僕に罪があると、僕を断罪してくれと。

喉の奥が痛む、手足が震え、目眩《めまい》で立っていられず壁にぶつかった。歯がガチガチと気づけば酷く鳴り、塩味の雫が目から口へと入り、目眩でぼやけた視界で自分が涙を止めどなく零《こぼ》し続けていたことにやっと気づく。

怖い、怖い、嫌だ嫌だ嫌だ嫌だ嫌だ!!　何故彼らが!!　彼らがっ……

「嗚呼……嫉妬しちゃう」

アアアアアッ!!　と更に酷い悲鳴が響いた。また別の女性が片腕を切り落とされた。まるで呪《のろ》いのように何度も彼女は僕に聞こえるように〝それ〟を呟いた。

〝嫉妬〟……まるでその言葉を免罪符のようにして彼女はアネモネの民を嬲り続ける。

「やめてくれっ……ッやめてくれ……やめてくれッ……！！！」

やっと絞り出た言葉も、彼女の笑い声と民の断末魔で塗り潰された。何度も何度も民の断末魔を聞き、とうとう彼らの口から唱えられた「助けて」の言葉が「殺してくれ」に変わっていった。十数名の民が皆、血を流して四肢が揃《そろ》わぬ姿で死を望む。地獄のようなその光景に思わず頭を抱えて目を瞑る。

どうか、これが夢であれば。これがただの悪い夢であってくれれば。あの酒場の……いや、ワインを飲んでしまったあの時からっ……全てが僕の悪い夢であればどんなに……

「嫉妬しちゃうわァ……」

は、と至近距離から聞こえた低い女性の声に目を開ければ、彼女が僕の目と鼻の先まで顔を近づけ、その大きな眼《め》を見開いて覗き込んでいた。

「ッうあああああああああああああああああ⁈」

思わず声を上げてその場に転び、腰が砕けて床に崩れる。キャハハハハッと彼女が怯える僕を楽しそうに指さし笑う。身体中を民の血で濡《ぬ》らし、染め、滴らせながら。

「ねぇ、レオン。彼ら、もう死にたいみたい」

剣先で吊るされ並ぶ血溜《だ》まりの塊となった民を指し、彼女は僕に笑みを向けた。

「私はまだ遊び足りないのだけれど。……ねぇ、私のこと愛してる？」

ニタァ……と彼女が再び愉悦に満ちた笑みを浮かべる。震え、息が乱れて呼吸が上手くいかない。答えないと、早く、彼女をこれ以上刺激してしまうその前に‼

「あ…ああぁ愛してる、愛してる‼　愛してる‼　君を、愛、愛し、愛しているから‼　本当だ‼　もう二度と城下には降りない！　君の望むように生きる‼　君の望むことなら何でもする‼　だか、だから、だから」

彼らを、解放してくれっ……‼

喉から出かけた言葉を必死に飲み込んだ。爪《つめ》で頬を痕《あと》が残るくらい掻きむしり、息ができないほどに喉を詰まらせる。僕ならどうなっても構わない。たとえ晒《さら》されようと嬲り殺されようと構わない。でもどうか彼らだけは、僕の穢《けが》れた感情の被害者でしかない、彼らだけはどうか……

「良いわよ。なら私も許してあげる。私を愛する婚約者の貴方のことを」

カラァンッと血まみれの剣が僕の前に転がされる。突然のことに意味もわからず、言葉も出ない僕を置いて彼女は壁へと寄りかかった。

「私を愛しているのでしょう？」

試すような彼女の言葉に僕は何度も頷き、答える。愛してる、君を心から愛すると。彼女の笑みは更に強まり、目が見開かれ、そして、

「じゃあその剣を取り、貴方の手で彼らを全員断罪なさい」

………思考が、止まる。何を、彼女は、なに……を……？

「私を愛しているのでしょう？　ならちゃんと証拠《しょうこ》を見せてちょうだい。彼らは罪人。貴方は無実。そうしたいのなら、私にちゃんと示してちょうだい」

当然でしょう、とでも言うかのように彼女は腕を組み、僕を見下ろした。訳もわからず剣を手に立ち上がる僕に、彼女は笑みを浮かべ民が声を振り絞る。殺して、殺して下さい、はやく、はやく、信じていたのに、殺して、殺してと、幾重にも重なり僕の首を絞め付け、心臓の動きを加速する。

「ほらほらぁ……皆苦しそうよ？　早く楽にしてあげなさいよ。オ・ウ・ジ・サ・マ」

なんて、楽しそうな表情をするのだろう。

頭が、働かない。彼女に、彼らに望まれるままに剣を持ち、民の前に立つ。まだ生きていることが

奇跡のような惨《むご》たらしい姿でその口が「ハヤク」と再び唱えた。皆が今、僕に望んでいることは。

………殺すこと。

民を、彼らを、我が、アネモネ、国の民を、殺、殺すことだ。

「ぁ……あ、……アア……ア……アゥア……ア……」

言葉にならない思考が働かない。ボタボタと汚らしく涙を零しながら震える手で剣を掴《つか》み、僕が守るべき存在だった民へ剣を振り上げ、そして……

「あぁぁぁあアアァアアァアアアアイアアアァぁぁぁぁアぁぁぁぁアアアアッ！！！！！」

視界が、更に赤く染まった。

何度も、何度も肉を裂く感触が手に伝わり、何度も何度も赤い血が僕の顔や身体を濡らし、何度も何度もつん裂く断末魔が鼓膜を刺し、何度も何度もこの手で僕は!!

彼らの命を、奪っていった。

「嗚呼っ……愛してるわぁレオン。素敵」

己の髪と同じように赤く染まった僕を見て、彼女は笑う。最後の一人の命を奪い、立ち尽くす僕を見て彼女は笑う。

「でも、穢らわしい女の血がこんなにべったり。フフッ……アハハッ……!!」

反応のない僕の服を指先で摘まむ。爪先《つまさき》立ちをしたかと思えば彼女の顔が近づき、返り血で濡れた耳へとその口を寄せ、そして囁《ささや》いた。

「嫉妬しちゃうわぁ……」

「つっう……あッ、あああああああああああッ?!」

身体が凍る。心臓が脈打ち、足がガクガクと震えて立てなくなる。両膝《ひざ》をつき、石畳の床に崩れ落ちる僕を見て彼女が声を上げて笑った。

何故、僕はこんなことを。

アネモネ王国を危険に晒し、フリージア王国を裏切り、守るべき存在だった民の命を奪った。民の手を握ってきた僕の手が民の血に染まった。あんなに温かだった手を持つ民が、冷たい肉の塊に変わってしまった。民を守る為に下した判断が目の前の民を死に追いやった。大事な、民を、守るべき、民を、民を、民を、民を!!


僕が、殺した。


「じゃあね、レオン。また浮気しても良いのよ？　何度でも許してあげる」

彼女が笑う、口端を吊り上げ、真っ赤な姿で紫色に目を光らせて。僕に背中を向ける直前、最後に彼女は口を開く。

〝今日ミタイニ〟

「……あっ……ああ……、…………ァ……ああ……ああァアあァ……ああああああああああああああああああああああああああっ……!!」

「……ええと、今日の食事は趣向を少し変えてみました」

レオンとの婚約解消から三ヶ月。

ジルベール宰相のお屋敷で、私は極秘訪問を含めて迷惑や心配を掛けた皆へのお詫《わ》びに小規模なパーティーを開かせてもらった。ジルベール宰相本人は公務で出席できず、奥さんのマリアも娘のステラちゃんと一緒に屋敷の奥に控えての不参加なのが残念だけれど、こうして会場だけでも貸してもらえた。会場にはステイルとティアラを始め、アーサー、カラム隊長、アラン隊長、エリック副隊長、ヴァルとセフェクにケメトも招かれてくれた。そして今回の食事に材料協力してくれたレオンも少し遅れてではあるけれど出席してくれる予定だ。今回、皆へのお礼に気合いの入った私はパーティーの食事で、ある〝試み〟をティアラと共に挑んでみた。それこそが……

「私とティアラで作ったものと、そして城の料理人に私が指示して作ってもらったものです」

並べられたテーブルを前に、招待客である彼らに告げてから侍女達へ合図をする。料理を覆っていた布が取り払われ、次の瞬間歓声が上がった。

きっと誰一人見たことのない、謎《なぞ》料理の数々に。

全《すべ》て私が前世で作ったことのある料理、つまりは異世界の庶民料理だ。もっと手の込んだ料理も作りたかったけれど、量もそれなりに作らないといけない上に数種類用意しなくちゃいけなかったからどうしても単純な料理ばかりになってしまった。でも料理人達に指示をして作ってもらった時には「こんな調理法が！」「この食材は一体?!」とすごく驚いていたし、きっと皆にも楽しんではもらえると思う。

コロッケ、唐揚げ、生姜《しょうが》焼きを始めとした数々の主菜料理はどれも我ながら地味な上にパーティーに不向きなものになった。折角なら異世界ならではの料理をと思った結果、私の記憶で作れるのは素朴なものばかりだった。シチューやポトフはこの世界にもあるし、珍しさ勝負だとどうしてもこうなってしまう。そしてデザートは、私とティアラの合作スイーツ。こちらも正直量優先になってしまった。ミニメロンパンを始めとしたお菓子や甘味はどれも食材こそ我が国では珍しいものが多いけれど、簡単で沢山作れるものばかりだ。……そのせいで若干パーティーというよりも、おばあちゃん家に来た感がすごい品々になったけれど。

実はこれらの料理とデザート。形を成しているだけでもかなりの奇跡だったりする。

二年ほど前。ジルベールの奥さんであるマリアの快復パーティーの為に作った時は、液状化と炭でそれはもう酷い状態だった。ゲームで女王プライドである私は、家庭的なこと全般ができないらしく、文字通り呪いの如《ごと》く手がける料理全てが失敗してしまっていた。今までステイルやティアラが何度か誘ってはくれたけれど〝料理ができない〟というプライドの設定に敵《かな》うわけもないからと諦《あきら》めていた。でも今回、ステイル、ティアラ、アーサーにはすごく心配も迷惑も掛けたから、どうしてもお礼を形にしたかった。何をすれば喜んでくれるだろうかと考えに考えた結果、思いついたのは以前にリベンジを誘われた料理だった。

最初は全部城の料理人に作ってもらおうかなとも思ったけれど、それじゃあ誠意が足りないし飾りつけ程度ならとも考えた。そしてふと思いついた。

ティアラと一緒になら、私も料理ができるんじゃないかしらと。

乙女《おとめ》ゲーム主人公のティアラは女子力がチートになっている。料理が初めてだったにも関わらずごく上手《じょうず》で、何を作っても素敵に出来上がる彼女の力にあやかれば私でも上手……までは行かなくても、プラマイゼロで料理下手《べた》呪いからは解放されるんじゃないかしらと考えた。

それに何より、ティアラはゲームでもレオンと一緒に料理を作るイベントがあった。王族で更には心が壊れた後は引きこもり生活だったレオンが初めて料理をする。一人じゃ上手くできなかったけれど、そこからティアラと一緒に料理をして美味《おい》しくできたというイベントだ。そして、なら私にもその能力が発動してくれても良いはずだと考えた。結果、狙《ねら》い通りティアラのサポートのお陰で私は液状化現象と炭化の呪いから一時的に解放された。……その後こっそり一人で試しに作ったら、また炭になったけれども。

出来上がったお菓子も試食してみた時にはちゃんと美味しくて、さすが主人公だと嬉《うれ》しさのあまりティアラを思い切り抱きしめた。ティアラもティアラで「こんなにすぐお上手になるなんてさすがですっ！」と喜んでくれた。残念ながら本当は、ティアラがいないと不可能な奇跡なのだけれど。

「私が考案した創作料理です。こちらは城の料理人に作ってもらいました。そして、こちらのデザートは私とティアラの合作です。どうぞ食後にでもお召し上がり下さい」

目をぱちくりさせて興味津々《きょうみしんしん》な様子の彼らへ、緊張がバレないように拳《こぶし》を握って説明をする。言い終わった途端、何故か全員デザートの方を凝視し始めた気がする。ティアラの手作りというのは彼らにもかなり魅力的だったらしい。若干光っているような眼差《まなざ》しに押されるように、私は思わず「勿論《もちろん》、食べる順番はお任せします」と付け加えた。最後に「それでは皆様、ご自由にお楽しみ下さい」と締め括《くく》り、料理の前から退《ひ》いた瞬間。……デザートのテーブルに、人が殺到した。

まさかの展開だった。気合いを入れ過ぎて大量に作ってしまったものの、女性はティアラとセフェクだけだし、余るかしらとすら思っていた。スイーツに興味なさそうなアラン隊長やヴァル、更には順番通り前菜からメインへと食べ進めそうなステイルとカラム隊長まで我先にとデザートへ手を伸ばしている。やはりティアラの手作りが効いたか、それともそんなに皆甘いもの好きだったのか。

「やべぇ、すっげぇ美味《うま》い！　なぁカラムもこれ食ってみろって‼　めっちゃ甘い‼」

「アラン、串《くし》を両手に掴んで食べるな。……一本貰《もら》おう」

「あ、自分のこれも食べますか？　すごいふわふわで美味しいですよ。こんなに柔らかな食べ物は初めてです」

「食う食うっ！　あ、カラム。お前のその硬そうな丸パンもくれよ」

硬そうなは余計だ、と言いながらカラム隊長がメロンパンをちぎる。そのままひと欠片《かけら》ずつアラン隊長とエリック副隊長に手渡した。

「……うわぁ……硬めの表面がすごい甘くて美味しいですね。自分は中の甘くない部分を込みで食べるのが丁度良くて」

「甘っ！　美味っ‼　外のとこすげぇ美味い！　カラム！　それもっとくれよ！」

「欲しかったらテーブルから新しいのを取れ。……ん、これも美味いな」

カラム隊長が串に刺さった丸い三つのうち一番上の一個を口に両眉《まゆ》を上げる。私にとっても意外な高評価に、アラン隊長が「だろぉ?!」とドヤ顔で笑った。続くように今度はエリック副隊長が渡したパンをカラム隊長と一緒に頬張った。焼いたのではなく蒸したパンだからこちらも珍しそうだ。

「すっげぇふわっふわ‼　え、どうすりゃこんな雲みてぇなパン……いやパンなのかコレ?!」

「ケーキ……の方が近いかもしれないな。甘く、柔らかい。実に優しい味だ」

「この串のもすごく美味しいですね。もちもちしてて……なんか食感がクセになりそうです」

「あれ？　エリック、お前確か目新しいもん苦手じゃなかったっけか？」

「この機を逃す訳にはいきませんから！」

騎士同士でシェアとは仲が良い。なんだか時々食レポみたいなのまで聞こえてきて、嬉しいと同時に擽《くすぐ》ったくなった。なかなかの好評で良かった。珍しい料理、というのもあるけれど、前世ではスーパーで買えても我が国では流通すらしていない食材もあるから、もの珍しさが功を奏したところもあるかもしれない。

極秘訪問でも色々お世話になった彼ら三人は、今は私の近衛《この え》騎士だ。アーサーも合わせて四人体制になったお陰で、今後は二人ずつ交代制で朝から就寝時間まで私の護衛をしてくれることになった。

「皆、喜んでくれたようで良かったですねお姉様っ！」

声に振り向けば、ティアラが満面の笑みで私に笑いかけてくれていた。

「ありがとうティアラ。貴方がいなかったらこんなにちゃんと作れなかったわ」

「そんなことありませんっ！　私はお姉様の真似《まね》をして作っただけで……レシピもお姉様ですし、殆《ほとん》どお姉様が作って下さったようなものです！」

そのまま私の手を握りながら「お姉様も頂きましょう！」とテーブルまで引き寄せてくれる。

「私達も選んだら兄様とアーサーのところに行きましょうっ！」

二人からも感想を聞きたいですし、とどこか悪戯《いたずら》っぽくティアラは笑った。

「アーサー、ステイル。口に合ったかしら……？」

ティアラと一緒に皿にいくつかのデザートを選んだ私は、ステイルとアーサーへと歩み寄る。二人とも仲良く並び、お互いのケーキや甘味を摘まみ合っていた。今のところ難しい顔はしていないから大丈夫だと思うけれど、やっぱり前回の失敗を知っている二人相手だと弱腰になってしまう。恥ずかしさと期待と不安が均等に混ざり合う中で声を掛ければ、二人ともすごい勢いで振り返ってくれた。とても美味しいです、すげぇ美味いですと、ステイルとアーサーの言葉が同時に飛び出し重なった。優しい二人の元気な声に肩の力が抜け、つい顔が綻《ほころ》ぶ。

「良かったわ。まだ主食もあるけれど食べられそう？　胃もたれしていない？」

「「食べます‼」」

首を捻《ひね》って尋ねた私にまた二人の声が重なった。何度も頷きながら言ってくれる言葉が嬉しくなって、ふふふっと笑う。本当に気に入ってくれたみたいで嬉しい。

「兄様、アーサー。それならこちらも食べて下さいっ！　お姉様からのお勧めなんですっ！」

ティアラが私の皿を二人へ差し示して楽しそうに声を弾ませた。〝お勧め〟という言葉が気になったのか、二人ともすぐに皿を凝視し、私と見比べた。二人の視線に応《こた》えるように私も頷き答える。

「ええ。……ティアラと二人には、是非食べて欲しくて」

なんだか照れ臭い。思わず笑いながら私からも二人を見返した。皿に複数盛ったのは前世でも割と作るのが好きだったメロンパンだ。皆が食べやすいように前世で主流だった大サイズではなくプチサイズにしたけれど、私はこれはこれで食べやすくて好きだった。

「以前、ジルベール宰相のパーティーの為に作った時は失敗しちゃったから」

自分で言って思わず苦笑いしてしまう。あの時は液状化と炭化で完全にメロンパンのメの字もなかった。二人を見れば、あの時の……！　とその目が如実に語っていた。

「だから食べて欲しくて。今度こそ、ちゃんと上手にできたから」

我ながら前回とは別物レベルでちゃんとできたと思う。あの時にご馳走《ちそう》してあげられなかったものを今こうして三人にリベンジできたのが嬉しくて、思わず食べてもらう前からにやけてしまう。

「今回のパーティーは、色々お世話になった皆の為にだけど。これはステイル、アーサー、ティアラに食べて欲しくて作ったから、一番特別。……今回、三人とも沢山心配してくれて、力になってくれたから」

言ってて途中から少し恥ずかしくなり、思わず熱くなった顔を逸らしてしまう。視界から外しているはずなのに、ステイルとアーサーの視線がすごく突き刺さる。どうしよう、ここまで言って「いや、以前炭化したパンはちょっと」とか言われたら立ち直れない。すると、ティアラが私の皿にすっと手を伸ばしてくれた。細い指でメロンパンを摘まみ、小さな口を大きく開けてパクリと二回に分けて半分食べた。彼女は皆で食べるまでのお楽しみにしたいと言って、作った後もデザートの味見は私一人に任せてくれていた。ん～っ……！　と口を動かしながらティアラが頬を緩める。そのままコクっと飲み込むと私に輝いた目を向けてくれた。

「すっっっごく！　美味しいですお姉様っ!!」

飛び跳ねるような声で褒められ、それだけで胸が浮き立った。お世辞ではなく本当に美味しそうに食べてくれたティアラは、そのままもう残りの半分も三口に分けて頬張った。ん～！　と再び頬を綻ばせるティアラに堪《たま》らなく嬉しくなる。

そんなティアラに釣られるように、何故だか少し顔を赤くしたアーサーとステイルも私の皿へと手を伸ばし、……た途端。ティアラが、間に入って止めた。二人がそろ〜っと伸ばした手と私の皿の間にひょっこりと割って入り、さっきの悪戯っぽい笑みを浮かべて私の皿を回収した。ティアラが自分の分と私の皿で両手に二皿。私は両手空っぽの手持ち無沙汰《ぶさた》状態だ。

「お姉様。折角ですし、兄様とアーサーに食べさせてあげてはいかがですか？」

なっ⁈　と、ステイルとアーサーが同時に声を上げた。心なしかさっきより顔が赤い。一瞬喉でも詰まらせたのかと心配になった。

「だって、お姉様が一生懸命作ってくれたお菓子ですもの。きっとその方がずっと素敵で特別だと思います！」

二人の視線を完全に無視してティアラが私に笑いかける。確かに私にとっては色々特別な思い入れがあるメロンパンだけど、二人からすれば他《ほか》の人達にとってと変わらない単なる素人《しろうと》の創作菓子の一つだ。ちゃんと感謝の意味も込めて特別と訴えたいなら、それくらいしても良いかもしれない。

軽く頷き、そうねとティアラに返す。そのまま皿に載っていた内の一つを摘まみ上げ、まずはと目の前にいるアーサーへそっと突き出した。


「はい、アーサー」

……プライド様が、笑顔で俺《おれ》の口元へパンを運んでくれる。

え、え⁈　と自分でも戸惑いを隠せず、信じられねぇほど顔が熱くなっていく。俺達の為に作ってくれたというだけでも死ぬほど嬉しいのに、更にはプライド様がその手で食べさせてくれようとしているという状況が未だに飲み込みきれない。あまりに戸惑ってステイルやティアラに視線を泳がせると、ティアラに「アーサーが食べないなら私が食べちゃいますよ」と笑われた。

それは困る‼　と反射的に思って恐る恐る口を開くけど、緊張のせいで上手く口が開けない。プライド様が差し出してくれた菓子が、プライド様のその指で俺の口へと差し出される。

がぶ、と軽く一口噛《か》む。硬い表面の甘さが口いっぱいに広がった。飲み込み、それでもまだ甘さが口に残った。

「……すげぇ、……美味いです」

上手く感想が言えず、緩みそうな口を必死に引き締める。てっきりその一口で終わったと思えば、残りの数口分を摘まんだままプライド様が「よかった」と笑い、また俺の口へと運んでくれた。

これ、全部食い切るまでやってもらえんのか……？

恥ずかしさから早く終われという気持ちと何か変な欲が出て、何もなくなったはずの口の中を飲み込みながらまた顔が熱くなる。それを誤魔化すように、今度はもっと大口で一気にパンを頬張れば、

……一緒に、指の感触がした。

はむっ、と滑らかな感触が唇に伝わり、目を見開くとプライド様も少し驚いた表情をしていた。勢い余ってパンごと俺がプライド様の指を食、……‥〜〜〜っ‼

「〜っ‼　す、すみませんっ‼」

一気に飲み込み、思わず後退る。口の中に甘さが広がったけどそれが味なのか感触なのかわからなくなる。プライド様が少し恥ずかしそうに微笑《ほほえ》みながら、何事もなかったかのように「噛んでないか

ら平気よ」と返してくれた。ッ違う‼　そう、そういう問題じゃなくてっ……‼

堪らず謝り倒せば、プライド様は少し考えた表情をしてから不意に食われた方の指をゆっくり俺へと伸ばしてきた。

「えい」

気の抜けた声と同時にプライド様の指が俺の頬をぶにっと軽く摘まんだ。細くて白い指が俺の頬を捕らえ、一瞬息が止まる。

「これで、おあいこね」

そう言って、至近距離で悪戯っぽく笑うプライド様に心臓が撃ち抜かれる。今まで見たことのないその笑みが、あまりにも可愛《かわい》くて。

「アーサー、沢山心配してくれてありがとう。……すごく、心強かったわ」

顔から火が出そうになる俺にプライド様が追い打ちをかける。駄目だ、もう頭が回らねぇ。絶対赤くなっているだろう顔を隠すことも忘れて、言葉も出ずにとにかく頷いた。心臓の音が煩《うるさ》くて、本気で今このまま死ぬんじゃねぇのかと思う。

そして今度はステイルに、プライド様がパンを差し出した。


「はい、ステイル」

……アーサーの惨状を目の当たりにした後だと、余計に心臓に悪い。

だが、プライドからの折角の機会を無碍《むげ》になど、この俺にできるわけもない。既に顔中の熱が上がるのを自覚しながら俺はそっと一口目に口を開いた。姉であるプライドに食べさせてもらうと、それだけで自分がまた子どもに戻ってしまったような気がして恥ずかしくなる。できることならばアーサーやティアラにも見られたくないのが本音だ。……一番はプライドにだが。

甘い皮生地のパンが口の中に押し当てられ、ゆっくり噛み切る。ガリッと硬い生地が口の中を擽った。更に咀嚼《そしゃく》し、飲み込む。柔らかい生地が喉を撫《な》で、表面の甘さが舌に残った。

「……こんなに美味なパンは、初めて食べました……」

なんとか気の利いた言葉を言いたかったが、プライドの笑みに塗り潰されてそれ以上出てこなかった。せめて俺からも笑みで返して見せれば、プライドから更に倍の笑みで嬉しそうに返されてしまい、隠すようにして俺は更にパンにかぶりついた。アーサーのようなことにはならないように一口ひとくち小さく齧《かじ》って味わう。食べ進めるごとにプライドの指が近づき、さっきのことを思い出して急激に心臓が高鳴った。思わず最後はガブ、ガブ、と連続で齧れば、最後の一口まで無事に食べ切れた。口の中でしっかりと味わい、飲み込み、プライドに改めて礼を言おうとした時。

「！　ステイル、……ここ」

プライドの指が俺の口元へと伸ばされた。一瞬さっきのアーサーの姿を思い出して、カチリと身を強張らせてしまう。プライドのしなやかな指が伸び、……俺の唇を、優しく撫でた。そのまま流れるように滑らかな指が頬へと触れた。そして「欠片がついていたから」と言って、手を引いたプライドはまた花のように笑った。

「〜〜っっ……も、……申し訳あり、ませっ……！」

数秒遅れて羞恥心《しゅうち》が一気に押し寄せてくる。顔が火でもついたように熱くなり、目すら合わせられなくなった。プライドと食事することは何度もあったが、こんな、食べ残しをその手で取ってもらうなど!! プライドの、プライドの指が、唇に、触っ……！！！！

熱を帯びる顔を隠すこともできず、目を逸らし続けるとプライドの可憐《かれん》な笑い声が聞こえてきた。

「ステイル、沢山話を聞いてくれてありがとう。……すごく嬉しかったわ」

追撃に息が止まる。今自分に向けられている笑みをこの目で見たい気持ちと、直撃したら心臓が破けるという危機感で身動《みじろ》ぎ一つできなくなる。なんとか頷いて答えたが、言葉は何も出てこなかった。

「ティアラ、貴方もよ。……あの時、ちゃんと怒ってくれてありがとう」

プライドの視線が外れたことに気づき、ちらりと目を向ければティアラの頭を撫でるプライドと、嬉しそうに顔を綻ばせるティアラの姿があった。そしてティアラはプライドの手を引き、「今度はお姉様が食べたい物を取りに行きましょう」と空になった皿を片手に二枚重ねて侍女に手渡した。そのままデザートのテーブルへと去っていく。

「……なぁ、ステイル」

赤面する顔を必死に抑える為、腕ごと使って口元を隠す俺にアーサーが唐突に声を掛けた。振り向けば、いつの間にか顔を両手で押さえたまましゃがみ込んでいた。指の隙間《すきま》や耳からまだ顔の火照《ほて》りが引いていないことがわかる。なんだと短く返せば、長い溜息《ためいき》の後に両手の隙間から言葉を漏らした。

「……いま、すっっっっげぇ幸せ過ぎて泣きてぇんだけど」

「やめろ。俺まで泣きたくなる」

間髪入れず返したら、本気でうっかり喉に詰まった。俯《うつむ》くアーサーに気づかれないように眼鏡《めがね》の黒縁を強く押さえ、口の中を噛みしめる。アーサーから「だよな……」という力ない声と共に、再び長い溜息が聞こえてきた。仕方ない。一度はプライドとのこんな日々は終わりなのだと覚悟していた俺達にとって、あまりに今のは……甘過ぎる。


「レオン王子、ようこそいらっしゃいました！」

「ティアラ。ああ……ありがとう」

パーティーが中盤に差しかかろうとした頃、とうとうレオンが訪れた。アネモネ王国で外せない会合があったレオンは、それでも忙しい合間を縫って来てくれた。ティアラや騎士達と一緒に彼を迎える中、ステイルが音もなく私の隣へそっと並び囁く。

「予想はしていましたが、やはりレオン王子も呼んでいらしたのですね姉君」

最初にレオンが我が国に訪問した頃は、以前の私への口づけのこともあってかレオンのことを結構警戒していたステイルだけど、今では大分打ち解けている。まぁ可愛いティアラにまで頬キスなんてされたらと心配して威嚇《いかく》しちゃった気持ちもわかる。アーサーはまだ少し王族相手に緊張気味だけど。

「ええ、今回の料理の食材を海の向こうから色々取り寄せてもらったから。……それに、今回のパーティーに無関係という訳でもないもの」

最後は少し苦笑してしまう。むしろレオンは私と同じで皆にご迷惑を掛けた側だから招待する時も、もしかしたら居心地を悪くさせてしまうのではないかと別の意味で多少気が引けた。それでもレオンは「いや、それなら是非参加したいな。僕も彼らには感謝をしてもし足りないくらいなのだから」と言ってくれた。本当に社交性もあって色気もあって次期国王としても文句がない完璧《かんぺき》王子だ。……ただ、敢《あ》えて少し気になるところがあるといえば。

「ヴァル！　君も来ていたのかい？」

「アァ？　レオン。テメェもかよ、めんどくせぇ」

何故かヴァルへの好感度がすごい高いことだ。

私も含めて全員と挨拶《あいさつ》を終えたレオンは、異世界料理を摘まみまくっているヴァルへ目を輝かせながら声を掛けた。来客が来た時点で興味なしだったヴァルは他の人達が挨拶している間もずっとケメトとセフェクの分の料理を皿に盛っていた。

同盟国として我が国に定期来訪するだけのレオンと、配達人として我が城に定期的に訪れるヴァルは決して接点は多くない。それでもレオンは我が城に来る度に「ちなみにヴァルは……？」と私達に尋ねていた。しかもヴァルが我が城に戻ってくる日がわかる時には、わざわざ定期訪問の日を調整することすらある。極秘訪問の時に酒場から自分を助けてくれたヴァルに感謝していることもあるけれど、自分に対して遠慮のない態度が嬉しいらしい。

一応、拗《こじ》れる前にヴァルの前科と隷属の契約、更には五年前にアネモネ王国の騎士隊を襲った一味の一人であることはレオンにも伝えている。てっきり隷属の契約はさておき、アネモネ王国の騎士についてはさすがのレオンも怒るかと思ったけれど「罪を償った者をそれ以上責めはしないよ。その騎士達も結果としてはフリージア王国に救われたのだから」と驚くほどすんなり受け止めてくれた。……小さな声で「まぁ仮に死者が出ていれば許さなかったかもね」と笑った時は少し怖かったけれど。

それからレオンは、自分に対してはヴァルに王族への不敬どころか、全ての命令を無効にして欲しいとも私に望んできた。つまりはヴァルがやろうとすればレオンを殺すことも裏切ることもできるように、と。さすがにそれはと断ったし、ヴァル自身も「死にてぇのか？」とかなりレオンを威嚇していた。けれどレオンは、自信満々に「死なないよ。……君相手ならね」と静かに笑っていた。私も心の中ではそれに納得した。ゲーム終盤で最強女王プライドを倒す攻略対象者の一人であるレオンの実力は本物だ。

結局、レオンには不敬と共に嘘《うそ》や隠しごとや逆らっても良い、という許可だけをヴァルへ与えることで納得してもらえた。ヴァルにとっては面倒な奴《やつ》に懐かれた程度の認識だけど、ティアラだけでなくレオンにまで懐かれるってこれはこれで色々大変なことな気がする。彼はティアラとも半年以上前からケメトとセフェクの付き添いということで頻繁に彼女の部屋に招かれている。そして最近では、ヴァルに懐くレオンにケメトとセフェクが若干ヤキモチを焼いている節もあり、時々面白い三角関係を垣間《かいま》見るようになった。


「〜っ！　ちょっと！　早く料理取ってよ！」

「ヴァル、僕はこれが食べたいです！」

今もレオンに気づいた途端に大声で一生懸命だ。ヴァルは何だかんだでセフェクとケメト贔屓《びいき》だし、レオンもその様子を微笑ましく眺めているから、第三者から見てもなかなか和《なご》む光景ではある。

「ヴァル、今度また飲まないかい？　良い酒が入ったんだ」

「飲み干しても構わねぇならな」

……そして不思議とウマが合っているようだ。本当に不思議だけれど。

極秘訪問の時は、少なくともヴァルの方は好感触とは言い難い様子だったのに。自分を助けてくれた人にお礼が言いたいと望んだレオンに紹介した時は、ヴァルは〝隷属の契約〟の効果で王族を前に強制土下座や敬語で話さないといけなくなったりとで踏んだり蹴《け》ったりだった。しかも不敬を許したら許したで、今度はお礼を言うレオンに「テメェの為じゃねぇ」と冷たく一蹴《いっしゅう》するから本当に見ているこっちが心臓に悪かった。それでもレオンは一貫して、ヴァルが自分を助けてくれたことには変わりないからと彼への好感度は高いままだった。

「何を食べているんだい？　僕も一つ取ろうかな」

「勝手にしろ。それよりテメェはあっちのを先に食わねぇとなくなっちまうぜ。何せ主《あるじ》のお手製だ」

「プライドの……?!」

追い払うように手を払って言うヴァルに、レオンが翡翠《ひすい》色の瞳《ひとみ》を水晶のようにして私を見る。正確には私とティアラの合作だけれどと伝えると、素早い駆け足でデザートのテーブルへ直行していった。さすがの完璧王子様もティアラの手製というならば食べないわけにはいかないのだろう。

他の皆はデザートに一息つき、やっとメイン料理に手をつけ始めていた。デザートの方はもう数個ずつしか残っていない。さすがは男性陣、あれだけデザートを食べて未だ料理も余裕らしい。一応取り置きも用意はしていたけれど、レオンの分が未だテーブルに全種類は残っていて良かった。

「おい主！　これも何か珍しい材料使ってんのか？」

もういちいち取りに行くのが面倒なのか、ヴァルが料理の並んだテーブルの前で直接引っ掴んで食べている。せめて大皿からは素手で掴まないように命じながら、私は彼が両手に鷲掴《わしづか》んでいるコロッケを見た。

「いえ、それはジャガイモや豆、パン粉などが主なので特に珍しい食材はありませんね」

私の答えにヴァルが興味深そうにこちらを睨《にら》む。両脇《わき》のセフェクとケメトが自分達も食べたいとヴァルの皿からコロッケを奪ってかぶりついた。もしかして気に入ったのだろうか。ヴァルの褐色の肌からカレーとか好きそうだと勝手に思っていた。……まぁさすがにカレー粉なしでスパイスから作ることは私には無理だけれど。

そのままヴァルは、また一個さらに一個と頬張りながら私にレシピを寄越せと言ってきた。

「別にそれは構いませんが……。…………作るの？」

「俺が作るように見えるか？」

即答だった。横にいるケメトが美味しいです！と声を上げながら「ベイルさんに作ってもらうんですね」と笑った。聞けばヴァルの行きつけの酒場の店主らしい。セフェクが「私もこれ好きだわ」と自分もコロッケにパクつきながらヴァルに同意した。その店主さん、客の希望で知らないレシピ料理まで作ってくれるような方なのだろうか。なんか仕事を増やしそうで申し訳ないのだけれど。

「……それよりも、さっきから同じのばかり食べて飽きないのですか？」

そんなに炭水化物が好きなのかと思いながら聞いてみれば、ヴァルは片眉を上げながら「他に何を食えと」と言わんばかりに睨んできた。いや他にも色々料理が並んでいるのだけれど！

「例えば一緒に食べ合わせるならこれとか……」

揚げ物セットの定番且つ炭水化物でもある三角形のそれを包みごと一つ手に取ってヴァルに差し出して見せる。……と、躊躇いなくそのまま齧り付かれた。

がぶっ、と上半身ごと乗り出すようにして首の角度を変えながら齧り付く姿はまるで動物だった。

一口で半分以上食べきったヴァルは、平然とした様子で口の中を飲み込みきらない内に「悪くねぇ」と咀嚼音と共に呟いた。せめて飲み込んでから言って欲しい。

「……ちゃんと受け取って下さい」

本人は両手にコロッケを鷲掴んでいたし、その途中で差し出した私の方も悪いのかもしれないけれど。私が怒りきれずにそう言うと、ヴァルは面倒そうに手を伸ばして私の皿から食べかけのおにぎりを回収した。そのまま残りを口に放り込む彼に、私よりもセフェクがポカポカと彼を叩《たた》きながら「主相手に失礼でしょ‼」と怒ってくれた。

「パーティーだし、どれを食べるかは任せますけど……一人で全部は食べきらないで下さい」

他の人の分もあるのですから、と溜息混じりに私が言うと生返事だけが返ってきた。そして今度は大皿のコロッケを仕方がなさそうに一度皿に盛る。やはりそれが食べたいらしい。

「……そんなに気に入ったの？」

思わず聞いてしまうと、ヴァルより先に両脇のセフェクとケメトが返事をくれた。それからヴァルはコロッケを一つ摘まむと、見せつけるように一口齧って見せた。

「主も食うか？」

ほれほれと、手の中のコロッケをもう一口で食べきると、新たに皿に盛ったコロッケを摘まんでからかうように見せつけてくる。いや一応私が提供した料理なのだけど、と思いながら……

素早く一口齧り付く。

さすがに人のご飯を盗み食いするのは行儀が悪いので、急いで小さく一口だけ齧ってすぐに顔を上げた。こっそり周りを見回したけれど、セフェク達だけにしか見られてなかったらしくほっとする。

「…………」

見れば、珍しくヴァルが目を丸くしたまま口をあんぐり開けていた。同じ方法でやり返されるとは思っていなかったらしい。ちょっと一矢報いられた気がして、心の底で得意な気分になる。口の中をきちんと飲み込んでから「うん、美味しいわ」と笑顔で勝ち誇って見せる。

「………タチがわりぃ」

私から顔を逸らしたヴァルが、小さく口の中で忌々しげにそう呟いた。まさかのドン引きだ。行儀が悪いとは言え、自分だって最初に同じことをしたクセにそこまで引かなくても！　やはり一般人と王族がやらかすのとじゃ違うのだろうか。……なんだか少しへこむ。

ヴァルが無言で私の食べかけをセフェクに渡し、まだ皿に盛られたコロッケをケメトに押しやると、頭を掻いたまま俯いてしまった。予想外に怒らせたらしい。なんだか申し訳なくなって「ええと……とにかくその料理のレシピはちゃんと用意しておくから‼」とお詫びも兼ねて声を上げる。すると、

「えっ⁈　レシピ貰えるんですか⁈」

突然、別の方向から声が上がった。振り返ればアラン隊長だ。

最初の時こそ任務が関わらないと王族の私相手に結構萎縮《いしゅく》していた彼だけれど、近衛騎士として関わるようになってからは大分慣れてくれた。……といっても今は、突然大声を上げてしまったことに自分でも少し焦ったらしく「あっ……いや、……その……」と言葉を濁しているけれど。その様子に、彼の隣にいたカラム隊長がスープ皿を片手に溜息をついて口を開いた。

「確かにとても美味しいので、もしレシピを頂けて騎士団の食堂で出すことができれば他の騎士達も皆喜ぶと思います」

その言葉にエリック副隊長も、焦るアラン隊長を少し楽しそうに見ながら同意した。エリック副隊長もアラン隊長も二人の皿には大量の唐揚げが山のように積まれている。なんかまさに男子！　という感じがしておかしくなり、「気に入りましたか？」と言いながら笑ってしまう。カラム隊長も既に食べてくれていたらしく、騎士三人が揃って何度も私の問いに頷いてくれた。

「アラン隊長、こっちの豚肉のも美味いですよ」

見れば、今度はアーサーがアラン隊長達と同じく自分の皿に生姜焼きを山盛りにしていた。速攻でアラン隊長が「食う食う！」とエリック副隊長に唐揚げの皿を預けて生姜焼きへと飛び付いていった。やはり男性に肉料理は需要が高い。アーサーの隣では、ステイルがスープ皿を片手にスプーンで掬《すく》っていた。ふとアーサー達の方にステイルが視線を向けると挟んで向こう側にいるカラム隊長と目が合い、二人で笑い合っていた。二人ともお互い気が合いますねと言わんばかりの笑みだ。

「ステイル。お前、さっきからそのスープばっか飲んでいねぇか？」

「俺はお前と違って大食いじゃない。……今はこれが丁度良い」

試しに一口飲んでみろ、とそのままアーサーに、前世ではお袋の味の代名詞だったそれをスープ皿ごと突きつけた。どうやらステイルは最初のデザートで大分お腹《なか》が膨れたらしい。そういえば確かにいつもよりかなり食べていた。そんなに甘党ではなかったはずなのに。

ステイルから一口貰ったアーサーが、何やらほっとした表情をしてからテーブルにあるスープの大器を見た。……アーサーはまだまだ食べられるようだ。カラム隊長も、もしかして同じ理由で……？と思ったらスープと一緒に三角形に握られたお米もちゃっかり食べていた。ぱっと見は他の騎士より細身だけどさすがは騎士だ。それにしてもなかなか日本人っぽい組み合わせで食べるなとこっそり感心する。我が国でもリゾットとかとしては食べるけれど、こういう食べ方はしないはずなのに。今度ぜひピクルスでも良いから漬け物的なものも合わせて食べさせてあげたい。

「プライド、どれもとても美味しいよ」

レオンが早々にデザートのテーブルから戻ってきた。見ればデザートを全種類半分ずつ皿に盛っている。どうしても全部食べたかったからと侍女に頼んで半分ずつ取り分けてもらったらしい。どうやらレオンは少食のようだ。それでも、一個一個美味しそうに顔を綻ばして食べてくれるからすごく嬉しい。

「是非、僕にもレシピを教えてくれるかな。アネモネの民にも是非食べてもらいたい」

代わりにまた欲しい食材があれば何でも取り寄せるよ、と言われ私からも快諾する。

「騎士団にもその鶏肉《とりにく》料理ならたぶん材料としても簡単に作れると思うから、良かったらレシピを渡すわ」

生姜焼きは、生姜や調味料を取り寄せないといけないから難しいけれど。でも唐揚げくらいなら調味料もいくらか代用もできるし大丈夫だろう。そう思って騎士達に笑いかけると、全員が嬉しそうに目を輝かせてくれた。どうやら相当気に入ったらしい。

何だかみんなの喜んでくれる顔を見過ぎたせいか、頬がぽかりと温かくなってくる。胸まで熱が灯《とも》るのを感じると、余計に気持ちがふわふわと浮き上がった。婚約が決まった直後はあんなに辛かったのに、今はレオンだけでなく皆がいて笑ってくれている今が幸せ過ぎる。

私の次なる婚約者候補は、母上が選考方法から吟味《ぎんみ》してくれているらしい。けど、私は全然急いではいない。他にも取りかからないといけないことは沢山ある。学校制度や国際郵便機関……それにレ

オンと一緒に思い出した

最後の、攻略対象者。

関わるべきこともやるべきことも、私にはまだ残っているから。

お譲りします

カサッ、カサッと、と。一枚いちまい捲《めく》る度にその音が部屋に広がった。

専属侍女のマリーとロッテは、彼女の作業が一区切り付くのを見計らって新しい紅茶を淹《い》れ直す。視線の先では、彼女達の主《あるじ》である第一王女が最後の一枚に目を通すところだった。傍《そば》にあるソファーでは、姉の作業が一段落するまではと妹のティアラがのんびりと分厚い本に目を通していた。彼女の日課とも言えるその様子に、傍で控えていた近衛《このえ》騎士のアーサーとエリックも口を結んで気配を消す。彼女の読んでいるものが何であれ、集中している彼女の気を散らしたくはない。部屋にいる全員が沈黙に徹し続けていた、その時。

「プライド。申し訳ありません、俺《おれ》です。お時間宜《よろ》しいでしょうか」

ジルベールも一緒です、と。ノックを鳴らした直後、そう続けたステイルにプライドは最後の一文へ目を通しながら一声返した。プライドの許しを得て、扉の前に立っていた近衛兵のジャックが内側から扉を開ける。迎えるように彼女が立ち上がれば、プライドの机に置こうとしていたカップをマリーはいつものテーブルへと運んだ。更にもう二名分の紅茶の用意をと考えながら、開かれた扉の先にいる二人に深々と頭を下げる。

「ステイル、ジルベール宰相まで。忙しい中いつもありがとう」

失礼致します、と笑いかけてくれる二人にプライドもソファーを勧める。兄様っ！　ジルベール宰相！　と嬉《うれ》しそうに声を跳ね上げたティアラも本を置き、ソファーに座り直した。この時間帯になるとステイルが訪れることはいつものことだが、ジルベールまで一緒なのは頻繁ではない。摂政補佐が始まったステイルと休息時間が重なった時だけ、彼も共にプライドの部屋へ訪れる。

「すみません、少し早過ぎましたか」

「ううん、私がその前にちょっとやることがあっただけ。こっちも……いま読み終わったわ」

いつも通りの時間に訪れてくれたステイルに首を振った後、プライドは恐る恐る目を通していた束を二人に差し出した。たった一日分だというのに、彼女が片手では掴《つか》みきれないほどの数になっている。毎度のこととは思いながらも、ステイルもジルベールもその束を目の当たりにすれば僅《わず》かに眉《まゆ》が上がった。全《すべ》て、プライド宛《あて》にしたためられた各国からの書状だった。

「それでは拝見させて頂きます」

プライドから受け取った書状を両手で丁重に受け取ったジルベールは、そのまま半分をソファーに掛けたステイルへと手渡した。既にいつもの席で寛《くつろ》ぐステイルは目を通す前から眉間《みけん》に皺《しわ》を寄せかかった。彼女が目を通したそれを確認すれば、今度こそ黒縁眼鏡《めがね》の向こうが険しくなる。

「〝式典でお会いした時から何年も忘れた時などありません〟だと？　……この差出人が招かれたのは、つい先日の姉君の誕生祭が初めてだろう。却下だ」

「こちらは……ベロニカ王国からですねぇ。また第二王子ですか。以前から頂いてはいたとのことですが、婚約解消が広められてからは頻度が増しましたね」

「以前は月に一回程度だったが、今では週に三度は来る。プライド、もう目を通したならばいつも通りの処理で宜しいですね？」

「おや、こちらは熱烈なもので。〝私の心臓は貴方《あなた》の事を考えるだけで激しく乱れ、愛が雫《しずく》と〟……」

「焼き払え」

聞くのも堪《た》えないと言わんばかりに途中でジルベールの言葉を遮ったステイルは、そのまま乱暴に書状を奪い取る。差出人に国名もなければ家名しか記載されていないことに「またか」と息を吐き、焼却炉へと瞬間移動させた。彼女宛に差出人不明の恋文が届くことは珍しくない。相も変わらず容赦ない二人の選抜にプライドもティアラの隣で顔が引き攣《つ》ってしまう。

プライドへの恋文。それこそが彼らが定期的にチェックしているものの正体だった。安全や脅迫紛《まが》いのものでないことを確認された全てをプライド本人が一度はちゃんと目を通しておきたいと望む為《ため》、毎日のように手紙の束が彼女の元へと届いていた。他者に読まれることも、そして目に留まらなければ差出人名だけで捨てられるのも当然である王族への恋文をいちいち読まなくても良いというのにとステイルは思う。

「今日は確かアネモネ王国に定期訪問へ行かれるのですよね。出発まではこのままご一緒しても宜しいですか？」

「ええ、勿論《もちろん》よ。ちょうどこれから寄るところもいくつかあるから、付いてきてくれたら嬉しいわ」

手紙から本文から差出人まで確認し、結果全てを処分に決めてからやっとステイルとジルベールは一息ついた。

プライドの笑みへ返した後、長めの休息を受けたステイルを残し、ジルベールだけが先に腰を上げる。今回の用事はステイルと一緒に恋文の確認だけの彼は、まだ仕事が残っている。ティアラとプライドがもっとゆっくりしていけば良いのにと惜しむ中、にっこりと優雅な笑みでそれに返した。

「色々と仕事が立て込んでおりますので。妻を待たせない為にも、早々に片付けておこうと思います」

毎日城から自宅の屋敷まで往復しているジルベールらしい理由だとプライドは思う。そして、確実に彼はどれだけ山の仕事を積まれようとも宣言通りに早期対処してしまうのだろうと確信した。

それでは、と去っていくジルベールをその場で見送った後、ステイルは小さく溜息《ためいき》をついた。その仕事振りだけは未《いま》だにジルベールは舌を巻くものがあると胸の内だけで思う。今は、摂政業務の補佐として叔父《おじ》であるヴェストに付いていることが多いステイルだが、それでもジルベールの仕事振りは目に入る。しかも、ゆくゆくは自分が王配業務も学ぶことも許された折には、

『宰相の業務は王配業務に通じるものがありますし、私自身も王配殿下の補佐として、公務内容は大体把握しておりますので』

ジルベールから直々に手ほどきを受けることになるのだから。

女王であるローザに摂政業務だけでなく、王配を支える為にその業務にも手を伸ばしたいと望むステイルに、助け船を出したのがジルベールだった。お陰で王配の職務は次期王配にしか教えられないと渋る父親も頷《うなず》いた。それについてはステイルも感謝はしているが、今でさえちらちらと見せつけられるジルベールの仕事振りを更に思い知らされることになるのかと思うと、若干の悔しさもあった。

「……ところでプライド。寄るところとは？　いくつかと仰《おつしや》っていましたが……」

折角のプライドとの時間にこれ以上考えるのはやめようと、ステイルは一度強く目を瞑《つむ》ってから彼女へと向き直る。アネモネ王国への定期訪問は知っていたが、その前の用事についてはステイルもまだ知らされていない。

彼からの問いにプライドは敢《あ》えて口を噤《つぐ》んだ。ティアラと顔を見合わせ、悪戯《いたずら》前のように笑い合い、少しだけ勿体《もったい》振る。その様子に首を傾けるステイルを余所《よそ》に、彼女が手紙を読む前に何をしていたかを知っているアーサーとエリックは静かに喉《のど》を鳴らした。

ステイルに種明かしをした後、最初の用事を済ませようと話し出した彼女達に〝配達人〟の到着が

告げられたのは、カップの中身を飲み終えてすぐのことだった。

「ヴァル。良かったわ、ちょうどそろそろ出ようとしていたところだったの」

客間へ通される間もなく、すぐに玄関へと迎えに来たプライド達に、待たされていたヴァルは顎《あご》だけを上げるようにして見返した。続けてセフェクとケメトが元気よく挨拶《あいさつ》しティアラへと手を振れば、彼女達からも明るい声が返された。

「おらよ。今日の分と、……いつものやつだ。何人かはプライド王女サマに宜しくだとよ」

懐から三枚の書状を最初にプライドへ手渡したヴァルは、そこから続いてまた別に纏《まと》められた手紙の束を押しつけた。最初の方は正式な女王とのやり取りの為の書状、そして次に押しつけたのが他国の王族からの恋文である。

またか……、と先ほど処分を終えたばかりなのにまた増えたと、ステイルは思わず音に出して息を吐いた。プライドが明日読むわと、三枚の書状以外を専属侍女のロッテに預ける中でヴァルはうんざりと今度は息を声に出す。

「〝こっち〟関連だけでも荷袋と一緒に詰めさせろ。どうせ燃やすなら汚れようが皺がつこうが一緒じゃねぇか」

「検討しておこう」

恋文だけは雑に扱わせろというヴァルの要求に、プライドより先にステイルが返した。折角書いてくれている手紙だから……！　とプライドが恋文の弁護すれば、諦《あきら》めの息だけがその場に吐かれる。

「報酬もちゃんと用意しています。お疲れ様でした。次はこの二国をお願いします」

彼の機嫌を紛らわせるように、プライドは慌ててジャックから報酬の入った小袋を受け取り、ヴァルに手渡した。だが、単なる配達物や貢ぎ物ならまだしも恋文配達まで王族から任されるようになったヴァルはそれだけでは気分が直らない。

日に日に増してくる紙の束というだけでも面倒だが、甘ったるい執念が詰め込まれている紙束を他《ほか》の書状と同じく後生大事に自分の懐に保管しておかなければならないことがこの上なく気持ち悪い。いっそ、毎日のように王族の恋文を懐に忍ばされるくらいなら、彼らをそのまま「直接口説け」とプライドの寝室へ投げ入れてやりたいと本気で思う。

「こちらからの書状はまだ用意中なのでまた来週に来て下さい。あと、……これも」

報酬を受け取ってもなお不機嫌に顔を歪《ゆが》ませるヴァルに、続けてプライドは一つの封筒を手渡した。一体なにかと検討も付かないままそれを片手で受け取ったヴァルは、封筒を最初に見やる。いつもと大して変わらない王族宛用と同じ封筒だが、差出人名はなく宛先人の部分に「ヴァル」とだけ一言記されている。自分宛ということだけは理解したヴァルは、爪先《つまさき》を立てるケメトとセフェクにもそれを見せながら片眉を上げた。考えるようにガシガシと頭を掻《か》いて黙するが、やはりわからない。

「なんだあ？　恋文か？」

「違います」

「甘っちょろい言葉なんざより、どうせならベッドに招いてくれりゃあ手間も省《はぶ》け――……」

「違うと言っています‼」

わかって言ってるでしょう⁈　と、とうとう強めに声を荒らげればやっとヴァルからニヤリと笑みが浮かんだ。「そりゃあな」とプライドからの問いかけに敢えて馬鹿《ばか》にするような笑みで返しながら、封筒を指で挟んで揺らす。ならさっさと説明しろと言わんばかりの彼に、プライドも大きく溜息をついてから説明した。忘れていたのか、それともアレ自体が彼の冗談だったのかと考えながら告げた彼女の言葉に、さっきまで笑みを浮かべていたヴァルの目が僅かに丸くなった。

セフェクとケメトが嬉しそうに声を上げて飛び跳ねる中、プライドは「不要でしたら捨てて下さって結構です」と断る。しかしそれに対してヴァルから返事はない。

「王女。今日はガキ共との遊びはなしだ」

ティアラにケメトとセフェクを連れていくと断りを入れた後、機嫌が直ったようにヴァルはいつもの動作で封筒を報酬と一緒に懐へとしまった。

えっ行くの？　もしかして！　とセフェクとケメトがヴァルを見上げて声を上げる中、荷袋を背負い直したヴァルは「またな」と先ほどの不満が嘘《うそ》のようにあっさりと背中を向けた。自分達が入ってきた扉へ向けてケメトの手を掴み、去っていった。


「！　おい！　あれっ……」

「騎士団長に御報告しろ‼」

騎士団演習場。

ちょうど各隊で演習所の移動中に、馬車の存在に気がついた騎士達は目を皿にした。王族が使用するその馬車で訪れる人間など限られている。まだ扉も開かれない内からその馬車だけでも充分に騎士達は沸き立った。単に王族の来訪が知らされていなかったからではない、その来訪者についての期待もあった。

王族を迎える為、騎士団長へ報告に走った新兵以外その場の全員が速《すみ》やかに整列する。わざわざ自分達の演習場へ赴いた王族へ最大の敬意を払うべく騎士団長、副団長不在の中でも姿勢を正した。

馬車が足を止め、扉を開けるべく後続の馬車から近衛兵が降りてくれれば期待は確信に変わった。近衛兵を連れる王族など一人しかあり得ない。次々と騒ぎを聞きつけた騎士が扉が開かれる前に我先にと整列に続く中、とうとう馬車から三人の王族と二人の近衛騎士が姿を現した。

「騎士の皆様、今日も演習お疲れ様です」

おおおぉぉぉおおっ‼　と、思わずといった歓声が上がる。馬車を降りた途端、予想外の人数が待ち受けていたことにプライドも僅かに仰け反った。社交界で鍛えられた表情筋で笑みこそ保ったが、事前に知らせていなかったのにどうしてこんな人数が⁉　と疑問が浮かぶ。あまりにも沸き立つ騎士達の光景に半笑いしてしまうアーサーに、並ぶエリックも苦笑しながら「ちょうど各隊移動の時だったようです」と補足した。プライドより先に降りたステイルもその言葉に納得したように頷く。最後に馬車から降りたティアラが騎士達の熱の入った視線とプライドを見比べ、嬉しそうに両手を合わせた。

「さすがお姉様ですねっ！　今日もすごく人気です！」

「姉君、お呼びするのは騎士団長で宜しかったですよね」

ティアラの跳ねる声に続いて、ステイルが笑みを浮かべながら確認を取る。ええ……、と返しながらも視線の先で一定距離から次々と跪《ひざまず》き、前のめりに「プライド様‼」と声を上げる騎士達にたじろいだ。レオンとの婚約解消後も変わらず接してくれることは嬉しいが、中には顔を紅潮させている騎士も大勢いるのを確認すると、もしかして抜き打ち審査と思われているのかなと心配になる。

騎士団長は……、と尋ねれば、先に走っていった新兵とは別の騎士が数人また呼びに走り去っていった。その間も変わらず騎士達から熱のこもった声は絶えない。全員の声と覇気が重なって、聞き取るのも大変になってきた中でふと一際届く声にプライド達も気がつく。

「おお‼　プライド様本当にいらっしゃってる‼　ほらカラムも見てみろって‼」

「王女殿下に無礼だぞアラン！　それに午後になれば交代で……」

一度耳を傾ければ、続くもう一つの聞き覚えのある声にもすぐ気づいた。午前にアーサーとエリックがプライドの護衛についている今、もう二人の近衛騎士二人はいつものように演習に励んでいた。

「！　アラン隊長、カラム隊長、お疲れ様です。良かったわ、二人にも会いたかったの」

ちょうど騎士達の波に駆けつけたばかりだった一番隊と三番隊の騎士である二人を名指しで呼べば、一瞬で騎士達が跪いたまま二つに割れて道を開いた。近衛騎士に抜擢された二人は、今やアーサーと同じく騎士達にとってはプライドに特別近い騎士である。

自分達が同じように跪くより前に騎士達に道を譲られたことよりも、プライドから「会いたかった」と言われたことにアランとカラムは思わずその場にガチリと固まった。他の騎士達同様にじわじわと紅潮していく中、先にプライドが満面の笑みで二人の元へと駆けていく。

「今日は、お約束のものをお持ちしました。少し待たせてしまってごめんなさい。騎士団長にもご許可頂ければ良いのだけれど」

迷いなく自分達の眼前に立ち、花のような笑顔を向けてくるプライドに思わず口を絞ってしまう。アランに至ってはうっかりまた極端な言葉しか出てこない。既に何度もプライドの近衛騎士として彼女と接して慣れてきた二人だが、やはり不意打ちには思わず目を見張る。任務中ならまだしも、そうではない時に彼女から話しかけられると、勝手に心臓が跳ね上がってしまう。エリックと同様に、彼らにとっても五年前の騎士団奇襲事件からプライドの存在は大きい。アーサーとエリックもそれをよくわかっているからこそ、プライドの背後に控えながらも思わず互いに顔を見合わせて苦笑した。自分達の尊敬する隊長がこんな姿を見せてくれるのはプライドくらいのものだった。アランとカラムの心境も知らず、合わせた両手の指を交差させながら微笑《ほほえ》む彼女はさらに言葉を続ける。

「一応、わかりやすくしたつもりなのだけれど……もし、何かあったら遠慮なく教えて頂けると助かります。アーサーとエリック副隊長にも既にお願いして……」

「プライド様！　お待たせ致しました」

彼女が一体何について話しているのかを理解する前に、別方向からの響く声が二人の目を覚まさせた。ビシッとプライドの前とはまた別の緊張感で騎士達全員の背筋が伸びる。プライドも無事会えたことにほっとするように笑みを向ければ、騎士団長のロデリックと副団長のクラークが続くようにして駆け寄ってきていた。更にその後続には彼らを呼びに行ったのであろう騎士達も駆け込んでくる。

「ごきげんよう、騎士団長。ごめんなさい、お忙しい時に突然お邪魔してしまって」

「いえ。こちらこそ出迎えが遅れて申し訳ありませんでした」

「とんでもありません、騎士の方々がこんなにも足を止めて迎えて下さったのですから」

何の含みもないプライドからの返答に、ステイルは小さく笑みだけで堪《こら》えた。彼女の言葉を聞いた途端、ロデリックは僅かに眉間の皺を深くし、目だけで集まっている騎士達を見る。ぎくり、と主に馬車から最前列以外に並ぶ騎士達が肩を上下して口を結んだ。通常、正式に王族から来訪を知らされた時以外は、馬車を出迎えるのはその場に居合わせた騎士ぐらいのものだ。しかし、いくら演習の移動時間と重なったとはいえあまりに数が多過ぎる。確実にプライド来訪の騒ぎを聞きつけてわざわざ遠方から駆けつけた騎士もいるだろうと確信する。プライドが訪れる度のことではあるが、今回はタイミングが悪かったせいで余計に凄《すさ》まじい人数になっている。そのことにロデリックは一人長く深い溜息をついた。隣に並ぶクラークが、くっくっと喉を鳴らして笑っているのを聞くと、彼も自分と同じ考えに至ったのだろうと目を向けずとも理解する。

「それでプライド様。この度は、何のご用でしょうか」

「ええ、その……実はこちらなのですけれど。……騎士の皆様に」

皆様？　とプライドのその言葉にロデリックだけでなく、騎士達全員の注目が跳ね上がる。彼女が差し出したのはヴァルに渡したのと同じ一枚の封筒だった。宛先人に「騎士団」とだけ記されたそれを、丸くなった目で受け取ったロデリックは「開いても？」と短く確認を取った。

プライドの了承を得て、その場で封を開けば気になったようにクラークも隣から覗《のぞ》き込む。アランとカラムも、そこでやっと思考が辿《たど》り着いた。あの時の⁈　もしや！　と声には出さず、息を飲んで目を見開く。ロデリックの反応も待ちきれず、アランが輝いた眼差《まなざ》しでアーサーとエリックの方へ顔ごと向ければ、二人からも同じような眼差しと笑みが頷きと共に返された。

「私が考案した、鶏《とり》の揚げ料理についてのレシピです。材料も国内で容易に仕入れられる材料ばかりですし、メインとしてであれば栄養面なども問題ないとは思います。もし騎士団長からお許しを頂けるのであれば、ぜひ食堂の料理人達に提案して下さい」

ざわっっっ!!　と、次の瞬間には静まり返っていた騎士達が津波のように波打った。

プライド様の考案?! 第一王女殿下が料理の?! 揚げ料理?! と彼らにとってはあまりの情報量にとうとう口が開いた。

以前、ジルベールの屋敷で行った小規模パーティーで振る舞った料理のレシピ。プライドがロデリックに渡したのは、その中でもアラン達に好評だった唐揚げの作り方だった。唐揚げくらいならフリージア王国でも問題なく材料を取り揃《そろ》えられると、彼女が直筆で手紙を読む間も惜しんで記したレシピである。待望していた揚げ鶏料理のレシピを本当にプライドが用意してくれたのだと、一番熱望していたアランの目がきらきらと輝いた。更には他の騎士達も、プライド直々の料理レシピと聞けば、それだけで何度も唾《つば》を飲み込んだ。騎士達の身体《からだ》を構築する為に騎士団演習場専用の食堂。そこで働く料理人にこのレシピを渡せば、今日明日でもこの材料なら作ることができるだろうとロデリックはレシピを眺める。更には期待しか宿っていない騎士達の視線を受ければ、断る理由を探す方が難しかった。メニューに加えるだけならば材料も調理法も問題ない。

「勿論、初心者の創作料理だということは重々承知しています。なので、もし騎士団長が相応《ふさわ》しくないと判断されたなら、このレシピは近衛騎士達を通して返却して頂ければ結構です」

「いえ、ありがたく頂戴《ちょうだい》させて頂きます。料理長にも私から提案しますが、恐らくは問題ないかと。……わざわざご足労頂いた上でのお心遣い、心より感謝致します」

淡々と低い声で答えるロデリックが、最後に深々と頭を下げれば次の瞬間には鼓膜が破れるのではないかと思う声量で「ありがとうございます‼」と跪いたままの騎士達が声を張り上げた。特にアランの隣に並んでいたカラムは、思わず片耳を途中で押さえた。アーサーとエリックもその場で声を張った中、それでも一際響く声で喜びを届けたのは所望した本人であるアランだった。

い、いえ！　とロデリックから許可を得られたことにほっとしながらも、騎士達の凄まじい声の響きにプライドの肩が強張《こわば》った。確かに王族からの料理提供などあり得ないことだが、蓋《ふた》を開いたら王族秘伝のレシピでも宮廷料理人の案でもなく、単なる料理初心者もどきの王女が前世で作った庶民料理だと思えば、むしろあまりある返礼の波に申し訳なくなってしまう。「本当に大したものではありませんけれど……」と思わず消え入りそうな声で自身のハードルを下げるが、そこで期待が下がる者などこの場には誰《だれ》もいなかった。すると今度はロデリックの肩を叩《たた》いたクラークが一歩だけ前に出る。

「プライド様が考案し、騎士団の為にわざわざ書き綴《つづ》って下さったレシピです。それだけで充分に我々にとって活力を出す料理になるでしょう」

そうだな？　とそのままクラークが騎士達に軽く投げかければ、また空気を響かせる一声が返ってきた。騎士達の輝く眼差しにクラークは笑いを堪えきれないまま喉を鳴らす。もともと騎士団では人気が上がり続けているプライドからの考案レシピとあれば、それだけで食堂が戦場になるだろうと今から思う。

「喜んで頂けて良かったです。皆さんのお口に合えば幸いです。では、私達はこれで失礼致します。騎士の皆さん、この後も演習頑張って下さいね」

目的を無事果たし、ほっと息を吐いたプライドに騎士達から再び空を裂く声が返された。三度目ともなり、今度はそこまで肩を上下せずに済んだ彼女は再び馬車の中へと戻っていった。プライドから馬車に消え、ティアラ、ステイル、そして近衛騎士二人を乗せた馬車は準備を整えてから再び動き出す。立ち上がり、礼をして馬車を最後まで見送った騎士達の中でロデリックは静かに息を吐く。

「……既に次の演習が押している。全員直《ただ》ちに演習へと戻るように。そして」

はっ‼　とすぐさま馬車から身体ごと向き直る騎士達に、ロデリックは一度言葉を切る。数秒だけ険しい顔で黙するロデリックに、やはりこの数は集まり過ぎてしまっただろうかと騎士の誰もが叱咤《しった》を覚悟する。目を配らせ合う余裕もなく、ロデリックから目も離せない状態で気を引き締める。そして、重く開かれた騎士団長の言葉に先に身体を強張らせた。

「………………本日の演習。〝全班が〟今月中で最《もっと》も成果を上げた場合、私から料理長に明日の夕食をこのレシピでと交渉する。ただし、一班でも成果が下がった場合は来月まで保留とする」

解散、と。静かに放たれた騎士団長のその言葉に、割れんばかりの一声と共に騎士達が一瞬で散開した。既に成果を残すのに十分以上をプライドに費やしてしまった彼らは、その遅れを取り戻すべく走り出す。まるで戦前のように一瞬で姿を消した本隊騎士達に、しみじみとプライド効果を思い知る。

「今日の演習は良い記録が残りそうだな、ロデリック」

「……食料庫から鶏肉が消えないと良いが」

笑いながらロデリックと共に唯一残ったクラークは、「それは大変だ」とだけ返すとそのまま彼の背中を叩いた。以前、プライドのパーティーに招かれたアラン達伝手《づて》に「プライド様とティアラ様手製の創作菓子です」と届けられた菓子の数々を思い出す。つまり彼らはあの菓子だけでなく、この料理も振る舞われたのかと思えば、近衛騎士達の誰もがこのレシピを熱望したのだろうと容易に想像できた。極秘に自分達へ届けられたあの菓子だけでも充分に美味だったことを思い出せば、この鶏料理も確実にそうだろうと考える。

「私も、まさか今度は騎士団全体にまで振る舞われることになるとは思わなかったよ」

行こうか、と騎士達から遅れて業務に戻ろうと肩に手を置く友に、ロデリックはまた自分の頭を覗かれたかと目だけを向けた。

くっくっくと楽しそうに笑う友人の「楽しみだな」が、今日の各隊の成果か、それともプライドのレシピ料理かと、それだけを一人黙して考えた。


「もうレシピを用意してくれたのかい？」

プライドからの封筒を手に、翡翠《ひすい》色の瞳《め》を丸くするレオンにプライドは笑みを返した。

アネモネ王国への定期訪問。午後になり、近衛騎士がアランとカラムに交代した彼女は、ティアラと共にレオンの城へと訪れていた。

「こんなに早く用意してくれるだなんて……。嬉しいよ、きっと民も珍しい食材での調理法が知れて喜ぶし、……プライドが考案した料理をこれからはアネモネで食べられるのだからね」

頬《ほお》を緩め、滑らかに笑んだレオンは封筒の中から一枚一枚開いて目を通した。ヴァルや騎士団に提供したレシピと違い、レオンに提供したレシピは数種類。どれもパーティーで出した菓子や料理の中からアネモネ王国が貿易で手に入る食材を使う物をプライドは選《え》りすぐっていた。物資の流れが豊かなアネモネ王国ではフリージア王国が気軽に手に入らない食材も民の手に届くほど物流が潤っていた。ならば、民の需要が増すようにと敢えての輸入食材でのレシピを書き記した。

早速、民に公布方法を考えようとレオンは嬉しそうに再び封の中へ戻したそれを、服の中へと仕舞った。今から早速料理させて民に提供したいとも思ったが、今は目の前にいる客人を持て成すことが最優先だった。ありがとう、と再び笑みを返したところで、トントンと扉からノックの音が掛けられた。レオンが一言で返せば、静かに開かれた扉から淹れ立ての紅茶が入ったポットとカップを始め、見たことのない菓子が次々と運ばれては、広いテーブルを埋め尽くした。

わぁっ！　と目の前に広がる菓子の山々にプライドもティアラも声を合わせて目を輝かせる。アネモネ王国の菓子だけではない、プライドの提供した料理の食材と同様、滅多に手に入らない異国の菓子がこれでもかというほどにそこに並んでいた。

「また、珍しい菓子が手に入ったんだ。このお茶とも合うから是非とも二人も食べてみて欲しいな。プライドの作ってくれたお菓子には敵《かな》わないけれどね」

とんでもない！　と言いながらプライドは目を輝かせる。目の前に輝く菓子はプライドの前世でも見たことのある菓子もあれば、きらきらと輝く砂糖菓子や西洋的世界観ならではの芸術的な美しさを兼ね備えているものもあった。

「お姉様っ……どうしましょう、どれにするか迷っちゃいます！」

あわあわと口を両手で隠しながらも、嬉しさのあまり声を震わせるティアラにプライドも全力で頷いた。胃が無限であれば、全てを口に放《ほう》り込みたい気持ちをぐっと堪えてどれから取るかを選別する。

「ねぇティアラ、良かったら半分こにするのはどうかしら……？」

「！　名案ですっ!!」

「あ、良いなぁ。なら、全部三分割にしてもらわないかい？　そしたらもっと沢山味わえるよ」

食べ残しも許される王族であるにも関わらず、恐る恐る提案したプライドに、レオンもにこやかに同意した。良いの?!　と、王族としての規律も特に厳しいアネモネ王国の王子に確認すれば「来賓に合わせることも礼儀だよ」と滑らかな笑顔で返された。訪問とはいえ、公的な式典でもない上に自分とプライド達しかいない空間ならば、それくらいのことは許される。最初から三等分されていれば、テーブルマナーとしてもそこまで下品ではない。

「プライドとティアラの美味《おい》しそうにしている顔をいくつも見られたら僕も嬉しいしね」

給仕係に命じた後、そう言って頬杖《ほおづえ》をついて笑みを返すレオンに、プライドもティアラも思わず笑ってしまう。三分割された菓子を少しずつ皿に取り分けては二人揃って頬を綻ばせる王女姉妹二人の姿に、レオンは始終上機嫌だった。当時、婚約解消してから初めてフリージア王国へ父親と共に挨拶に行った時には、緊張を全身で張り詰めるように表現して顔を火照《ほて》らせていた彼女も愛らしく、頬の口づけをそれほどしっかりと受け止めてくれていたことが嬉しかったが、やはり目の前でこうして自然に笑んでくれる彼女が一番愛《いと》おしいと思う。緊張で火照らしていた時に、それでも「ようこそ」と大輪の花のように笑ってくれた彼女も光に満ち溢れ、そして自国に訪れてくれた今日も「会いたかったわ」と妹と並んで陰りなく言ってくれた彼女も眩《まぶ》しく思う。考えれば考えるほどに、やはり自分の中でプライドは特別だとレオンは思う。

「……フフッ」

「？　どうしたの、レオン」

美味しくお菓子を頬張る自分達を見て、突然小さく顔を俯けて笑ったレオンにプライドとティアラは一度手を止めた。先ほどから菓子に手を付けず、自分達を眺めていたレオンには気づいていたが、何故急に笑い出したのかわからない。プライドの言葉に起こされるようにレオンは俯いた時の笑みをそのままに彼女達へと顔を向けた。

「ごめん、あまりにも美味しそうに食べてくれるから。……可愛いなぁって思って」

ぶわり、と次の瞬間にはプライドとティアラが揃って顔を紅潮させた。隠しきれない愛しさをそのまま映し出したような妖艶《ようえん》なレオンの笑みに、菓子の甘い香りでは押し隠せないほどの色香がふくれ上がり、広がる。思わず二人してフォークを落としてしまいそうになる中、背後に控えていたアネモネ王国の侍女二名が立ちくらみのように壁へ崩れた。

物音を聞きつけた衛兵が扉を開け、すぐに状況を理解した。レオンからの許しを得て、侍女達を介抱するように手を貸して部屋の外へと連れていく。その間、プライドもティアラも振り向く余裕もなかった。ぐるぐると熱気で回る頭の中、プライドは菓子を食べる姿でレオンにこんな顔をさせてしまうなんてさすがだと、隣に座る主人公を心の底から称賛した。

「また次の時も美味しいお菓子を用意するよ。それとも、次は城下で評判のカフェも良いかな？　菓子職人の腕が良いって評判なんだ」

どうかな、と良いながら新たな侍女が交代で入ってきてから気を取り直すように投げかける。やっと妖艶さの抜けたいつもの笑みにプライドとティアラも静かに一息ついた。素敵ね、是非っ！　と返しながら、二人揃って同時にティーカップへ口をつける。

「そういえば、ヴァルとはどう？　迷惑とか掛けてはいないかしら」

「とんでもない。すごく楽しいよ。最近は本当に誰かと飲むお酒は美味しいものだなと思うんだ。民の中で酒場が人気なのも理解できるな」

そういって嬉しそうに頬を緩めるレオンは、本当に以前より人間らしくなったなとプライドは思う。相手があのヴァルとはいえ、レオンに気兼ねなく飲む相手ができたことは良かったと素直に思う。弟に酒で陥れられ、酒場に連れ込まれた彼だが全く酒や酒場に対しては悪印象を残さなかった。

弟のエルヴィンとホーマーが処罰されたことに関しても、一時は気落ちしてもすぐに持ち直した彼はやはり王の器だとプライドは思う。処罰として奴隷落ちと国外追放のうち、迷いなく国外追放を選んだ彼らは最後の一目までレオンを憎んだままだった。当時プライドも追放直前日に少し会話はさせてもらったが、返事はエルヴィンから「アネモネも！　フリージアも‼　二度とその地すら踏みたくはない‼」の一言だけだった。海を渡った遠方の地に放たれた弟達と最後まで打ち解けることはできなかったレオンだが、それでも彼らの処罰に関してはしっかりと納得できている。

「ああ、そうそう。この前話していたサーシス王国だけれど、一応僕の方から君達が交流を望んでいると伝えておいたよ」

「！　ありがとう、すっごく助かるわ！」

レオンの言葉にプライドの顔がパッと輝く。周辺諸国と同盟関係を広げているフリージア王国で、未だに全く関係を持てない国の一つである。その国と唯一船で貿易を行っているアネモネ王国の王子であるレオンは、プライドからもし機会があればと頼まれていた。アネモネ王国の第一王位継承者とされたレオンは今やアネモネ王国の心臓部でもある交易にも深く関わるようになっている。

以前のように城下に降りるだけではなく、自ら船に乗り、他国に足を伸ばしては直接交渉をし、取り扱う商品をなるべく全て自分の舌で、手で、目で確かめ、交易自体もその目で確認する。「船旅中も色々学ぶことがあって楽しいよ」とプライドへ明るく語ったことのある彼は、危険な船旅すらものともせず、その経験全てを確実にアネモネ王国への糧としていった。更には貿易関連だけでなく、既に国王である父親と国の方針について話し合い、政治にも携わっている。プライドも目を見張るその躍進に、レオン本人は全く慢心をしていない。むしろそこに留《とど》まらず、今まで黙認していた奴隷制度についても廃止へと動き始めていた。「奴隷制度のないフリージア王国を見て、アネモネ王国もそうでありたいと思ったんだ。奴隷制度に頼らなくても皆が胸を張って国を回していけるようにしたいんだ」とプライドに語った彼は、今や彼女が提唱する国内の学校制度にも興味を抱いている。さらに民を、国を良い方向へと回す為ならば、彼はもう踏み止《とど》まろうと思わない。そして

「プライドの力になれるならこれくらいは当然さ。またいつでも頼ってくれると嬉しいな」

彼女にも返し続けたいと、願う。

食材でも、貿易でも何でもと。そう滑らかな笑顔で語るレオンは、既に王の風格を纏《まと》っていた。

ありがとう、と感謝を示したプライドは、目の前にいる心強い盟友に心からの笑みを返した。

彼の未来はきっとアネモネ王国と同じだけ明るいのだろうと、そう確信しながら。

「へぇ、我ながら美味《うま》いな。最初作れって言われた時はどうするかと思ったが」

「テメェまで食ってんじゃねぇ、クソ店主」

とある隠れ酒場。城下にある裏通りから地下への階段を下りた場所に存在するそこへ、夜の開店前に訪れたその客は男に眉を寄せた。両腕に刺青《いれずみ》を施し、雑に伸びた短髪を額から頭に巻いた布で纏めたその男は、この酒場の店主でもある。カウンター越しに向き合ったその客に出した皿とは別に、油切りの上に置いたまま直接フォークで一口食べる。初めて作る上に見たことのない料理だったが、食

べてみればやっと目の前の客が開口一番《かいこういちばん》にレシピを押しつけてきた理由がわかった。

「ベイルさん！　僕らの分もお願いします!!　僕もセフェクも大好きなんです！」

「ちょっとヴァル！　独《ひと》り占めしないで私達にも一つちょうだい!!」

「テメェらはさっき肉食ったばっかだろ」

カウンター席に座る男と下ろした荷袋。そして背後のテーブル席に座っていた二人の少年少女が匂《にお》いに釣られてカウンターまで駆け込んでくるのを前に、店主であるベイルは溜息を吐き出した。

「〝情報〟の受け渡しの為に開店前に来るだ、酒の摘まみ以外も作らせるだに続いて、今度は見たこともねぇ料理作らせたのはテメェだろ。何度も言っているが、ウチは酒場だぞ」

そう言いながら葉巻を咥《くわ》えると、目の前で折角山盛りにした揚げ芋《いも》料理を小さな手へと引き渡すヴァルに煙を吐いた。そのまま彼の機嫌が傾くより前にと、仕方なくベイルはもう一度同じものを作るべく食材を足下の箱から取り出した。芋や豆、パン粉に卵と小麦粉、そして大量の食油とどれも幸か不幸か常に店にある基本的な食材ばかりだった。

一年ほど前、とある経緯からジルベールに人身売買組織についての情報をほぼ脅迫される形で尋ねられたのをきっかけに、目をつけられた彼は元前科者でもある。表向きは酒場を経営しながら、裏稼業達の情報や紹介まで手広く行っている彼だが、あくまで法に触れない程度の一線で留まっている。数年前初めてジルベールに取引を持ちかけられた際、断った結果半殺しにされた過去を持つベイルはもう二度とその逆鱗《げきりん》に触れたくない。今も定期的に情報をヴァルを介して提供し続けているが、それもただひたすらにジルベールからの報復を恐れてが大きかった。

「文句があるなら勝手にぼったくれ」

「ああ、そうするよ。まさかアンタに酒以外の好物があるとは知らなかったよ」

しかもこんな珍しいもん、と続けながらベイルは大鍋《おおなべ》にさっきの倍量の芋をぶち込んだ。

好物、という言葉に「そう言った覚えはねぇ」と言おうとしたヴァルだが、途中で噤んだ。肉以外で好んで食べる料理など今までなかったが、確かに言われてみればそうなるのかと一人考える。セフェクとケメトの手により数が半分近くになったコロッケを素手で鷲掴《わしづか》み、大口で齧《かじ》り付く。揚げて独特のサックリとした歯ごたえと、ほくほくと口の中で湯気を零す感覚は、パーティーで出された時とはまた別格の美味さがあったが、それでも不思議と彼女が出したあちらの方が美味かったと頭の隅で思う。だが、それが城の料理人と酒場の店主の腕の違いなのか、食材の質なのか、それ以外なのかはヴァル自身深く考えようとも思わない。

「ぼったくりついでに酒も大いに飲んでいってくれ。アンタは底なしだからな」

出来上がる前に皿を平らげるであろうヴァルに、ベイルは店の酒瓶を三本順番にカウンターへ置いた。一瞥《いちべつ》してから無造作にその内の一本を手に取るヴァルは片手で栓《せん》を抜き、グラスは使わず直接口をつけた。グビリ、と喉を鳴らしながら〝底なし〟という言葉に数瞬間前のことを思い出す。

『友達になりたくて』

何度も理由をつけてはしつこく自分を酒に誘うレオンに、理由を尋ねる度に返された言葉だった。なりゆきもあり、時折酒を交わすようになったヴァルだが未だに面倒な奴《やつ》に目をつけられたもんだとは思う。〝友達〟など薄気味悪いものとしか考えたことなかったヴァルにとって、レオンの言い分は当然納得できるものではなかった。ヴァル自身、レオンと酒を交わして退屈したことはないが、全く弱点を見せない完璧《かんぺき》王子は本当に厄介だと思う。しかも、今までどれだけ飲んでも酔わない自分と並び、いくら飲んでも付いてくる。弟達に酒で陥れられてから自分の正しい酒の限界値を検証したレオンは、ヴァルと同じく酔わない人種だった。

その上、ならどうすれば彼の満足する〝友達〟ということになるのかと尋ねるヴァルに、レオンがはぐらかす様子もなくすんなりと答えた言葉は……

『恋の話、……をできるようになってかな』

そう言ってヴァルを盛大に噎《む》せさせてたのだから。

「まぁ今じゃあ稼いでいるアンタなら、余所でも高い酒が飲めるんだろうが。それともウチみたいな中途半端が丁度良いか？」

ほらよ、とそう言って出来立てのコロッケをよそったベイルは、三枚の皿をそれぞれカウンターに並べた。まさか高い酒どころか、アネモネ王国の城でレオンに滝のようにご馳走《ちそう》されているなど思ってもいない。

今では定期的にその在庫を王子と二人で空にしていることも。

「……飲むうちに、慣れてはきたがな」

酒も、野郎も、と。その言葉だけを酒と共に飲み込んだヴァルに、ベイルは軽く相槌《あいづち》を返した。手を止めることなく、そのまま今度は野菜をスープへ放り込む。

今の呟《つぶや》きも深く追求しては余計なのだろうと、長年の店主としての経験で理解した。

キィンッ‼

「っし‼　ンじゃあもう一本行くぞステイル！」

「ッ掛かってこい……‼」

勝負が決した直後、一息つく間もないまま二戦目を始めようとアーサーとステイルは互いに剣を構え直した。

ステイルの稽古場《けいこ》。摂政業務の補佐が始まってから、頻繁に行っていた数こそ減ったが、それでも互いに合う時間を見つけては、時折こうして手合わせを行っていた。

「！　良かった！　ステイル、アーサー！　手合わせお疲れ様！」

「兄様っ！　アーサー！　お姉様がいらっしゃいましたよっ！」

聞き慣れた声が突然飛び込み、その途端二人は同時に踏み込んだばかりの足を急停止させた。ギギッと地面を削り、振り返れば稽古場の入り口からプライドとティアラ、そしてアランとカラムを含む彼女達の護衛が続いていた。

「姉君、ティアラ。もう戻られたのですか？」

「今日、確かアネモネ王国に定期訪問でしたよね⁈」

乱れた髪を撫でるようにして軽く整えるステイルと、そしてプライド達に続いて近衛騎士の二人にも「お疲れ様です！」と頭を下げたアーサーは目を丸くした。予定よりも随分早い時間の帰還に、何故彼女達がここにと疑問まで湧《わ》いてしまう。構えどころか剣を腰へ収め、プライドとティアラの元へと駆け寄った。何か問題でも？　と尋ねるステイルにプライドは首を横に振った。

「なんでも新しい貿易船が予定より一日早く到着したとかで、話も切りの良いところだったから私達も少し早く失礼することにしたの。アネモネ王国、また貿易の幅が広がるみたいよ」

「兄様とアーサーの手合わせに間に合って良かったですっ！　お姉様も折角なら間に合うと良いわねと仰られていたので！」

プライドに続き、パチンと手を合わせて笑うティアラがそこで互いに姉と顔を見合わせた。ねっ、と合わせる笑みと共に、わざわざ見に来てくれたのかとステイルもアーサーも喉を鳴らす。「ありがとうございます」と二人で声を合わせてしまえば「私が会いたかっただけだから」とすんなり返され、二人とも思わず口を結んでしまう。

「レシピの方も、すごく喜んでもらえたわ。早速民に勧めてみるって言ってくれたから」

「！　あっ！　そうです！　騎士団にも本ッ当にレシピありがとうございました!!　お陰で演習もすっげぇ気合い入ってます!!」

はっ!!　と気がついたようにアーサーが再び頭を下げる。既に騎士団へ訪れた前後にもプライドに感謝をしたが、アラン達と交代してから演習に戻ったアーサーは圧巻させられた。今月で一番気合いが入っているであろう騎士達の姿を目の当たりにした瞬間、エリックと共に一度背中を反らせたほどだった。そして、一体どういうことかと周囲の騎士に聞けば、次の瞬間には自分達もまたその熱溜《だ》まりの中に躊躇《ためら》いなく飛び込んでいた。

「お、じゃあこのままなら成果更新しそうか？」

「絶ッッ対します!!」

プライドの背後から楽しそうに投げかけたアランの言葉にアーサーは拳《こぶし》を握って答える。それを聞いて「よっしゃ」と歯を見せて笑うアランにカラムが「護衛中だぞ」と一言窘《たしな》めた。

彼らの様子にプライドも、大袈裟《おおげさ》よと返しながらも喜んでくれたことがつい嬉しくて照れ笑いを浮かべてしまう。まさか自分のレシピがきっかけで騎士団が今は気合いの炎で大炎上しているなど思いもしない。

「城の料理人も喜んでいましたね。俺も、プライドが考案した料理をまた食べられるのが楽しみです」

アネモネ王国へ向かう前、ステイルとティアラと共に城の料理人にもプライドはレシピを提供していた。アネモネ王国には輸入で手に入る食材を主とした、そしてフリージア王国には国内でも充分に手に入る食材で作れる料理や菓子のレシピを提供していた。更にヴァル達にはコロッケ、騎士団には唐揚げのレシピとパーティーで提供したレシピの大盤振る舞いだった。

「ですが本当に宜しかったのですか。騎士団やヴァル個人にはともかく、城やアネモネ王国にあれだけの量のレシピを提供してしまって」

折角プライドが考案したレシピだというのに、と続けるステイルにプライドは一言「良いのよ」と笑い返した。実際は自分の創作ではなく、前世の料理レシピ。せっかくこの世界にはない料理なら、皆で美味しく共有してくれた方が有意義だとプライドは思う。そして、何よりも。

「レシピで作った料理を食べて美味しいと思って、それで少しでも私のことを思い出してもらえたらそれだけで幸せだわ！」

……そんな贅沢《ぜいたく》過ぎる代物を、城だけでなく騎士団やレオン、ヴァルにまで提供したのか、と。

一瞬だけその場にいた男性陣全員に同じ思考が過《よぎ》った。しかし、全く何の含みもなく花のように笑う彼女に、敢えてそんなことを尋ねることができる者はいない。

プライドが考案した料理。そうなれば確かに、レオンが提供するアネモネ王国の民は別として、それ以外の全員がその料理を食べる度に彼女のことを思い返せてしまう。特に、彼女から直接ご馳走を受けた身としては、食べる度にその時の彼女の嬉しそうな笑顔が浮かび上がるだろうという未来が容易に想像できた。しかも、彼女自身から今〝思い出してもらえたら嬉しい〟という存在につまりは自分達も入っているのかと考えれば、誰もが意識的に口を噤んでしまう。

そう考えれば、そんな畏《おそ》れ多過ぎるレシピをよく大声で欲しいと言えたものだなと、カラムは無言のままアランを睨《にら》んだ。しかしアランも、プライドの考案した料理が騎士団でも食べたいという欲こそ正直にあったものの、そこまでは考えていなかった。だが、今のプライドの発言を聞くと大それたことを願ってしまったと思う反面、あの時大声で所望して良かったとも思う。あはは……と頭を掻いて誤魔化すアランは、そのまま頭の後ろで小さくガッツポーズをした。

ティアラだけが「お姉様らしいですっ！」と声を弾ませる中、他の全員が黙してしまったことにプライドは首を傾けた。頭を巡らし、よく考えれば折角気に入ってくれた味の料理を食べている時に自分の存在が過るなんて余計でしかないと思い直す。自分にとっては全員が何度でも思い返したい相手ではあるが、向こうからすれば美味しい料理に自分のラスボス顔が浮かび上がるなど迷惑でしかない。何故こんな自己満足を口走ってしまったのだろうと後悔しながら慌てて「いっ！　今のは忘れて下さい‼」と叫んだが、もう全員の頭に焼き付けられた後だった。折角、彼らにも喜んでもらえる料理を考えたのに！　と心の中で叫びながら今この場にいる彼らに提供した料理を思い出す。それら全ての美味しさが自分の発言のせいで半減してしまうと思うと悔やんでも悔やみきれない。騎士団には唐揚げ、そしてステイルとティアラには城へ提供した料理としてパウンドケーキを始めとするいくつもの……、とそこまで考えた時、プライドはふと別のことを思い出した。

「……でも、あのレシピだけは渡せなかったわね」

ぼそっ、と呟いた言葉に全員が興味深そうに瞬きをしてから、彼女に目を向ける。独り言として呟いたその言葉は、それだけで彼女の中では完結してしまった。視線を受けても続きがない彼女に、代表としてステイルが「あの、とは……？」と尋ねれば、プライドはすぐに口を開いた。

「ほら、私が三人に食べて欲しかったって話したパン。丸くて固くて甘いの」

覚えてる？　とさも忘れられてもおかしくないように尋ねるプライドにビクッとステイルとアーサーの肩が上下する。忘れられるはずがない。あの時の甘い記憶を思い出せば今でも舌の先まで痺《しび》れるような感覚に襲われ、熱を飲み込んだように胸から頭まで熱くなるのだから。

「えと……、その、それはどうして……？」

今度はアーサーが絞り出す。既にあの時の甘い記憶を思い出して舌が痺れだした彼だが、それでも何故ここであのパンのことが出てくるのかの疑問の方が強かった。僅かに顔も火照ってくる中、プライドは照れた方に指で頬を掻いて彼を見返した。

「だって、あれはやっぱり特別だもの。ステイルとアーサー、ティアラのことをずっと考えて焼いたものだから。……なんだか、私の知らないところで他の誰かに作られちゃうのは勿体ない気がして」

大人《おとな》げないな、と自分で思いながら肩を竦《すく》めて笑うプライドに、一気に彼らの心臓が跳ね上がった。急激に頭の働きが鈍くなり、薄ぼんやりと眼鏡が曇《くも》る。一瞬目眩《めまい》かとも思ったが、ステイルはすぐに自分の発熱のせいだと理解する。唇を結んだまま、返す言葉を相槌すらも失った。

――特別っ……!!　俺達〝だけ〟だと……?!

まさか人前でその単語を言ってもらえるとは思わなかったと、うっかり考えると羞恥よりも嬉しさが勝ってしまう。目をやっと逸らせたのはその言葉を七回は頭の中で反芻《はんすう》してからだった。

隣に並んでいたアーサーも、まるで正面から鉛玉を撃ち込まれたような衝撃に思わず胸の近くで拳を握ってしまった。脈を確認せずとも、自分の血流が急激に速まっているのを自覚する。

——やべぇ……っ！　すっっっげぇ嬉しい……!!

自分達にとっても間違いなく特別な思い出のあるあの品を、プライドまで大事に思ってくれた。他者に譲ることを惜しんでくれたのだと思えば、嬉し過ぎて血が回り過ぎた。口を俄《にわ》かに開いたままポカンと固まったアーサーは表情が感情についていく前に、肌だけが正直に真っ赤へ茹《ゆ》だっていく。

「ごめんなさいね。本当は料理人に教えれば二人にももっと食べさせてあげられるから、騎士団や城にも提供しようと思ったのだけれど……、一個くらい独り占めさせてくれる？」

どうかそうして下さい……!!

その言葉が、声にできないまま二人の頭で重なった。むしろ自分達だけの特別な菓子にしてくれたのならば、こんなに嬉しいことはない。ステイルに至っては、もう自分達以外他の誰にも食べさせたくないという欲求にすら一瞬駆られてしまった。この場でいっそ「俺達以外にもう食べさせないで下さい」とそれこそ子どものような我儘《わがまま》を言いたくなってしまう。アーサーもプライドにそぐわない〝独り占めにさせて〟の言葉で一瞬本気で息が止まった。いつも誰に対しても分け合おうと、他者を優先しようとする彼女から放たれた言葉の破壊力が甚大《じんだい》過ぎた。堪えきれず、今度ははっきりと胸を鷲掴んだまま顔を背後に背けた。

真っ赤な顔でそれぞれ自分から目を逸らしてしまう二人に、やはり恥ずかしいくらいに大人げない

我儘だったかとプライドは慌て出す。すぐ背後にアランとカラムが控えているにも関わらず、二人には勿体なくてレシピを提供しませんでしたなんて失礼過ぎたかと。「ご、ごめんなさい！」と最初に近衛騎士二人に謝ったプライドはそのまま、返事もくれない彼らへ弁明するかのように声を張る。

「もっ、勿論！　また機会があったら皆にも振る舞いたいとは思っているわ！　ただ、その……できれば私に作らせてもらいたいなと思っただけで……」

途中から張った声が弱々しくなる彼女と、そこで頷きだけしか返せないステイルとアーサーに、その様子を見守っていたアランとカラムはなんとも微笑ましい気持ちになってしまう。明らかに照れているであろう二人に、慌てながら見当違いな言葉を掛けるプライドがただただ可愛らしい。五年前の崖《がけ》崩落で現場にいたエリックを含む新兵や一部の騎士にプライドが「可愛い」と噂《うわさ》されている理由も少しわかった気がした。しかも、プライドの隣でただただ三人の様子をにこにこと笑って眺めている第二王女を見ると、きっとこれも彼らの日常の一つなのだろうなと理解した。揚げ鶏のレシピを提供されただけでも充分過ぎる自分達からすれば、むしろプライドにとって思い入れがあるレシピならば、いくらでも望むように秘蔵して欲しい。また機会があれば是非もう一度食べてみたいが、アーサーとステイルをあそこまで赤面させる物ならば、大事に取っておくのも良いと思う。五年前からプライドを慕っていることを当時の騎士全員が知っているアーサーもそうだが、常に平静を保ち、国一番の頭脳を持つとも噂されるステイルをあそこまで硬直させるのはさすがとしか思えない。プライドの即殺発言から、やっと二人が話せるようになるのに三分は優に掛かった。

「……また、食べれるのを楽しみにしています。…………是非、また作って下さい」

「ッ自分もです！　……あの、明日もまたプライド様のレシピが食えるの楽しみで、甘いモンもそうだし、肉料理とかも、ていうかもう全部が本当に美味くてっ……!!」

必死に言葉をぽつぽつと絞り出すステイルと、頭の中で整える間もなくプライドの料理が楽しみだと感情だけを原動力に口を動かすアーサーに、プライドは頬を緩ませて笑った。

「私もよ」

また彼らにご馳走できる時がくれば良いと願いながら、心からの笑みを二人に返した。

次はいつになるかも、どんなきっかけで作れるかもわからない秘密の趣味ではあるが、またきっと大切な人達にご馳走したいと思う。昔と違い、食べてもらいたい相手が何人もいる今が、この上なく幸せだと思えた。いつか現れるかもしれない婚姻相手よりも、今はただ思い出せる限りの大事な人達に料理を振る舞うことだけが目に浮かぶ。婚約相手との甘い日々よりも、今は彼らさえいればそれだけで幸せだと心から思う。

——いつまでもこんな日々が続けばいいのに。

そう思いながら、第一王女は静かにいま目の前の幸せを噛みしめた。

あとがき

こんにちは、天壱です。

この度は「悲劇の元凶となる最強外道ラスボス女王は民の為に尽くします。３」略して「ラス為３」をお手にとって頂き、誠にありがとうございます。

皆様のお陰で、また鈴ノ助先生とお仕事をすることができ、とうとう主人公のプライドは十六歳を迎えることができました。

今回の物語はプライドの婚約がテーマとなっています。題して〝婚約者編〟として内容自体は決しては変えず、読者の方に読みやすくなるように視点等を再編成させて頂きました。王女という立場から避けられないプライドの婚約に周囲が何を想い、動き、決意するかを見守って頂けていれば幸いです。各登場人物にとってプライドがどういう存在かが明確にされた巻にもなったと思います。

今回、番外編で書き下ろさせて頂いた物語は当時Web版でも書きたいと思ったエピソードの一つです。こうして書かせて頂けて本当に良かったです。もし今巻までを読み、お気に召したりご興味を持って頂けたエピソードや登場人物が居りましたら、是非「小説家になろう」様掲載のWeb版にもいらっしゃってみて下さい。書籍とは別の視点や様々な登場人物のエピソードも掲載されております。

鈴ノ助先生、今回も美しいイラストの数々をありがとうございました。今回は特にプライドと周囲との関係が濃密に描かれる場面が多く、何度も見惚れてしまいました。ロマンチックで本当に素敵でした。特にアイビー三姉妹の場面はおとぎ話の絵本に出てきそうな幻想的な美しさでした。

また、松浦ぶんこ先生のコミカライズをきっかけに、こちらを手に取って下さった方もいらっしゃるのではないでしょうか。二ヶ月ほど前に一巻が発売され、本当に素敵な仕上がりと見事な構成のお陰で多くの方々に本作を知って頂くことができました。まだご覧になっていない方はそちらも是非。とても素敵です。

素敵なイラスト担当様、漫画担当様に恵まれて本当に作者は幸せです。

最後に、この本を手に取って下さった皆様。Web版を見守って下さっている読者の方々、鈴ノ助先生、松浦ぶんこ先生、ファンレターを送って下さった方、一迅社の方々、出版・書籍関係者の皆様。本作を販売し、店頭に置いて下さった営業様、書店の方々、そしてサポートして下さった担当様、支えてくれる家族、友人、全ての方々に心からの感謝を。

心優しい皆様に、また再びお会いできる機会がありますように。

悲劇《ひげき》の元凶《げんきょう》となる最強外道《さいきょうげどう》ラスボス女王《じょおう》は民《たみ》の為《ため》に尽《つ》くします。3

2021年1月20日　初版発行
2023年6月12日　第４刷発行

初出……「悲劇の元凶となる最強外道ラスボス女王は民の為に尽くします。～ラスボスチートと王女の権威で救える人は救いたい～」小説投稿サイト「小説家になろう」で掲載

著者　天壱

イラスト　鈴ノ助

発行者　野内雅宏

発行所　株式会社一迅社
〒160-0022 東京都新宿区新宿3-1-13 京王新宿追分ビル5F
電話　03-5312-7432（編集）
電話　03-5312-6150（販売）
発売元：株式会社講談社（講談社・一迅社）

印刷所・製本　大日本印刷株式会社
ＤＴＰ　株式会社三協美術

装幀　AFTERGLOW

ISBN978-4-7580-9326-2

おたよりの宛て先
〒160-0022 東京都新宿区新宿3-1-13 京王新宿追分ビル5F
株式会社一迅社　ノベル編集部
天壱《てんいち》 先生・鈴ノ助《すずのすけ》 先生